Velasco | El misterio del eunuco

Fremdsprachentexte | Spanisch

José Luis Velasco
El misterio del eunuco

Herausgegeben von Renate Mai

Reclam

Diese Ausgabe darf nur in der Bundesrepublik Deutschland, in Österreich und der Schweiz vertrieben werden.

Venta autorizada únicamente en Alemania, Austria y Suiza.

RECLAMS UNIVERSAL-BIBLIOTHEK Nr. 19942
2018 Philipp Reclam jun. Verlag GmbH,
Siemensstraße 32, 71254 Ditzingen

Impresores, 2
Parque Empresarial Prado del Espino
28660 Boadilla del Monte (Madrid)
www.grupo-sm.com

Gestaltung: Cornelia Feyll, Friedrich Forssman
Druck und Bindung: Canon Deutschland Business Services GmbH,
Siemensstraße 32, 71254 Ditzingen
Printed in Germany 2018
RECLAM, UNIVERSAL-BIBLIOTHEK und
RECLAMS UNIVERSAL-BIBLIOTHEK sind eingetragene Marken
der Philipp Reclam jun. GmbH & Co. KG, Stuttgart
ISBN 978-3-15-019942-8
www.reclam.de

1

Los truenos retumbaban como si estallase el cielo tras un fogonazo de luz y el intenso chaparrón formaba un oscuro rumor sobre la ciudad. Bajo las arcadas que rodeaban el patio, un hombre delgado, que sobrepasaría ya los cuarenta años, paseaba nervioso de un lado a otro. Su casa era una hermosa villa alejada del ruidoso centro de Córdoba, rodeada por un amplio jardín que cerraba una tapia. A veces, se detenía para mirar las burbujas que la lluvia formaba en el agua del estanque situado en el centro del patio. Luego seguía paseando con gesto de preocupación.

– ¡Este chico! ¿Dónde se habrá metido? – murmuró para sí mismo –. Precisamente hoy.

Anochecía, pero los oscuros nubarrones que se aplastaban sobre la ciudad hacían que ya pareciese noche cerrada. El hombre llevaba una sencilla túnica blanca hasta los pies y una especie de casquete de fieltro en la cabeza. Se llamaba

2 **el trueno:** Donner. | **retumbar:** widerhallen, dröhnen. | **estallar:** explodieren, bersten. | 3 **el fogonazo:** Aufblitzen, Feuerblitz. | **el chaparrón:** Platzregen, Regenguss. | 4 **rodear:** umgeben. | 8 **amplio/a:** weitläufig, großräumig. | **la tapia:** (Garten-)Mauer. | 9 **detenerse:** verweilen, stehen bleiben. | **la burbuja:** (Luft-)Blase. | 10 **el estanque:** Teich. | 11 **la preocupación:** Sorge, Besorgnis. | 14 **anochecer:** Nacht werden (*el anochecer:* Einbruch der Nacht). | **el nubarrón:** große, schwarze Wolke, Gewitterwolke (*la nube:* Wolke). | 14 f. **aplastarse sobre:** hier: sich zusammenballen über (*aplastar:* erdrücken, niederwalzen, zermalmen). | 15 **la noche cerrada:** stockfinstere Nacht. | 16 **sencillo/a:** schlicht, einfach. | 17 **el casquete:** Kappe. | **el fieltro:** Filz.

Hantal Idrissi. Se detuvo y, al momento, desapareció la preocupación que ensombrecía su rostro. Había oído la campanilla de la puerta exterior y una voz que siempre le emocionaba.

– ¡Abrid, padre! ¡Soy yo! ¡Que me mojo!

El hombre se echó una manta sobre la cabeza y cruzó ligero el sombrío jardín para abrir la puerta de la tapia. Ante él apareció un muchacho de unos catorce años, medio rubio, con el pelo muy rizado y expresión vivaz.

– Pero ¿dónde te has metido? ¿Cómo vienes tan tarde? – le dijo con tono severo.

– Es que ...

– Vamos, vamos adentro ...

Ya a cubierto, en el patio de la casa, el muchacho se excusó.

– Me entretuve con el hijo de Banisahl jugando a las tabas ... Perdonadme.

Sin decir palabra, el hombre se acercó al chico y puso las manos en sus hombros. Le miró, y en aquellos ojos inteligentes se transparentó la emoción y casi afloraron las lágrimas. Luego apretó al muchacho contra su cuerpo mientras le besaba en las mejillas.

1 **desaparecer:** verschwinden. | 2 **ensombrecer:** überschatten, verdüstern. | **el rostro:** Antlitz, Gesicht. | 2 f. **la campanilla:** Glöckchen, Klingel. | 6 **la manta:** Decke. | 6 f. **ligero/a:** leicht, mit schnellem Schritt. | 7 **sombrío/a:** finster, dunkel. | 9 **rizado/a:** lockig. | **la expresión:** Ausdruck, Miene. | **vivaz:** lebhaft, aufgeweckt. | 11 **severo/a:** streng. | 14 **a cubierto:** vor dem Regen geschützt. | 16 f. **jugar a las tabas:** das Knochenspiel spielen (ein schon in der Antike bekanntes Spiel, bei dem man mehrere Knöchelchen [*tabas*] wirft, meist aus dem Sprungbein von Ziege und Schaf). | 19 **el hombro:** Schulter. | 20 **aflorar:** (zum Vorschein) kommen. | 22 **la mejilla:** Wange.

– ¡Que Dios te conceda tantas venturas como hasta ahora, hijo mío! Y que no te deje marchar de mi lado en mucho tiempo …

– Gracias, padre.

– Hoy cumples catorce años. ¿Lo habías olvidado? Es una edad especial, ¿sabes? Todo va a cambiar en ti. Vas a pasar de ser un niño a ser un hombre … O casi un hombre. Anda, sécate y cámbiate de ropa. La cena nos espera con algo especial que te gusta mucho.

– ¡Ya lo sé!: pastel de hojaldre con pichón y pasta de almendras …

– Eso es … Y nuestra sopa de siempre cuando entra el otoño.

Poco después, Hantal Idrissi y el muchacho se hallaban sentados frente a frente sobre cómodos almohadones en una habitación acogedora de cuyas paredes colgaban ricos tapices. El suelo estaba cubierto de alfombras y un candelabro con seis velas nuevas iluminaba la estancia. Ya se habían tomado la sopa de sémola y el chico engullía con avidez un trozo de pastel.

– Padre … – dijo el muchacho.

– ¿Sí?

1 **conceder:** gewähren. | **la(s) ventura(s):** Glück (*venturoso/a:* glücklich). | 10 **el pastel de hojaldre** (m.): Blätterteigpastete. | **el pichón:** junge Taube. | 10 f. **la pasta de almendras:** Mandelgebäck (*la pasta:* Paste). | 14 **hallarse:** sich befinden, gefunden werden (*hallar:* finden). | 15 **frente a frente:** von Angesicht zu Angesicht. | **el almohadón:** (Sitz-)Kissen (*la almohada:* Kopfkissen). | 16 **acogedor/a:** gemütlich. | 17 **el tapiz:** Wandteppich. | **el suelo:** Fußboden, Boden. | **la alfombra:** Teppich. | 18 **la vela:** Kerze. | **la estancia:** Raum, Gemach. | 19 **la sémola:** Grieß. | **engullir:** verschlingen. | **con avidez:** gierig (*la avidez:* Gier).

– ¿Os acordáis de vuestras dos promesas?

– A ver ... ¿Cuáles? Te he hecho muchas y creo que todas las he ido cumpliendo.

– Hace tiempo me prometisteis dos cosas para el día en que cumpliese los catorce años. ¿Las recordáis?

– Dímelas tú.

– Bueno. Me prometisteis decirme por qué, siendo vos musulmán, me habéis enseñado la religión de los cristianos. Nunca lo he podido comprender.

– ¿Y la segunda?

– Dijisteis que me enseñaríais vuestra cueva secreta.

Antes de hablar, Hantal Idrissi tomó un trocito de pastel con mucha parsimonia, el único en toda la noche. Luego miró fijamente al muchacho.

– Está bien, cumpliré las dos promesas ahora mismo. Sí, lo iba a hacer. No lo había olvidado. Empezaré por la primera. Esperaba que terminases el pastel.

La curiosidad del chico hizo que se tragase el último trozo a toda velocidad. Después, sus ojos solo reflejaron expectación.

– Escucha: lo que te voy a contar no debe cambiar nada entre nosotros. Siempre he vivido solo en esta casa, con nuestro esclavo Huki. Y, desde hace catorce años, contigo. Yo nunca tuve esposa.

7 **vos** (ant.): Ihr (altertümlich für Autoritätspersonen, auch Eltern). | 8 **el musulmán / la musulmana:** Muslim/Muslima. | 13 **con parsimonia:** bedächtig (*la parsimonia:* Umsicht, Bedächtigkeit). | 18 **tragar(se) algo:** etwas herunterschlucken, verschlucken. | 19 **la velocidad:** Geschwindigkeit (*veloz:* schnell). | **reflejar:** widerspiegeln, reflektieren; hier: verraten. | 19 f. **la expectación:** großes Interesse, Erwartung. | 23 **el esclavo / la esclava:** Sklave/Sklavin. | 24 **la esposa:** Ehefrau.

Los ojos del muchacho se abrieron como platos.

– ¡Oh! Pero, entonces ... Vos me habéis dicho siempre que mi madre murió al nacer yo.

– No. No es así. Yo ... no sé cómo decírtelo. Yo no soy tu padre verdadero.

Ahora el muchacho se quedó como petrificado. Por un momento, pareció que la decepción iba a hacer que las lágrimas brotasen de sus ojos. Hantal Idrissi le cogió con fuerza las dos manos.

– Pero te quiero tanto como a un hijo de mi sangre y siempre será así. Siempre.

– ¡Oh, mi señor! ¡Vos sois mi padre y yo vuestro hijo!

– Claro que sí, Fernando. Pero quiero contarte una historia: después lo entenderás todo y sabrás por qué te he dado la religión cristiana. Ya sabes que yo sirvo como médico a nuestro gran califa al-Haken► casi desde que ocupó el trono. Hace catorce años, me designó para formar parte de una embajada que debía visitar al rey cristiano de León, Sancho I►, que aún reina allí. Eran cuestiones de fronteras y todo se arregló bien. El viaje fue accidentado y penoso. De regreso, aún en territorio cristiano, una tormenta como la

5 **verdadero/a:** wirklich, echt. | 6 **petrificado/a:** versteinert. | 7 **la decepción:** Enttäuschung (*decepcionar:* enttäuschen). | 8 **brotar:** hervorquellen. | 16 **el califa:** Kalif (im Islam Titel für religiös-politische Führer). | **al-Haken►:** Zu den so gekennzeichneten Begriffen finden sich weitere Erläuterungen im Anhang, S. 200/201. | 16 f. **ocupar el trono:** den Thron innehaben (*ocupar:* besetzen). | 17 **designar a alg. para hacer algo:** jdn. dazu ernennen/bestimmen, etwas zu tun. | 18 **la embajada:** Botschaft; hier: Delegation. | 19 **reinar:** herrschen. | 20 **accidentado/a:** voller Hindernisse, schwierig. | **penoso/a:** mühselig, schmerzlich. | 20 f. **de regreso:** auf dem Rückweg.

de esta noche nos sorprendió al oscurecer en medio de los campos. La comitiva iba mojada hasta los huesos y tenía prisa por llegar a algún poblado. Seríamos unos cincuenta hombres y nos mandaba un general. ¿Y sabes lo que ocurrió? De pronto oímos el llanto de un niño a unas varas del camino. Nadie hizo caso. A ninguno parecía importarle que un niño llorase en aquellas soledades y con aquel tiempo. Yo me detuve para averiguar de dónde provenían aquellos berridos. «¡Vamos, continuad, señor!», me gritó el general. Pero yo no le hice caso. Desvié mi mula del camino y me acerqué al lugar de donde salía aquel llanto desconsolado. Entre unos matorrales, algo se removía envuelto en una manta. Bajé de la mula y me aproximé. Levanté un pico de la manta empapada: era un niño. Tendría pocos días, muy pocos ... Aquel niño eras tú. ¿Ves esa cruz que cuelga de tu cuello? Ya la llevabas. También tenías al lado una bolsita de cuero.

Hantal Idrissi calló unos momentos. Había dejado de llover y los truenos se oían cada vez más lejos. El silencio en la

1 **al oscurecer:** bei Einbruch der Dämmerung. | 2 **la comitiva:** Geleitzug, Tross, Gefolge. | **mojado/a:** nass. | 3 **la prisa:** Eile. | **el poblado:** Ortschaft. | 5 **de pronto:** plötzlich. | **el llanto:** Weinen. | **la vara:** Stock, Stab, Stange; hier: Elle (Maß, 0,835 m). | 6 **hacer caso:** beachten, Notiz nehmen. | **importar:** von Bedeutung sein. | 7 **la soledad:** Einöde, Einsamkeit. | 8 **averiguar:** herausfinden, ermitteln, ausfindig machen (*la averiguación:* Ermittlung, Untersuchung). | **provenir:** herkommen, herrühren. | 9 **el berrido:** Geplärre, Blöken (des Lamms). | 10 **desviar del camino:** vom Weg weglenken. | 11 **acercarse a un lugar:** sich einem Ort nähern. | **desconsolado/a:** verzweifelt, untröstlich. | 12 **el matorral:** Gestrüpp, Dickicht. | **envuelto/a:** eingewickelt (*envolver:* einwickeln). | 13 **el pico:** hier: Zipfel. | 14 **empapado/a:** durchnässt. | 15 **colgar:** hängen. | 16 **el cuello:** Hals. | 18 **callar:** schweigen.

casa solo era roto por el goteo de los aleros en el patio. Los ojos del muchacho delataban asombro y ansiedad.

– «¡Volved, señor!», oí al general. Sí, regresé, pero ya te llevaba entre mis brazos. Tenías la cara y cuerpecito más preciosos del mundo. ¿Cómo iba a dejarte allí? Te envolví en otra manta seca que saqué de un cofre de mi mula, y te llevé acunado en mis brazos todo el viaje. La soldadesca se reía de mí ... Decían que tenía las mañas de una mujer para llevar a un niño. En el primer albergue que encontramos me procuré leche para ti. ¡Estabas hambriento! Caíste enseguida como un lirón. Y apenas te vi tranquilo, abrí la bolsita de cuero que encontré a tu lado. Me quemaba la curiosidad. Solo contenía un trozo de burdo pergamino con unas letras.

– ¿Y qué ponían?

– Aún lo tengo guardado. No sé por dónde anda. ¡Hay tantos papeles en esta casa ...! Pero recuerdo punto por punto aquellas palabras, escritas en romance castellano con las letras de alguien que apenas sabía trazarlas. Ponía exactamente: «El niño se llama Fernando. Somos pobres y ya tenemos otros nueve hijos. No podemos darle de comer. Le dejamos al borde del camino para que algún alma caritativa

1 **el goteo:** (das) Tropfen, Getropfe. | **el alero:** Vordach. | 2 **delatar:** anzeigen, verraten. | **el asombro:** Erstaunen, Staunen. | **la ansiedad:** Angst. | 6 **el cofre:** Truhe; hier: Packtasche. | 7 **acunar:** (in den Armen) halten, wiegen (*la cuna:* Wiege). | 8 **la maña:** Geschicklichkeit. | 10 **procurar:** besorgen. | **hambriento/a:** hungrig. | 10 f. **caíste como un lirón:** du fielst in Schlaf wie ein Murmeltier (*dormir como un lirón* [loc].: schlafen wie ein Murmeltier). | 13 **burdo/a:** grob. | **el pergamino:** Pergament. | 18 **el romance castellano** (ant.): Kastilisch, (Alt-)Spanisch. | 19 **trazar:** zeichnen, entwerfen; hier: schreiben. | 22 **el borde:** Rand. | **caritativo/a:** barmherzig.

se apiade de él. Por la Virgen Santísima, recogedle y educadle en la fe de Nuestro Señor Jesucristo. Que Dios os lo pague».

– ¿Y qué más?

– Nada más, hijo mío. Nada más. Siempre fui un hombre respetuoso con todos. Cumplí lo que pedían tus verdaderos padres. En contra de mi fe, te enseñé la religión de Cristo, que conozco tan bien como la mía. Al fin y al cabo, solo hay un Dios, que es el mismo para musulmanes y cristianos … Ya sabes que Jesús es uno de nuestros profetas, aunque Mahoma es el más grande.

– Yo siempre quise ser musulmán como vos.

– Haz lo que gustes cuando seas algo mayor. Pero yo he cumplido con mi obligación.

– ¿Y sabéis quiénes son mis padres?

– Tu padre soy yo. Después de todo lo que te he dicho, ¿crees que alguien podrá apartarte de mí?

– ¡Oh, no señor! Ni yo quiero.

– ¡Ay, qué difícil fue criarte! Yo tenía mis obligaciones en el alcázar. No tuve otro remedio que contratar a un ama.

– La vieja Wafah … ¡Qué rabia que se muriera! La quería casi tanto como a vos.

– ¡Claro! Ella te dio de mamar y te sacó adelante.

– ¿A que no sabéis una cosa de Wafah, padre?

– Sí, la sé.

– ¿De verdad? ¿Qué es?

– Que ella trataba de enseñarte a escondidas el islam …

1 **apiadarse de alg.:** sich jds. erbarmen, Mitleid haben mit jdm. | **recoger:** aufnehmen, aufheben, wegräumen. | 2 **la fe:** Glaube. | 10 f. **Mahoma:** Mohammed.

– ¡Eso es! ¡Cómo se ve que sois un sabio!

De pronto, Fernando se quedó callado mirando fijamente los restos de la comida. Y Hantal Idrissi advirtió que por su rostro pasaban a la vez mil emociones distintas y contrarias.

– Bueno, ya lo sabes. Ya conoces el secreto.

– Sí. Y creo … creo que me gustaría saber quiénes son mis verdaderos padres, encontrarlos. ¡Oh, cómo sufrirían al desprenderse de mí a causa de su pobreza! Perdonadme, pero, aun sin conocerlos, siento como si también los quisiera un poco.

– Te hago otra promesa: un día los buscaremos. Pero, entonces, ¿te irías de esta casa?

– ¡Oh, no, padre mío! Eso no lo haré nunca. Vos, solo vos …

El chico no pudo seguir. Hantal Idrissi advirtió que la congoja atravesaba su garganta. Entonces, con un tono jovial, cambió de conversación.

– Bien, chiquillo. Recordarás que queda por cumplir la segunda promesa.

– ¡Vuestra cueva secreta! – exclamó Fernando olvidando sus cuitas al momento.

– Vamos. Vamos ya.

La emoción hacía palpitar intensamente el corazón de Fernando mientras seguía a su padre hacia el interior de la casa. Al fondo de un estrecho pasillo iluminado apenas por un candil, estaba la puerta negra asegurada con un grueso

21 **exclamar:** ausrufen. | 22 **la cuita:** Kummer, (die) Sorgen. | 24 **palpitar:** schlagen (Herz). | 25 **el interior:** Inneres (*interior:* Innen…, innere[r, s]). | 26 **el fondo:** der hintere Teil. | 27 **el candil:** Öllampe. | **grueso/a:** dick; hier: schwer.

candado. Detrás existía un subterráneo al que, durante toda su niñez, nadie le había dejado bajar.

Hantal Idrissi, médico personal del gran al-Haken II, astrólogo, matemático, alquimista y botánico, tenía allí su obrador. Y, para Fernando, aquella puerta significó siempre la frontera con un mundo prohibido sobre el que se había forjado las más fantásticas imaginaciones.

Hantal Idrissi buscó algo entre sus ropas y sacó por fin la gruesa llave del candado, que tenía atada a un cordón. La puerta rechinó al abrirse.

Una escalera de desgastados peldaños de piedra descendía adosada a una pared curva de ladrillos rojos ennegrecidos por el tiempo. La llama vacilante de la vela que portaba Hantal en una palmatoria iba esclareciendo apenas las tinieblas. Aquel lugar desprendía un olor especial, que a Fernando le recordó el de las medicinas y las tintorerías. Una vez abajo, su padre encendió varios candiles, cuya luz morteci-

1 **el candado:** Vorhängeschloss. | **el subterráneo:** unterirdisches Gemach (*subterráneo/a:* unterirdisch). | 2 **la niñez:** Kindheit. | 4 **el/la alquimista:** Alchemist(in). (Die Alchemie [auch: Alchimie] ist ein Vorläufer der modernen Chemie und Pharmazie.) | 5 **el obrador:** Arbeitsraum, Werkstatt (heute nur noch bezogen auf Bäcker und Konditorhandwerk, sonst: *el taller*). | 7 **forjar** (fig.): ersinnen, sich ausdenken. | 9 **atar:** (an/fest/zu) binden, knüpfen. | **el cordón:** Schnur, Kordel. | 10 **rechinar:** knarren, quietschen. | 11 **desgastado/a:** abgenutzt, ausgetreten. | **el peldaño:** (Treppen-)Stufe. | 12 **adosado/a a la pared:** an der Wand entlanglaufend (*la pared:* Wand). | **curvo/a:** rund, geschwungen, gebogen. | **el ladrillo:** Backstein. | 12 f. **ennegrecido/a:** schwarz geworden (*ennegrecerse:* schwarz werden). | 13 **la llama:** Flamme. | **vacilante:** flackernd. | 14 **la palmatoria:** Handleuchter. | **esclarecer:** erhellen. | 14 f. **las tinieblas** (pl.): Finsternis. | 15 **desprender un olor:** einen Geruch verströmen. | 16 **la tintoreria:** hier: Färberei (heute hauptsächlich im Sinne von »Reinigung«). | 17 f. **mortecino/a:** trüb, matt.

na dibujaba en las paredes grandes sombras fantasmales. Ante los ojos del muchacho se desveló con dificultad una estancia que casi le dio miedo. Estaban en una gran sala polvorienta, de techo tan bajo que agobiaba. Todo parecía desordenado y antiguo. Había mesas muy recias llenas de libros y papeles escritos con la letra de su padre. Se veían por todas partes frascos con líquidos de distintos colores, astrolabios, dioptras, clepsidras, esferas armilares, reglas paralacticas, cuadrantes murales, redomas, alambiques, fuelles ... En un rincón, al fondo de un hornillo de piedra, el

1 **la sombra:** Schatten. | **fantasmal:** gespenstisch. | 2 **desvelarse:** sich offenbaren/zeigen. | **la dificultad:** Schwierigkeit. | 4 **polvoriento/a:** staubig. | **el techo:** (Zimmer-)Decke. | **agobiar:** niederdrücken, bedrücken (*agobiante:* bedrückend). | 5 **desordenado/a:** durcheinander, unordentlich (*el desorden:* Unordnung). | **recio/a:** hier: stabil. | 7 **el frasco:** Flasche, Flacon. | 8 **el astrolabio:** Astrolabium (scheibenförmiges astronomisches Instrument, das den Himmel abbildet, wurde, aus der griech. Antike stammend, von den Arabern weiterentwickelt). | **la dioptra:** Dioptra (aus der griech. Antike stammendes Gerät zu Messung des Abstands von Himmelskörpern oder Orten auf der Erde). | **la clepsidra:** Klepsydra (Wasseruhr mit zwei Behältern, ähnlich wie die Sanduhr, aus der griech. Antike). | **la esfera armilar:** Armillarsphäre (im Mittelalter vor allem im islamischen Raum verbreitetes astronomisches Gerät zur Darstellung der Bewegung von Himmelskörpern, bestehend aus mehreren gegeneinander drehbaren Metallringen, die insgesamt die Form einer Kugel bilden). | 8 f. **la regla paraláctica:** Dreistab oder parallaktisches Lineal (in der islamischen Welt verbreitetes historisches Messgerät der Astronomie zur Messung von Zenitdistanzen der Sterne und der Parallaxe des Mondes; *la regla:* Lineal). | 9 **el cuadrante mural:** Wandquadrant (astronomisches Gerät zur Messung der Winkel am Himmel vor der Erfindung des Teleskops). | **la redoma:** Phiole (birnenförmiges Glasgefäß mit langem, engem Hals). | **el alambique:** Destillierkolben. | 10 **el fuelle:** Blasebalg. | **el rincón:** Ecke. | **al fondo:** auf dem Boden. | **el hornillo de piedra:** Steinofen.

rescoldo de unos carbones encendidos producía una luz misteriosa y arcana.

Durante los primeros instantes, Fernando casi no se atrevió a hablar. Luego, tímidamente, empezó a hacer preguntas continuas: «¿Qué es esto?» «¿Y esto?» «¿Para qué sirve?» «¿Cómo funciona?»

– Calma, calma … Desde hoy, podrás bajar conmigo siempre que yo lo haga y, poco a poco, lo irás sabiendo todo. Ahora ten cuidado y no toques nada. Hay sustancias peligrosas.

La voz de Hantal Idrissi sonaba en aquel lugar de una forma distinta. Como más apagada y solemne.

– Pero ¿para qué os sirve el hornillo? Decidme eso – insistió Fernando.

– Para mis trabajos de alquimia. Apenas me dedico ya a ellos. Pero esta tarde he estado haciendo algo …

– Con la alquimia transformáis todos los metales en oro, ¿verdad?

– No … Algunos dicen que es posible, pero yo casi tengo la certeza de que esa teoría es falsa.

– ¿Por qué?

– Los antiguos y muchos alquimistas de ahora creen que los metales son todos de la misma materia y solo se distinguen por el color. Pero no. Yo estoy seguro de que cada uno está formado íntimamente por átomos invisibles de natu-

1 **el rescoldo:** Glut. | 2 **arcano/a:** geheimnisvoll. | 3 **el instante:** Augenblick. | 4 **atreverse a hacer algo:** etwas zu tun wagen. | 7 **la calma:** Ruhe. | 9 **tener cuidado:** aufpassen (*el cuidado:* Sorgfalt). | **la sustancia:** Substanz. | 12 **solemne:** feierlich (*la solemnidad:* feierliche Zeremonie, Feierlichkeit). | 20 **la certeza:** Gewissheit.

raleza diferente. Lo único que hacen algunos es teñir de dorado ciertos metales.

– ¿Y estos dibujos? – dijo Fernando señalando un gran pergamino sobre una mesa.

Se veían en él los símbolos de las constelaciones, listas de números y casillas con raros signos.

– Es una carta astral. La estoy preparando. Es la que corresponde este mes a nuestro califa. Le tengo que hacer las doce del año puntualmente.

– ¿Y para qué sirve?

– Verás: en una carta astral se refleja ... ¿Eh? ¿Qué es eso? ¿Están llamando a la puerta del jardín?

– Yo ... yo creo que sí – dijo Fernando arrimándose a su padre.

Los dos guardaron silencio durante unos instantes. Debido a la profundidad de la cueva, escuchaban distante la campanilla del jardín, así como golpes repetidos e impacientes en la puerta de la tapia. Un sobresalto recorrió todo el cuerpo de Hantal Idrissi.

– Es extraño que llamen así a estas horas.

– ¿Quién puede ser? – dijo Fernando un poco asustado.

Entonces llegó hasta ellos una voz enérgica y lejana, apagada por el rumor de un nuevo chaparrón y lo recóndito del subterráneo.

1f. **teñir de dorado:** gold färben, vergolden. | 6 **la casilla:** Kästchen. | **el signo:** Zeichen. | 7 **la carta astral:** Horoskop. | 11 **reflejarse:** sich widerspiegeln. | 13 **arrimarse a alg.:** an jdn. heranrücken, sich an jdn. anschmiegen. | 15 **guardar silencio:** schweigen. | 15f. **debido a:** infolge, aufgrund von. | 16 **la profundidad:** Tiefe. | 17f. **impaciente:** ungeduldig. | 18 **el sobresalto:** Schreck. | **recorrer:** durchqueren. | 20 **extraño:** seltsam, merkwürdig. | 21f. **asustado/a:** erschrocken (*asustarse:* erschrecken). | 24 **recóndito/a:** abgelegen, geheim (*lo recóndito:* Abgelegenheit).

– ¡Abrid! ¡Abrid, aghá Idrissi! ¡Abrid en nombre del califa!

– ¡El califa! – exclamó el médico, mientras tomaba un candil y corría hacia las escaleras –. ¡Oh, sin duda algo grave ocurre en el alcázar para que me llame a estas horas! ¡Vamos, vamos!

Fernando se fue tras él.

1 **aghá** (ár.): Herr.

2

Hantal Idrissi se puso rápidamente un albornoz de piel con capucha para protegerse de la lluvia. Fernando le siguió tal como estaba y cruzaron el oscuro jardín. Al otro lado de la tapia se veía resplandor de luces y podían escuchar metales de soldados y resoplidos de caballos. Al abrir su puerta, se encontraron con diez hombres de la guardia del alcázar, que llevaban faroles y los miraban. Un militar de barba negra puntiaguda se dirigió al médico.

– Señor Idrissi, traigo órdenes del califa para que nos acompañéis al alcázar. Podéis montar en esa mula.

– ¿Y yo que hago? – dijo Fernando.

– Ven conmigo – respondió el médico –. Pero ¿qué ocurre? – preguntó Hantal Idrissi al militar.

– Nuestro Emir desea veros de inmediato.

– ¿Para qué?

– No lo sé con certeza, señor.

Se dirigieron al alcázar corriendo junto a la muralla de Córdoba, por su parte interior. Así evitaban el laberinto de callejuelas que formaban los barrios del sur de la ciudad.

2 **el albornoz:** hier: Burnus (Kapuzenmantel arab. Männer). | 3 **la capucha:** Kapuze. | 5 **el resplandor:** Schimmer, Glanz. | 6 **el resoplido:** Schnauben. | 8 **el farol:** (Straßen-)Laterne. | **la barba:** Bart. | 9 **puntiagudo/a:** spitz. | 10 **la orden:** Befehl. | 15 **el emir:** Emir (Befehlshaber, Fürst, Stammesfürst, Prinz oder Gouverneur im Islam). | **de inmediato:** mit sofortiger Wirkung, unverzüglich (*inmediato/a:* sofortig). | 18 **la muralla:** (Stadt-)Mauer. | 20 **la callejuela:** Gässchen.

Muchos de ellos estaban cegados por calles sin salida. Terminaban en una tapia con una puerta, que los vecinos cerraban de noche para evitar la entrada de ladrones. Avanzando junto a la muralla se llegaba directamente al alcázar sin obstáculos. Los relámpagos y los truenos, acompañados de una lluvia intensa, se abatían de nuevo sobre la ciudad. Cruzaron como un huracán las fortificaciones que rodeaban la almedina. Al frente vieron ya el alcázar. Por los alrededores de su puerta principal se advertía un movimiento infrecuente de soldados y siervos con faroles y antorchas. Al otro lado de las fortificaciones se había congregado mucha gente del pueblo, y corrían de boca en boca toda clase de rumores.

Hantal y Fernando fueron conducidos hasta una sala de espera con columnas de mármol rosa, arcos lobulados y ricas ornamentaciones doradas en paredes y techos.

– Aguardad aquí – dijo el militar de la barba puntiaguda, y se dirigió hacia las estancias interiores del edificio.

– Padre, ¿os figuráis lo que pasa? – dijo Fernando en voz baja.

– No, hijo, en absoluto; no puedo imaginarlo.

1 **cegar:** hier: zumauern (*ciego/a:* blind). | **la calle sin salida:** Sackgasse. | 5 **el obstáculo:** Hindernis. | **el relámpago:** Blitz. | 6 **abatirse sobre:** heimsuchen, sich stürzen auf. | 7 **la fortificación:** Befestigungsanlage. | 8 **la almedina** (ár.): die Stadt innerhalb der Stadtmauern. | **al frente:** vorne. | 9 f. **infrecuente:** unüblich. | 10 **el siervo / la sierva:** Diener(in), Sklave/Sklavin. | **la antorcha:** Fackel. | 11 **congregarse:** sich versammeln. | 13 **el rumor:** Gerücht. | 15 **la columna:** Säule. | **el mármol:** Marmor. | **el arco lobulado:** gelappter Bogen, Lambrequinbogen (Architektur). | 16 **la ornamentación:** Ornamentierung, Verzierung (*ornamentar:* verzieren). | 17 **aguardar:** warten. | 19 **figurarse algo:** eine Idee/Vorstellung von etwas haben. | 21 **en absoluto:** überhaupt nicht.

–Y yo, ¿qué represento aquí?

– Hoy no he querido dejarte solo en casa sin que estuviera Huki. Pero ten en cuenta que, a partir de ahora, me acompañarás con discreción a muchos sitios. Esa será tu escuela superior. Ahora vas a conocer al califa.

– ¡Qué riquezas, pa...!

De pronto, los soldados y siervos que había en la sala se echaron de bruces a tierra y pusieron sus frentes sobre el suelo. Hantal Idrissi y Fernando hicieron lo mismo. Rodeado de esclavos negros y sirios, así como por una comitiva de personajes civiles y militares, había aparecido por una puerta el emir de los creyentes, el gran califa al-Haken II.

Sus ropas eran sencillas comparadas con las que lucía en las grandes recepciones o solemnidades. Era un hombre no muy alto, de complexión fuerte. Los ojos, de un negro intenso, contrastaban con sus cabellos, que eran rubios tirando a rojizos. Destacaban en su rostro una nariz aguileña y una mandíbula fuerte y prominente que le proporcionaba mucho carácter.

– Levántate, Hantal Idrissi – dijo enseguida.

Cuando el médico se puso en pie, advirtió en el rostro del califa una honda aflicción e incluso signos de haber llorado.

1 **representar:** eine Rolle haben. | 3 **tener en cuenta:** beachten, berücksichtigen. | 4 **la discreción:** Taktgefühl, Zurückhaltung. | 6 **la riqueza:** Reichtum. | 7f. **echarse de bruces:** sich niederwerfen. | 10 **sirio/a:** syrisch. | 12 **el/la creyente:** Gläubige(r). | 13 **lucir:** leuchten; hier: zur Schau stellen/tragen. | 15 **la complexión:** Körperbau, Statur. | 16 **el cabello:** Haupthaar. | 16f. **tirar a rojizo:** ins Rötliche spielen (*rojizo/a:* rötlich). | 17 **destacar:** hervorstechen. | **aguileño/a:** Adler... (*el águila*, f.: Adler). | 18 **la mandíbula:** Kinnlade. | **prominente:** hervorstehend. | **proporcionar:** geben, verleihen, beschaffen. | 22 **hondo/a:** tief. | **la aflicción:** Betrübnis, Kummer (*afligir:* betrüben, bedrücken).

– ¿Quién es el muchacho? ¿Tu hijo? – dijo el califa refiriéndose a Fernando.

– Sí, mi señor. Me acompañará con frecuencia a partir de hoy, día en que ha cumplido catorce años.

El califa hizo un gesto para que también se incorporase.

Los ojos de Fernando, ya de pie, permanecieron tan abiertos como si contemplara una aparición. Ver al califa tan cerca casi le asustaba. Se lo había figurado siempre más alto. Todo el tiempo estuvo como hipnotizado, pasando su vista de un dignatario a otro, observando sus vestiduras, sus barbas, las armas de los soldados. Incluso los siervos y esclavos parecían seres superiores de otro mundo. Al fin, su mirada siempre volvía al emir de los creyentes.

– Mi divino señor – dijo Idrissi, apenas se incorporó Fernando –, ¿qué ocurre? ¿Qué pena os aflige?

– Ven conmigo – dijo el califa.

Toda la cohorte que le seguía se dirigió entonces hacia el exterior del alcázar. Al salir, como llovía mucho, dos esclavos negros cubrieron al califa con sendas sombrillas de cuero muy grandes. Otros iluminaban el camino con teas y faroles. La hierba empapada mojaba los pies del califa. Caminaban junto a la fachada principal del alcázar y el emir

3 **con frecuencia:** häufig (*la frecuencia:* Häufigkeit). | 5 **incorporarse:** sich erheben, aufstehen. | 6 **permanecer:** bleiben. | 7 **contemplar:** betrachten, sehen. | **la aparición:** Erscheinung. | 8 **asustar a alg.:** jdn. erschrecken. | 9 **la vista:** hier: Blick. | 10 **el dignatario / la dignataria:** Würdenträger(in). | **la vestidura:** Gewand, Kleidung. | 12 **el ser superior:** höheres Wesen. | **la mirada:** Blick. | 14 **divino/a:** göttlich. | 17 **la cohorte:** Kohorte, Schar. | 19 **sendos/as:** je ein, jede(r, s) ein (*con sendas sombrillas:* mit je einem Sonnenschirm). | 20 **iluminar:** beleuchten (*la iluminación:* Beleuchtung). | **la tea:** Fackel, Kienspan. | 22 **la fachada:** Fassade.

avanzaba con los ojos humedecidos fijos en el suelo, agobiado por una desconocida congoja. Dieron la vuelta a la esquina del edificio. Allí batía el aire con más fuerza. Era la cara norte. Enseguida llegaron frente a una ventana con rejas de forja. Toda la comitiva se detuvo. Con un gesto de su mano, el califa indicó a Hantal Idrissi que mirase al interior.

Apenas lo hizo, el corazón le dio un vuelco y entornó los ojos para ver mejor. A través de los hierros, estaba contemplando una habitación sencilla pero acogedora, con pocos muebles, alfombras y almohadones. Una lamparilla de aceite iluminaba tristemente el espectáculo. Sobre una alfombra ensangrentada yacía un hombre más bien grueso, de unos cuarenta años, con el cráneo completamente afeitado. Solo la empuñadura de una daga emergía de su pecho. Sin duda estaba muerto. Al punto, otro hombre, que debía de hallarse agazapado en un rincón, se abalanzó sobre las rejas. Hantal Idrissi dio un paso atrás, sobresaltado.

– ¡Mi señor Hantal! – dijo el aparecido, aferrado a los

1 **humedecido/a:** feucht (*humedecerse:* feucht werden; *húmedo/a:* feucht). | 1 f. **agobiado/a:** erschöpft, niedergeschlagen. | 3 **batir:** hier: peitschen (Wind). | **el aire:** Luft, Wind. | 3 f. **la cara norte:** Nordseite. | 4 f. **la reja de forja:** schmiedeeisernes Gitter. | 7 **el corazón le dio un vuelco:** sein Herz setzte fast aus. | 7 f. **entornar los ojos:** die Augen halb schließen/zusammenkneifen. | 8 **los hierros:** hier: eisernes Gitter. | 10 **la lamparilla:** Lämpchen. | 11 **el espectáculo:** Schauspiel. | 12 **ensangrentado/a:** voll Blut, blutverschmiert. | **yacer:** liegen (*aquí yace:* hier ruht). | 13 **el cráneo:** Schädel. | 14 **la empuñadura:** Griff, Knauf. | **la daga:** Dolch. | **emerger de:** herausragen aus. | 15 **la duda:** Zweifel (*dudar:* unschlüssig sein). | **al punto:** sogleich. | 16 **agazaparse:** sich verstecken, sich ducken. | **abalanzarse sobre:** zustürzen auf. | 17 **sobresaltarse:** erschrecken, zusammenzucken. | 18 **aparecer:** zum Vorschein kommen, erscheinen. | **aferrarse a algo:** sich an etwas klammern.

barrotes –. ¡Ah, por fin llegáis! ¡Defendedme! Soy inocente de este crimen. ¡Lo juro! Yo no he sido.

Se trataba de un joven con vestiduras mozárabes que no llegaría a los treinta años. Hantal lo reconoció de inmediato. Era su amigo Rodrigo Santibáñez, un arquitecto que estaba trabajando en la ampliación de la gran mezquita ordenada por al-Haken.

– Pero ¿qué ocurre? – preguntó Hantal desconcertado, sin comprender bien lo que pasaba –. Salid de esa habitación.

– No puedo, señor.

– Vamos, vamos ya. Me mojo y hace frío – dijo el califa –. Yo te lo explicaré todo, sabio Idrissi, y te diré por qué estás aquí. Que un cerrajero abra la puerta de esa habitación y lleven al mozárabe a mi presencia … Vamos, vamos ya – repitió impaciente al-Haken.

– ¡Ayudadme, noble Hantal! – gritó con angustia el mozárabe cuando la comitiva se alejaba.

Poco después, en una lujosa sala de la planta baja que daba a un patio interior, Hantal Idrissi y el emir de los creyentes hablaban frente a frente sentados en almohadones de seda. Alrededor permanecían en pie los palaciegos, siervos y escoltas que siempre rodeaban al califa. También Fernan-

1 **el barrote:** (Eisen-)Stange. | 3 **tratarse de:** sich handeln um. | **mozárabe:** mozarabisch (*mozárabes:* Mozaraber, unter maurischer Herrschaft lebende christliche Spanier mit an die Araber angepasster Lebensform). | 6 **la ampliación:** Erweiterung. | 6 f. **ordenar:** anordnen, befehlen. | 8 **desconcertado/a:** verwirrt, verblüfft (*el desconcierto:* Verwirrung). | 14 **el cerrajero:** Schlosser. | 17 **la angustia:** Angst, Beklemmung. | 19 **lujoso/a:** luxuriös. | 22 **permanecer en pie:** stehend verharren, stehen. | **el palaciego:** Höfling. | 23 **la escolta:** Eskorte, Leibwache.

do, a cierta distancia, que seguía mirándolo todo como quien vive un sueño. Al-Haken cogió con fuerza las manos de su médico.

– Solo por el amor que te profeso y porque te creo el hombre más sabio y honesto de este reino he consentido que vinieras en esta noche funesta.

– Pero ¿qué ocurre, mi señor? He visto a un hombre muerto y a mi amigo encerrados en la misma habitación.

– Así es. El propio Rodrigo Santibáñez ha pedido que vengas a defenderle. También le amo a él. Por eso he consentido. Pero Alá es justo y veo que sus esperanzas son tan frágiles como el humo. El muerto es Hemné Sudri, el eunuco eslavo al que yo he amado como a un hijo desde que lo trajeron aquí a los dieciocho años. Ha sido para mí el hombre más fiel, noble y discreto de los cientos de siervos que han pasado por el alcázar y viven ahora en él.

Las lágrimas empañaron los ojos del califa. Siguió hablando con la voz enronquecida por la pesadumbre.

– Al anochecer, gente de la guardia ha descubierto, a través de la ventana, lo que tú has visto: mi esclavo muerto y el mozárabe dando gritos en la habitación para que le sacaran. La puerta está cerrada con llave por dentro. Los solda-

4 **profesar:** bekunden. | 5 **honesto/a:** anständig. | **consentir:** zustimmen. | 6 **funesto/a:** unheil-, verhängnisvoll. | 8 **encerrar:** einschließen. | 11 **Alá:** Allah (Name Gottes im Islam). | 12 **frágil:** zerbrechlich; hier: vergänglich, nichtig. | **el humo:** Rauch. | 12 f. **el eunuco:** Eunuch (kastrierter Mann, der im Harem eingesetzt wurde und am Hof zu hohen Ehren gelangen konnte). | 13 **el eslavo / la eslava:** Slawe/Slawin. | 15 **fiel:** treu. | **noble:** edelmütig. | **discreto/a:** diskret, umsichtig. | 17 **empañar:** trüben. | 18 **enronquecerse:** heiser werden (*ronco/a:* heiser). | **la pesadumbre:** Kummer, Leid. | 19 **la guardia:** Wache (*montar guardia:* Wache stehen)

dos le han dicho que buscase la llave para que abriese él mismo. Pero el mozárabe no ha podido dar con ella. Por eso sigue ahí. Hay algo muy grave: la daga que traspasa el corazón de mi eunuco es la de tu amigo y mío.

Los ojos de Hantal se entornaron hasta parecer dos rayas, delatando la intensa actividad de su mente.

– Ahora traerán al mozárabe – siguió el califa – y lo juzgaré yo mismo de inmediato. Ha puesto su mano sobre un ser amado por mí, y eso es una ofensa directa a Alá y a nuestro profeta, del que soy descendiente. Me duele decirte que no tiene defensa alguna.

– Mi señor – dijo Hantal –. Conocía de vista al eunuco Hemné Sudri. ¿Qué misión le teníais encomendada en el alcázar, si me permitís preguntaros?

– En los últimos tiempos, sobre todo, servía y guardaba a mi favorita en el harén.

– ¿A Bouchra, la de cabellos rubios?

– Sí.

– Es también eslava, si no me equivoco.

– Pero convertida al islam, como demuestra su nombre. Pero saciaré más tu curiosidad: Hemné Sudri me servía de confidente en muchos asuntos personales delicados; a ve-

2 **dar con algo:** finden. | 3 **traspasar:** durchbohren, hindurchgehen. | 5 **la raya:** Strich. | 6 **la mente:** Denken, Geist. | 7f. **juzgar a alg.:** jdn. richten, über jdn. das Urteil sprechen. | 9 **la ofensa:** Beleidigung. | 10 **el/la descendiente:** Abkömmling. | 13 **la misión:** Auftrag. | **encomendar algo a alg.:** jdn. mit etwas betrauen/beauftragen. | 15 **guardar:** bewachen (*la guarda:* Bewachung, Schutz). | 16 **la favorita:** Favoritin, Lieblingsfrau. | **el harén:** Harem (abgeschlossener und bewachter Wohnbereich, in dem die Frauen, die weiblichen Angehörigen und die unmündigen Kinder eines muslimischen Würdenträgers leben). | 20 **convertirse a:** konvertieren zu. | 21 **saciar:** befriedigen. | 22 **el/la confidente:** Vertraute(r).

ces era mi consejero. Es una pérdida irreparable para mi corazón y para mi casa ...

De pronto, las miradas de todos se dirigieron hacia la entrada. Eso guio los ojos del califa y de Hantal. En aquel momento, rodeado de guardias y maniatado, introducían en la sala al mozárabe Rodrigo Santibáñez. Sus facciones reflejaban cansancio y miedo. Fernando miró espantado al prisionero. Le conocía bien, pues había estado en su casa varias veces y era muy agradable. Ahora, su expresión demudada le hacía parecer otro hombre. No le dio tiempo a postrarse en tierra.

– Acércate – le ordenó el califa.

A un gesto de su mano, también se aproximaron dos escribanos judíos y un cadí chupado de barba rojiza teñida con alheña. Todos se colocaron a los lados del emir de los creyentes.

Mientras se adelantaba, Rodrigo delató su leve cojera, consecuencia de un flechazo sufrido cuando sirvió en los ejércitos de Abd al Rahman III ▸ siendo muy joven.

– La categoría del muerto en mi corazón – dijo el califa –

1 **el consejero / la consejera:** Ratgeber(in). | **la pérdida:** Verlust. | 4 **guiar:** lenken, führen. | 5 **maniatar:** Handfesseln anlegen. | **introducir:** hereinführen. | 6 **las facciones** (pl.): Gesichtszüge. | 7 **el cansancio:** Müdigkeit. | **espantar:** erschrecken. | 9 **demudar:** verändern, entstellen, verzerren. | 10 **postrarse:** sich niederwerfen. | 13 **aproximarse:** sich nähern. | 13 f. **el escribano** (ant.): (Amts-)Schreiber, Protokollant. | 14 **judío/a:** jüdisch. | **el cadí:** Kadi (Amtsträger mit richterlichen Aufgaben im Bereich des Islam). | **chupado/a:** abgezehrt, ausgemergelt. | **teñir:** färben. | 15 **la alheña:** Henna. | **colocarse:** sich platzieren/postieren/stellen. | 17 **adelantarse:** nach vorne gehen. | **la cojera:** Hinken (*cojo/a:* hinkend, lahm). | 18 **el flechazo:** Pfeilschuss (*la flecha:* Pfeil).

me fuerza a que yo mismo resuelva este juicio aquí y ahora, Rodrigo Santibáñez. Te he traído, como has pedido, a un defensor de la sabiduría de mi amado Hantal Idrissi. Nada falta para empezar, salvo que Alá permita que mi encono hacia el autor de esa muerte no me haga errar en la sentencia. Tomad nota de todo cuanto se diga aquí – indicó a los escribanos judíos.

1 **forzar a hacer algo:** zwingen, etwas zu tun. | **resolver el juicio:** das Urteil fällen (*el juicio:* Urteil). | 3 **el defensor:** Verteidiger. | **la sabiduría:** Weisheit, Wissen. | 4 **salvo que:** außer dass. | **el encono:** Groll, Erbitterung. | 5 **el autor / la autora:** hier: Verursacher(in). | **errar:** (sich) irren. | 2 f. **la sentencia:** Urteilsspruch. | 6 **tomar nota:** aufschreiben, notieren.

3

– Mi señor – intervino entonces Hantal Idrissi –, ¿me permitís hablar?

– Di.

– ¿Podréis ordenar que nada se toque en la habitación donde se ha cometido el crimen? Ni siquiera al muerto. Desearía después observarlo todo con detalle.

– Que así sea – dijo el califa, e hizo un gesto con la cabeza a un militar alto y delgado que se hallaba junto a Rodrigo.

Inmediatamente, este hombre abandonó la sala. El califa se dirigió entonces al mozárabe.

– Cuéntame todo cuanto ha ocurrido en esa habitación sin faltar a la verdad. De ello depende tu vida.

– Mi ... mi muy amado señor ... – comenzó Rodrigo casi temblando –. Esta mañana, mientras yo estaba ocupado en los trabajos de la gran mezquita, vi acercarse al eunuco Hemné Sudri. Me extrañó verle allí, pero más aún al comprobar que se dirigía directamente hacia mí. Señor, me dijo que deseaba hablarme de cierto asunto muy importante relacionado con mi honor. Y me citó en la habitación donde vuestra guardia me ha encontrado al anochecer. Extrañado,

2 **intervenir:** sich einmischen, intervenieren. | 6 **ni siquiera:** nicht einmal. | 7 **observar:** beobachten; hier: untersuchen. | **el detalle:** Detail. | 14 **faltar a la verdad:** gegen die Wahrheit verstoßen, lügen. | **depender de:** abhängen von. | 16 **temblar:** zittern. | 18 **extrañar:** verwundern (*la extrañeza:* Verwunderung). | 21 **el honor:** Ehre. | **citar a alg.:** jdn. (ein)bestellen.

le pregunté sobre el asunto del que quería hablarme, pero me dijo que esperara a la tarde …

– Sigue …

– A la hora prevista, me presenté en el lugar de la cita. Nadie me impidió llegar hasta esa habitación, pues vuestro esclavo había dado las órdenes pertinentes para que me dejaran entrar. Nada más pasar a la habitación, el eunuco Hemné Sudri hizo algo que me inquietó: cerró la puerta por dentro con su llave y echó el cerrojo. Pero sus maneras eran tan amables y su trato tan sincero, que pronto recobré la confianza …

– ¿Te habló del asunto que deseaba comunicarte?

– Primero, después de los saludos habituales, estuvimos un rato charlando de cosas generales sin importancia. Luego comenzó a hablarme del asunto.

– ¿Cuál era ese asunto?

Hubo un silencio. El rostro de Rodrigo reflejó una intensa lucha interior. Sudaba.

– No puedo revelároslo, mi señor. No … no puedo.

Un rumor de sorpresa e indignación se extendió por la sala. Solo al-Haken permaneció impasible.

– ¿A tu califa no puedes revelárselo?

4 **previsto/a:** vorgesehen, vereinbart (*imprevisto/a:* unvorhergesehen; *la previsión:* Vorhersage). | **presentarse:** sich zeigen, erscheinen. | 6 **pertinente:** erforderlich. | 8 **inquietar:** beunruhigen (*inquieto/a:* unruhig, beunruhigt; *la inquietud:* Unruhe). | 9 **el cerrojo:** Riegel (*echar el cerrojo:* den Riegel vorschieben). | **las maneras** (pl.): Manieren. | 10 **el trato:** Benehmen, Umgang(sformen). | **sincero/a:** aufrichtig. | 10 f. **recobrar la confianza:** das Vertrauen wiedergewinnen. | 14 **el rato:** Augenblick, Weile. | 17 f. **intenso/a:** intensiv. | 20 **el rumor:** hier: Stimmengewirr. | **la indignación:** Empörung (*indignante:* empörend). | 21 **impasible:** gleichmütig, gelassen.

– No, mi muy amado señor. Perdonadme … No puedo.

– ¿Sabes lo que eso supone?

– Sí, mi señor.

– Dejadle continuar, oh, mi príncipe – intervino Hantal.

– ¿Qué ocurrió después? – siguió el califa.

– Me dormí, mi señor.

Ahora el murmullo de asombro fue espantoso, mezclado con algunas risas. En el rostro de al-Haken, por primera vez, Hantal advirtió una ira que apenas podía contener.

– ¿Qué burla es esta? ¿Quieres decir que tú te dormiste mientras mi amado Hemné Sudri te hablaba de un asunto que tocaba a tu honor?

– Os juro por vuestro Dios y el mío que fue así. Intenté evitarlo, pero un sopor invencible nubló mi mente …

– Me engañas. ¿Qué ocurrió después?

– No, mi señor, no os engaño … ¡Os lo juro!

– ¡Sigue!

– Cuan … cuando desperté, no sé el tiempo que había pasado. Una tormenta caía sobre Córdoba y llovía mucho. Entonces, aterrorizado, vi a Sudri tumbado boca arriba en el suelo, con la daga clavada en el pecho … Muerto …

2 **suponer:** hier: bedeuten. | 7 **el murmullo:** Gemurmel. | **espantoso/a:** schrecklich, entsetzlich; enorm (*el espanto:* Schrecken, Grauen, Entsetzen). | 9 **la ira:** Wut, Zorn. | **contener:** hier: beherrschen, zurückhalten. | 10 **¿Qué burla es esta?:** Soll das ein Scherz sein? | 12 **tocar al honor de alg.:** jds. Ehre betreffen, berühren. | 14 **el sopor:** starke Benommenheit, Schläfrigkeit. | **invencible:** unbesiegbar, unüberwindbar. | **nublar** (fig.): benebeln, trüben. | 15 **engañar:** betrügen, täuschen; narren (*el engaño:* Betrug). | 20 **aterrorizar:** ängstigen, erschrecken (*aterrado/a:* erschrocken). | **tumbado/a:** liegend, hingestreckt (*tumbar:* niederwerfen, zu Boden werfen; *tumbarse:* sich hinlegen). | 21 **clavar:** hineinstoßen.

– Esa daga, ¿era la tuya?

– Sí, mi señor.

– ¿Qué más?

– Mi primer impulso fue huir de allí. Descorrí el cerrojo, pero la puerta estaba cerrada con llave. La busqué por todas partes; entre las ropas de vuestro esclavo, bajo alfombras y cojines, en cualquier hueco o ranura ... Pero no pude hallarla. Entonces empecé a gritar para que alguien viniese, y fue cuando unos soldados aparecieron en la ventana ... El resto, ya lo sabéis ... Pero os juro por el Todopoderoso que yo no maté al esclavo.

Al-Haken cerró los ojos y calló unos momentos, intensamente concentrado en sus pensamientos. Luego, volvió a hablar.

– Has dicho que cuando despertaste el cerrojo estaba echado.

– Sí, mi señor.

– ¿Tenías algo en contra de mi amado Hemné Sudri?

– No, mi señor.

Un esclavo negro ya viejo, que estaba junto a los soldados que guardaban a Rodrigo, se echó al suelo de pronto ante el asombro de todos.

– ¡Oh! ¡Emir de los creyentes! ¿Me dais permiso para hablar?

– Hazlo si tiene algo que ver con este juicio.

– Yo oí al mozárabe amenazar un día a Hemné Sudri. Fue

4 **descorrer:** zurückschieben. | 7 **el cojín:** (Sofa-)Kissen. | **el hueco:** Hohlraum, Loch, Lücke. | **la ranura:** Ritze, Spalt. | 10 **jurar por el Todopoderoso:** beim Allmächtigen schwören (*el Todopoderoso:* der Allmächtige, Gott, Allah; *poderoso/a:* mächtig) | 23 **el permiso:** Erlaubnis. | 26 **amenazar a alg.:** jdn. bedrohen (*amenazador/a:* bedrohlich).

en el zoco de la almedina. Estaban juntos al lado del cuchitril del zapatero Ismael. Ninguno me vio. Pero oí cómo el mozárabe decía entre dientes: «¡Te mataré, esclavo; te mataré!».

– ¿Eso es cierto? – preguntó el califa.

– Sí, mi señor, lo es. Pero es una forma de hablar. No lo hubiera hecho nunca. ¡Nunca!

– ¿Por qué le amenazaste? Acabas de decir que nada tenías contra Sudri. ¿Qué secretas rencillas había entre vosotros? ¿Es algo relacionado con el asunto que te comentó esta tarde?

– Sí, mi señor.

– ¿Y sigues diciendo que no hablarás de él?

– No me pidáis eso, mi señor.

El califa volvió a callar y bajó los ojos de nuevo. Meditó unos instantes.

– Tengo la sentencia y su razonamiento – dijo después solemnemente –. Oíd todos: nadie pudo entrar en esa habitación, pues la llave estaba echada por dentro y corrido el cerrojo. Podría ser cierto que te hubieras dormido, arquitecto, incluso en medio de una conversación que se refería a tu honor ... Y que, mientras estabas dormido, mi amado siervo Hemné abriese la puerta, alguien entrase y le matara con tu daga. Mas ¿cómo hizo ese supuesto asesino para salir después y volver a echar el cerrojo por dentro? Hay una ventana. Pero por los huecos que dejan sus rejas es imposi-

1 **el zoco:** (arabischer) Marktplatz. | 1 f. **el cuchitril:** Dreckloch, Bruchbude. | 9 **la rencilla:** Streit. | 15 **meditar:** nachdenken. | 17 **el razonamiento:** Überlegung, Gedankengang; hier: Begründung. | 24 **mas** (ant.): aber, jedoch. | **el asesino / la asesina:** Mörder(in) (*asesinar:* ermorden; *el asesinato:* Mord). | 26 f. **imposible:** unmöglich.

ble que quepa el cuerpo de un hombre. Así pues, nadie más que tú pudo acabar con la vida de mi amado Sudri ... Y tu daga ... tu daga te delata como culpable. No tanto por el hecho de que esté ahora clavada en el corazón de Sudri, sino porque la llevaste a la cita. ¿Cuándo se ha visto que un arquitecto vaya armado a una reunión? Eso evidencia, por lo menos, una intención anómala.

– Señor, tenía miedo.

– ¿De qué?

– Hemné Sudri no me inspiraba total confianza.

– Jamás hubo nadie más noble e inofensivo, y eras tú quien le había amenazado. Tal vez te ayude mucho contar el asunto que os unía u os separaba ...

– Eso no lo revelaré nunca, mi señor. Aunque me matéis.

– Está bien. Escribid – les dijo a los judíos que tomaban nota de todas las palabras a su lado –: condeno a este hombre, cristiano y bien tratado por un pueblo que profesa la religión verdadera, a morir decapitado de inmediato. Añadid que lo hago con un dolor de corazón que no le deseo a nadie. Porque amaba al que ha sido muerto vilmente, y te amaba a ti, Rodrigo Santibáñez. No solo porque te creía de una naturaleza noble y fiel, sino por el mérito irreemplazable de tu trabajo en la ampliación de la gran mezquita. Dadme para firmar – les dijo a los escribanos.

1 **caber:** (hinein)passen (1. Pers. Sg.: *quepo*). | 6 **evidenciar:** beweisen, zeigen. | 6 f. **por lo menos:** zumindest. | 7 **anómalo/a:** anomal, merkwürdig. | 10 **inspirar confianza:** Vertrauen einflößen. | 11 **inofensivo/a:** harmlos. | 12 **tal vez:** vielleicht. | 13 **unir:** verbinden. | 17 **profesar algo:** sich zu etwas bekennen. | 18 **decapitar:** enthaupten. | 18 f. **añadir:** hinzufügen. | 20 **morir a alg.** (tr. p. us.) jdn. töten. | **vilmente:** auf niederträchtige/gemeine Art. | 22 **el mérito:** (das) Verdienst, Wert, Bedeutung. | 22 f. **irreemplazable:** unersetzlich.

El mozárabe había palidecido de tal modo que su rostro parecía de cera. Daba la impresión de que quería hablar, pero la turbación le impedía articular una sola palabra.

– Señor – intervino entonces Hantal –, me habéis traído aquí para defender a mi amigo y no me dejáis ninguna oportunidad ...

– Es cierto, es cierto. Pero ¿acaso tiene alguna defensa? De acuerdo. No firmaré hasta escucharte, si ese es tu deseo.

La expresión acerada de los ojos de Hantal revelaba que su cerebro trabajaba rápido como el relámpago. A su vez, el corazón de Fernando latía como si dentro de su pecho retumbasen cien tambores.

– Mi muy amado señor – empezó el sabio Hantal –, es verdad que vos habéis jurado fidelidad absoluta a la justicia que enseña el Corán.

– Así es.

– Y un juramento no puede hacerse a medias. No puede hacerse medio juramento o un juramento en parte.

– No.

– Este hombre dice que es inocente, y yo le creo. Puede estar diciendo la verdad.

– Es imposible. Las pruebas contra él son concluyentes.

– Pero decidme, mi señor: ¿no cabe la remota posibilidad

1 **palidecer:** erbleichen (*pálido/a:* bleich). | 2 **la cera:** Wachs. | 3 **la turbación:** Bestürzung. | 7 **acaso:** vielleicht, möglicherweise. | 9 **acerado/a:** stählern (*el acero:* Stahl). | 10 **el cerebro:** Gehirn. | 11 **latir:** schlagen (Herz). | 12 **el tambor:** Trommel. | 14 **la fidelidad:** Treue. | 15 **el Corán:** Koran (die heilige Schrift des Islam). | 17 **el juramento:** Schwur, Eid (*bajo juramento:* unter Eid). | **hacer algo a medias:** etwas halb tun. | 22 **la prueba:** Beweis. | **concluyente:** schlüssig. | 23 **remoto/a:** weit entfernt; hier (fig.): unwahrscheinlich.

de que haya algo que no hemos detectado, algún detalle insignificante, incluso un prodigio? ¿No es cierto que solo podríamos asegurar con toda certeza que Rodrigo era el criminal en el caso de haberle visto clavar la daga en el corazón de Sudri?

El califa dudó.

– Sí, quizá ...

– ¿Le vio alguien clavando la daga?

– No.

– Pues si es así, hay una parte de duda en la sentencia. Y vuestro juramento de fidelidad a la justicia del Corán no sería completo. Solo sería completo si la duda no existiese en absoluto. Y eso es imposible en este momento.

Al-Haken II, uno de los hombres más cultivados y generosos de su tiempo, volvió a callar durante unos instantes. En su semblante se leía la lucha de los sentimientos más contradictorios.

– ¿Qué propones? – dijo al fin.

– Dejad en suspenso vuestra condena solo durante diez días, mi señor, y dadme credenciales para investigar con toda libertad esta muerte en sus más mínimos detalles. Si en ese tiempo no consigo demostrar que Rodrigo es inocente, que se ejecute vuestra sentencia.

– ¿Qué haremos mientras tanto con él?

1 **detectar:** entdecken, herausfinden, ausfindig machen. | 1 f. **insignificante:** unbedeutend. | 2 **el prodigio:** Wunder. | 3 f. **el/la criminal:** Verbrecher(in). | 14 **cultivado/a:** gebildet. | 16 **el semblante:** Miene, Gesicht. | 17 **contradictorio/a:** widersprüchlich. | 19 **dejar en suspenso:** aussetzen, auf Eis legen. | **la condena:** Verurteilung. | 20 **la credencial:** Beglaubigungsschreiben. | **investigar:** untersuchen. | 23 **ejecutar una sentencia:** ein Urteil vollstrecken.

– Dejarle libre.

Un murmullo de incredulidad rebotó en los artesonados de la sala. Hantal Idrissi siguió:

– Señor, yo respondo de él bajo juramento. Os aseguro que nos será más útil en libertad que en las mazmorras. Y no olvidéis que casi resulta imprescindible para que los trabajos de la gran mezquita se terminen en el tiempo previsto. Que siga en su puesto; si queréis, vigilado …

El califa, con la barba apoyada en sus puños, meditó durante unos momentos que parecieron eternos. La expectación en el lujoso salón era tanta, que se escuchaba el repiqueteo de la lluvia en los estanques del patio.

– Sea así – dijo al fin –. Le dejo libre bajo tu responsabilidad, y tú también tendrás libertad de movimiento en el alcázar sin restricciones. Excepto por el harén. Para visitarlo, si lo precisas, necesitarás mi permiso. El mozárabe, no obstante, será apaleado con el rigor que indica la ley. Su delito es ocultación de hechos al emir de los creyentes. Y otra cosa: tú comprometes tu palabra con él, pero eso no impide

2 **el murmullo de incredulidad** (f.): ungläubiges Gemurmel. | **rebotar:** (ab)prallen; hier: widerhallen. | **el artesonado:** Kassettendecke. | 4 **responder de alg.:** für jdn. haften, bürgen. | 5 **la mazmorra:** Verließ, Kerker. | 6 **imprescindible:** unentbehrlich, unerlässlich, unbedingt erforderlich. | 8 **el puesto:** Platz, Stelle, Posten. | **vigilar:** bewachen. | 9 **la barba:** hier: Kinn. | **apoyarse en algo:** sich auf etwas stützen. | **el puño:** Faust. | 10 **eterno/a:** ewig. | 11 f. **el repiqueteo:** Prasseln (des Regens). | 15 **la restricción:** Einschränkung. | 16 **precisar algo:** etwas benötigen. | 16 f. **no obstante:** dessen ungeachtet, dennoch. | 17 **apalear:** prügeln (*el apaleamiento:* Verprügelung, *la pena de apaleamiento:* Prügelstrafe). | **el rigor:** Härte, Strenge. | **el delito:** Delikt, Straftat. | 18 **la ocultación:** Verbergen, Verheimlichung (*ocultar:* verheimlichen).

que pueda escapar de Córdoba y del reino ... Sé que tiene una prometida de nuestra religión llamada Sulaima. Esa muchacha quedará como rehén en este alcázar hasta que todo se resuelva. Que la busquen y le den buen aposento con las demás mujeres.

– ¡No! – casi gritó Rodrigo al oír la última decisión del califa.

El emir se había incorporado.

– Escribid lo dicho y hacedlo cumplir – dijo dirigiendo una mirada general a los hombres que debían ejecutar sus mandatos.

Inmediatamente, con aire cansino y encorvado por la pesadumbre, se retiró a sus aposentos seguido por la cohorte que le rodeaba de continuo como un enjambre de moscas. Al mismo tiempo, los guardias que custodiaban a Rodrigo le sacaban de la sala con brusquedad para cumplir la pena de apaleamiento.

En el saloncito solo quedaron una guardia de cinco hombres, el médico y su hijo.

– ¿Le ... le van a pegar? – dijo Fernando, que temblaba de pies a cabeza después de cuanto había visto y oído.

– Desgraciadamente, sí. Pero luego quedará libre. Anda, tranquilízate.

1 **el reino:** Königreich. | 2 **el prometido / la prometida:** Verlobte(r). | 3 **el/la rehén:** (die) Geisel. | 4 **el aposento:** Unterkunft, Raum. | 5 **los/las demás:** die übrigen. | 6 **la decisión:** Entscheidung. | 11 **el mandato:** Befehl, Auftrag. | 12 **el aire:** hier: Aussehen, (Gesichts-)Ausdruck. | **cansino/a:** kraftlos, matt. | **encorvado/a:** gebeugt. | 13 **retirarse:** sich zurückziehen. | 14 **de continuo:** ständig. | **el enjambre de moscas:** Fliegenschwarm. | 15 **custodiar:** bewachen. | 16 **la brusquedad:** Schroffheit, Grobheit (*brusco:* brüsk, ruckartig). | 18 **el saloncito:** kleines Wohnzimmer. | 23 **tranquilizarse:** sich beruhigen.

– ¿Y qué haréis ahora?

– Empezar a trabajar en este momento. Vamos a la habitación del crimen. Quiero verla en detalle. Y al muerto.

– Pero ¿no necesitáis ningún papel que os dé paso franco a todas partes?

– ¡Es verdad! Quizá se le haya olvidado al cali...

En aquel momento, un funcionario joven con aire sigiloso apareció desde un rincón. Llevaba un papel con la tinta aún fresca y el sello del califa.

– Tomad, señor – dijo el funcionario –. Este salvoconducto os permite el acceso a todas las estancias del alcázar, menos a las cámaras del tesoro, a los archivos secretos y al harén. En caso de que necesitéis ver algo en ellos, deberéis consultarlo al califa a través de mi persona.

– ¡Vamos! – dijo Hantal Idrissi a Fernando, casi arrancándole el papel de las manos al funcionario.

4 **el paso franco:** freier Zugang/Zutritt. | 7 f. **sigiloso/a:** vorsichtig; hier: undurchdringlich, diskret. | 9 **el sello:** Siegel. | 10 f. **el salvoconducto:** Passierschein. | 11 **el acceso:** Zugang. | 12 **la cámara del tesoro:** Schatzkammer. | 14 **consultar algo a alg.:** nachfragen bei jdm., jdn. um Rat fragen.

4

Con paso tan vivo que Fernando casi no podía seguirle, Hantal Idrissi salió al momento del salón. Sus muchos años visitando el alcázar le permitían dirigirse sin vacilaciones hacia la zona del palacio donde se hallaba la habitación del crimen.

De todos modos, las continuas encrucijadas de corredores y pasillos le obligaron a preguntar más de una vez a los hombres que montaban guardia en esquinas o lugares estratégicos. Ya no llovía y parecía que en el alcázar todo el mundo hubiese dejado de hablar, abrumados por el trágico suceso. Solo se oía el múltiple gotear de aleros y canalones por los patios. La iluminación de los pasillos, proporcionada por aisladas lámparas de aceite, hacía más tétricos los espacios de la fortaleza. Solo proveniente de algún lugar subterráneo y remoto del edificio, Fernando escuchó algo que le hizo detenerse alarmado. Eran gritos desgarradores de alguien que parecía estar sufriendo tortura.

– Pa… padre … Esos gritos, ¿serán de vuestro amigo? ¿Le estarán pegando ya?

– Sí, es posible. ¡Oh, no pienses en eso! Así debe ser.

2 **el paso:** Schritt. | 4 **sin vacilaciones** (f.): ohne zu zögern. | 5 **el palacio:** Palast. | 7 **de todos modos:** allerdings, gleichwohl. | **la encrucijada:** Kreuzung, Abzweigung. | 7f. **el corredor:** Flur. | 11 **abrumado/a:** belastet, niedergedrückt (*abrumar:* bedrücken, belasten). | 12 **el múltiple gotear:** ständiges Tropfen. | **el canalón:** Dachrinne. | 14 **aislado/a:** abgelegen; hier: vereinzelt. | **tétrico/a:** unheimlich, finster. | 15 **la fortaleza:** Festung. | 17 **desgarrrador/a:** herzzerreißend. | 18 **la tortura:** Folter.

Por fin se hallaron frente a la entrada del cuarto donde se había cometido el crimen. A ambos lados de la puerta descerrajada había dos guardias, a quienes Hantal mostró su salvoconducto. Apenas lo miraron.

– Pasad. Tenemos órdenes de que seáis rápido en vuestras investigaciones. El califa desea rendir enseguida honores extraordinarios al eunuco. Muchos del alcázar quieren venir aquí en cuanto terminéis.

Fernando, apenas entrevió el cuerpo de Sudri tendido en el suelo, se escondió tras su padre. Había visto ya varios cadáveres ocasionalmente, no en balde era hijo de un médico, pero aquel le daba más miedo que los otros; con el cráneo completamente rapado, una túnica blanca hasta los pies y aquello que sobresalía de su pecho ensangrentado: la cruz formada por la empuñadura de una daga. La estancia desprendía un intenso olor a hierbas aromáticas secas. Iluminada apenas por una lamparilla a punto de extinguirse, era el lugar más triste y opresivo que podía imaginarse.

El médico empezó a moverse con rapidez por toda la habitación. Su vista de lince captó en unos instantes todo cuanto había allí. Como la generalidad de las habitaciones

1 **el cuarto:** Zimmer, Raum. | 2 **ambos/as:** beide. | 2 f. **descerrajar:** aufbrechen (Türschloss) | 6 f. **rendir honores:** Ehrungen erweisen. | 8 **en cuanto:** sobald. | 9 **entrever:** undeutlich sehen, ausmachen, erahnen. | **tender:** ausstrecken. | 10 **esconderse:** sich verstecken/verbergen (*el escondite:* Versteck). | **tras:** nach, hinter. | 10 f. **el cadáver:** Leiche. | 11 **ocasionalmente:** gelegentlich. | **en balde:** umsonst. | 13 **rapar:** kahl scheren. | 14 **sobresalir:** herausragen. | 17 **a punto de hacer algo:** kurz davor, etwas zu tun. | **extinguirse:** verlöschen. | 18 **opresivo/a:** bedrückend. | 19 **la rapidez:** Geschwindigkeit, Schnelligkeit. | 20 **la vista de lince** (m.): Luchsaugen, Luchsblick (*el lince:* Luchs). | **captar:** erfassen. | 21 **la generalidad:** die Allgemeinheit, die meisten.

musulmanas en las casas ricas, aquella pequeña estancia tenía muy pocos muebles. A la izquierda, mirando desde la puerta, estaba la ventana. En el rincón del fondo, a la derecha, se veían tres almohadones, donde seguramente estuvieron sentados Rodrigo y Sudri. En el centro de los almohadones había una mesa baja.

– ¡Padre, mirad! – exclamó Fernando –. Un pastel de hojaldre como el que hemos tomado nosotros.

– Ya lo he visto. Y también que se comieron más de la mitad …

Fernando se quedó fijo en el pastel y echó una mirada de reojo al muerto.

– ¡Padre! – volvió a exclamar –. El eunuco tiene pintada una mancha amarilla en la frente.

– También lo he visto.

Fernando iba a responder algo, pero su padre se hallaba ya en otro extremo de la habitación. Estaba parado delante de una especie de arqueta alta y miraba con gran atención cierto objeto que había sobre ella. Fernando se aproximó.

– ¿Qué es?

Encima del mueble había una cajita de plomo, cuadrada, con la tapa levantada. Hantal observaba concentrado lo que contenía. Era pintura amarilla, aún pastosa.

Con un giro brusco, el médico se volvió para irse decididamente hacia el muerto. Se arrodilló junto a él y comenzó

11 **quedarse fijo en algo:** haften bleiben an. | 11 f. **echar una mirada de reojo a alg.:** einen verstohlenen Blick auf jdn. werfen. | 18 **la arqueta:** Schatulle, Truhe. | 21 **la cajita:** Kästchen. | **el plomo:** Blei. | **cuadrado/a:** quadratisch. | 22 **la tapa:** Deckel. | 23 **pastoso/a:** weich. | 24 **el giro:** Drehung. | 25 **arrodillarse:** sich hinknien (*la rodilla:* Knie; *de rodillas:* kniend).

una detallada inspección visual por todo su cuerpo: la cara, las manos, las vestiduras, los pies con sandalias. Se agachó más para observar su mano derecha.

– Fíjate, Fernando: también en la punta de los dedos tiene manchas amarillas, pero de un tono más débil que en la frente. Y hay señales amarillas en la túnica, como si se hubiese limpiado las manos en la tela después de usar la pintura ... No entiendo nada. ¡Guardia!

Fernando se quedó sorprendido ante la imprevista llamada de su padre.

– ¿Qué ocurre, señor? – dijo uno de los vigilantes que guardaban la puerta, asomando la cabeza.

– ¿Podríais proporcionarme un zurrón de buen tamaño?

– Lo intentaré.

El vigilante silbó desde su puesto de un modo peculiar. Mientras, el médico, colocado en el centro de la habitación, hacía extrañas mediciones visuales: su mirada iba de la ventana al muerto, del muerto al rincón de los almohadones, al techo, a los rincones; lo mismo que si calculase posibles trayectorias de proyectiles invisibles o algo parecido. De pronto se arrodilló de nuevo junto al eunuco y observó la daga.

– Mira esto, Fernando: la daga penetra recta en el pecho,

2 **agacharse:** sich niederbücken. | 4 **la punta:** Spitze. | 11 **el vigilante:** Wächter. | 12 **asomar la cabeza:** den Kopf hereinstrecken (*asomar:* herausstrecken, sichtbar werden). | 13 **el zurrón:** (Hirten-)Tasche. | 13 f. **el tamaño:** Größe. | 16 **peculiar:** besonders, eigentümlich. | 18 **la medición:** Messung. | **visual:** visuell, mit den Augen. | 21 **la trayectoria:** (Flug-)Bahn, Weg. | **el proyectil:** Geschoss. | **invisible:** unsichtbar. | 24 **penetrar en:** eindringen in. | **recto/a:** gerade.

sin ninguna inclinación, como si el asesino hubiese asestado el golpe de frente y con Sudri de rodillas.

– ¿Cómo? No os entiendo.

Hantal, mostrando una extraordinaria viveza, se puso en pie casi de un salto.

– Arrodíllate.

– ¿Yo?

– Sí.

El muchacho obedeció. Luego, simulando empuñar un arma imaginaria, Hantal hizo un gesto enérgico de ataque a Fernando sin llegar a tocarle.

– ¿Lo ves? Solo si la víctima está de rodillas es posible dar un golpe recto con una daga, siempre que el agresor y el agredido tengan una estatura parecida. Y este es el caso.

Había un armario pequeño que Hantal inspeccionó deprisa.

– Solo hay ropa de Sudri y unos manojos de hierbas aromáticas secas. Nada importante.

Después volvió a arrodillarse junto al eunuco y, sin más preámbulos, agarró la empuñadura de la daga.

– Pero ¿qué hacéis?

– Retirar esta maldita arma. Nadie mejor que un médico

1 **la inclinación:** Neigung. | 1 f. **asestar un golpe a alg.:** jdm. einen Schlag versetzen. | 4 **la viveza:** Lebhaftigkeit. | 5 **el salto:** Sprung. | 9 **obedecer:** gehorchen. | **simular:** simulieren, tun als ob. | **empuñar:** (er)greifen. | 10 **imaginario/a:** eingebildet, erdacht. | **el ataque:** Angriff. | 12 **la víctima:** Opfer. | 13 **el agresor / la agresora:** Angreifer(in) (*agredir:* angreifen). | 14 **la estatura:** Statur, Körpergröße. | **parecido/a:** ähnlich. | 15 **inspeccionar:** inspizieren, untersuchen, kontrollieren. | 17 **el manojo:** eine Handvoll, ein Bund. | 19 f. **sin preámbulos:** ohne Umschweife (*el preámbulo:* Vorrede, Einleitung). | 20 **agarrar:** ergreifen. | 22 **maldito/a:** verflucht.

para ello. ¡Por las barbas del Profeta! Está incrustada a fondo …

Hantal se puso rojo mientras tiraba hacia arriba de la daga con las dos manos.

– ¿Os … os ayudo?

– No, no. Hummm … ¡Ya! ¡Oh! El hombre que asestó este golpe tenía una fuerza brutal …

– Pues vuestro amigo no parece tan fuerte …

– Bueno, según. Colocado en un situación favorable … Como te he dicho, con la víctima de rodillas.

– Señor, aquí tenéis la bolsa – dijo uno de los soldados entrando en la habitación.

Se la acababa de traer un niño esclavo negro.

– ¿Os sirve?

– Sí, sí. Gracias.

Después, siempre con movimientos rápidos, cerró la cajita de plomo que contenía la pintura amarilla y la metió en el zurrón. Lo mismo hizo con el pastel y la daga.

– ¡Vámonos! – dijo ante la sorpresa de Fernando.

– Padre, ¿no se os olvida algo?

– ¿La llave?

– Sí.

– No está aquí. Más que la buscó Rodrigo en su desesperación, no la podremos buscar nosotros … Está fuera. Quien fuese, la arrojó por la ventana. No cabe otra posibili-

1 **¡Por las barbas del profeta!:** beim Bart des Propheten!. | **incrustado/a:** verkrustet; festsitzend (*incrustarse:* sich [fest]setzen, treffen). | 1f. **a fondo:** total, ganz. | 9 **favorable:** günstig. | 23f. **la desesperación:** Verzweiflung (*desesperado/a:* verzweifelt). | 25 **arrojar:** werfen, schleudern.

dad. Ahora miraremos. De todas formas, carece de importancia encontrarla o no.

Al traspasar la puerta, se dirigió al guardia con quien siempre había hablado.

– Que se comunique al divino al-Haken que su amado siervo puede recibir los honores que merece cuando nuestro emir lo crea oportuno. Ahora, necesito un farol y una mula para volver a casa.

– Creo que eso os lo proporcionarán en el retén de la guardia, a las puertas del alcázar. Nosotros no podemos abandonar este puesto, aghá.

El viento azotaba con fuerza en la cara norte del alcázar. Bajo la ventana de la habitación funesta, y a lo largo de toda la extensa fachada, corría un tupido seto de aligustres. Fernando encontró pronto la llave entre el follaje, mientras su padre alumbraba con un gran farol que le costaba trabajo sostener. Había quedado enganchada entre la espesura y quedaba oculta a una primera mirada. Hubo que apartar hojas y ramas para dar con ella. Hantal la echó también a la bolsa.

– Todo correcto – dijo.

Poco después, avanzando junto a la parte interior de la muralla, Hantal y Fernando regresaban a casa en una buena

1 **carecer de:** nicht haben. | 3 **traspasar la puerta:** durch die Tür gehen, hinausgehen. | 6 **merecer:** verdienen. | 7 **oportuno/a:** angebracht, zweckmäßig. | 9 f. **el retén de la guardia:** Wächterhäuschen. | 12 **azotar:** peitschen. | 14 **extenso/a:** ausgedehnt. | **tupido/a:** dicht, undurchdringlich. | **el seto:** Zaun, Hecke. | **el aligustre:** Liguster. | 15 **el follaje:** Laubwerk. | 16 **alumbrar:** beleuchten. | 17 **sostener:** halten. | **engancharse:** sich verhaken, hängenbleiben. | **la espesura:** Dickicht. | 18 **oculto/a:** versteckt. | 22 **avanzar:** voranschreiten.

mula que marchaba al trote. La luna había salido entre los últimos celajes de la tormenta y una agradable brisa húmeda refrescaba el rostro de los dos jinetes.

– ¿Tenéis prisa, padre? ¿Por qué vamos al trote?

– Yo iría al galope. Sí, tengo prisa. Quiero saber …

Hantal no siguió, como si complicadas cavilaciones le hubiesen hecho callar en medio de la frase.

Al entrar en la vivienda, vieron a Huki en el patio. El esclavo de Hantal estaba medio dormido, sentado en el suelo y apoyado en una columna. Apenas percibió la presencia de su amo, se puso en pie adormilado. Era un hombre de unos treinta y cinco años, bereber, enjuto y con una barba tan corta que no se sabía si era barba o si es que no se había afeitado en varios días. Todo su porte delataba esa condición de siervo fiel que, sin embargo, no ha perdido su dignidad.

– Señor, estaba inquieto …

– Acuéstate, Huki – dijo Hantal casi sin detenerse –. No te necesitaré y veo que estás cansado.

– He …, he oído rumores sobre un crimen espantoso. En el alcázar …

– Sí, así es. Yo vengo de allí. Mañana te contaré. Anda, vete a dormir.

1 **marchar al trote, al galope:** traben, galoppieren. | 2 **el celaje:** Gewölk (*los celajes:* Schleierwolken). | **la brisa:** Brise, leichter Wind. | 3 **refrescar:** erfrischen (*refrescante:* erfrischend). | **el/la jinete:** Reiter(in). | 6 **la cavilación:** Grübeln. | 8 **la vivienda:** Wohnung. | 10 **percibir:** wahrnehmen, bemerken. | 11 **el amo / el ama:** Herr(in). | **adormilado/a:** schläfrig. | 12 **el/la bereber:** Berber(in). | **enjuto/a:** mager. | 14 **el porte:** Auftreten, Haltung. | 15 **sin embargo:** jedoch, aber. | 15 f. **la dignidad:** Würde.

– Gracias, mi señor – respondió Huki, a la vez que se retiraba hacia el interior de la casa.

– Y tú acuéstate también, Fernando. Yo tengo que hacer aún algunas cosas en la cueva.

– ¡Oh, señor! La verdad es que, con todo lo que ha pasado, no tengo el menor sueño. Dejadme bajar con vos. Además, mañana es viernes y no hay escuela …

– Está bien. Vamos.

Momentos después, estaban descendiendo por las escaleras del agobiante obrador del sabio Hantal. Una vez abajo, encendió de prisa los candiles y colocó la bolsa encima de una vieja mesa abarrotada de libros y papeles desordenados. Sacó su contenido. Buscó algo por aquí y por allá, hasta que Fernando vio que traía en sus manos una tablilla de madera pulida y un bisturí. También los colocó sobre la mesa. Abrió la cajita que contenía la pintura amarilla y, tomando con el bisturí un poco, la extendió sobre la tablilla hasta que fue una delgada lámina de color. Acercó la nariz para oler la pintura. Luego la observó con una lente. También tomó una pizca con el dedo pulgar y el índice y los frotó entre sí, como si calibrase la densidad de la pasta …

– Es un amarillo natural, sí. No es de alquimia … Pero yo no lo conozco. No se da por nuestro reino … – dijo como si hablase para sí mismo.

6 **menor:** geringste(r, s) | 12 **abarrotar:** vollstopfen, vollstellen. | 13 **el contenido:** Inhalt. | 14 **la tablilla:** Täfelchen. | 15 **pulir:** polieren. | **el bisturí:** Skalpell. | 19 **la lente** (ópt.): Linse. | 19 f. **una pizca:** eine Prise, ein bisschen. | 20 **el (dedo) pulgar:** Daumen. | **el (dedo) índice:** Zeigefinger. | **frotar:** (zer)reiben. | 21 **calibrar:** kalibrieren, abschätzen. | **la densidad:** Dichte.

–¿Y qué conclusión sacáis de eso? – preguntó Fernando, un tanto admirado por las operaciones de su padre.

– Ninguna por ahora. Pero sí dos preguntas: ¿Por qué tenía Hemné Sudri una marca de este amarillo en la frente? ¿De dónde se ha traído el color y para qué?

–¿Y eso es importante?

–¡Quién sabe! Intenta pensar tú también en lo que puede significar esa mancha. Y ahora … probaremos el pastel.

–¡Oh, señor! ¿Qué decís? Yo no como de eso.

– No, no. Tú no. Lo probaré yo.

– Pero ¿para qué?

– No lo sé bien. Algo me ronda la cabeza …

Mientras decía esto, Hantal Idrissi ya había tomado un buen trozo de pastel y lo masticaba despacio, tragando con evidente desagrado, pues nunca le gustaron los dulces, y menos aquel. Conforme iba consumiendo porciones de hojaldre relleno, permanecía con los ojos entornados, o los cerraba como si estuviese concentrado del todo en las reacciones internas de su organismo.

Esta situación se prolongó un rato no demasiado largo. Fernando le observaba sin pestañear. De pronto, Hantal se llevó la mano a la frente.

– No … no te asustes, Fernando … Pero, pronto … Pronto … Voy a perder el sentido.

1 **sacar una conclusión:** eine Schlussfolgerung ziehen. | 2 **un tanto:** ein wenig. | **admirado/a:** erstaunt. | **la operación:** Aktion, Tun. | 4 **la marca:** hier: Markierung. | 12 **rondar:** herumgehen. | 14 **masticar:** kauen. | 15 **el desagrado:** Missfallen. | 16 **conforme** (cj.): in dem Maße wie. | **la porción:** Portion, Stück. | 17 **relleno/a:** gefüllt. | 20 **prolongarse:** sich verlängern, sich hinziehen. | 21 **sin pestañear:** ohne mit der Wimper zu zucken, gespannt. | 24 **perder el sentido:** das Bewusstsein verlieren.

– ¡Padre! ¿Qué os pasa? ¡Huki!

– No, no llames a nadie … No ocurre nada … Tranquilo. Me voy a dormir … Solo eso … Luego despertaré. Sí … Lo que yo pensaba … Ese pastel … Ya … ya sabemos que Rodrigo no ha mentido al decir que se durmió … Acércame esas mantas para que me eche …

Fernando corrió a coger unas mantas que se veían debajo de un fregadero. Llegó a tiempo para que su padre pudiese tumbarse en ellas.

– Pero, padre, ¿estáis enfermo?

– No … Solo … me voy a dormir … Sí, ese pastel tiene …

– ¡Un narcótico! – exclamó Fernando.

– Mucho … Como para tumbar a un … a un caballo … Sí, a un caba…

Hantal Idrissi no pudo articular una palabra más. Poco después, el silencio de la misteriosa estancia solo era perturbado por los profundos ronquidos del médico.

Fernando, muy nervioso, buscó por todas partes algo que echar al suelo para tumbarse. Encontró una vieja piel de cordero en un rincón y la colocó junto a las mantas donde dormía su padre. Se tumbó al lado, con la vista fija en el rostro del médico y el oído atento a su respiración irregular, vigilando asustado el sueño artificial de la persona que más quería en el mundo.

6 **echarse:** sich hinlegen. | 8 **el fregadero:** Spülbecken. | 12 **el narcótico:** Narkotikum, Betäubungsmittel. | 16 **misterioso/a:** geheimnisvoll. | 16 f. **perturbar:** stören. | 17 **el ronquido:** Geschnarche (*roncar:* schnarchen) | 19 f. **la piel de cordero:** Lammfell (*el cordero:* Lamm). | 22 **el oído:** Gehör. | **atento/a:** aufmerksam. | **la respiración:** Atmen. | **irregular:** unregelmäßig.

5

A aquella misma hora, las mujeres del barrio de los orfebres miraron a través de las celosías de sus ventanas y los hombres salieron a la calle. Los había alarmado el ruido de soldados que golpeaban con fuerza la puerta del callejón sin salida que cerraba el barrio. Tras la tapia que cortaba la calle se veía el resplandor de teas y faroles y se escuchaba ese ruido abrupto que forma la caballería militar.

– ¡Abrid en nombre del califa! ¡Abrid enseguida o echamos la puerta abajo!

Un esclavo del intendente de los orfebres acudió a abrir. Se había reunido allí mucha gente, y el miedo y la sorpresa se reflejaron en todas las caras al aparecer los soldados.

Un militar enjuto, de cejas muy negras, preguntó a voces:

– ¿Cuál es la casa del orfebre Rachid al Farisi?

La muchedumbre, entonces, se desplazó calle abajo y dobló la primera esquina. Muchos dedos señalaron una fachada próxima de aspecto sencillo. Enseguida apareció por su puerta un hombre de pelo cano, sin bonete, con todas las

2 **el/la orfebre:** Goldschmied(in) (*la orfebrería:* Goldschmiedearbeit, -kunst). | 3 **la celosía:** Gitter, Fensterladen. | 5 **golpear:** schlagen. | 5 f. **el callejón sin salida:** Sackgasse (*el callejón:* Gasse). | 6 **cortar:** hier: absperren. | 8 **abrupto/a:** jäh, schroff. | **la caballería:** Kavallerie. | 11 **el intendente:** Vorsteher; hier: Zunftmeister. | 14 **la ceja:** Augenbraue. | 16 **la muchedumbre:** Menge. | **desplazarse:** sich wegbewegen. | 16 f. **doblar la esquina:** um die Ecke biegen. | 18 **el aspecto:** Erscheinungsbild, Aussehen. | 19 **cano/a:** grau (Haare). | **el bonete:** Kappe. | 19 f. **con todas las trazas de:** ganz so aussehend als ob.

trazas de haberse vestido apresuradamente. Las luces de los soldados iluminaron con un tono rojizo sus ojos espantados.

– ¿Eres tú Rachid al Farisi? – dijo el militar.

– Yo soy, mi señor. ¿Qué … qué queréis de mí? Mi trabajo y mi casa son mis únicos cuidados … ¿Qué he hecho?

– Venimos por tu hija. Se llama Sulaima, ¿no? Y es la prometida de un arquitecto mozárabe.

– Sí, sí, mi señor. Pero ella ¿qué …?

– Órdenes del califa. La pide como rehén.

– Pero ¿rehén de quién, mi señor? ¿Por qué?

– Vamos, sácala pronto. No puedo decir más. ¡Traed la silla!

Momentos después, salió a la calle una joven muy tapada y temblorosa. Su madre apareció detrás, presa de un acceso de histeria, golpeándose los muslos y la cara entre gritos desgarradores.

– Acomodaos en la silla – le dijo el militar a la muchacha.

La multitud, iluminada por las antorchas y faroles, observaba con un silencio temeroso, y sus sombras se proyectaban a un gran tamaño en las fachadas de las casas.

La muchacha, cuyos vestidos intentaba agarrar su madre, entró en la silla, una especie de pequeño camarín con cua-

1 **apresuradamente:** in aller Eile (*apresurado/a:* eilig, hastig) | 14 **taparse:** sich bedecken, sich verschleiern. | 15 **tembloroso/a:** zitternd. | **preso/a (de):** gefangen, ergriffen (von). | 15 f. **el acceso de histeria:** Anfall von Hysterie. | 16 **el muslo:** Oberschenkel. | 18 **acomodarse:** es sich bequem machen. | 20 **la multitud:** Menge. | 21 **temeroso/a:** ängstlich. | 21 f. **proyectarse:** sich abbilden, geworfen werden. | 24 **el camarín:** Nische, Raum; hier: Sänfte.

tro varas para portarlo. Un soldado corrió enseguida las cortinillas y la joven quedó oculta a todas las miradas. De inmediato, cuatro esclavos cogieron las varas del sencillo vehículo y se dirigieron hacia la salida del barrio casi a la carrera. El fragor de los soldados se alejó con ruido de armas y correajes. Todo ocurrió muy deprisa, como si hubiera sido un sueño. El barrio se convirtió después en un vasto rumor de comentarios medrosos, y la muchedumbre se congregó en torno a la casa del orfebre al Farisi. El hombre solo atinaba a decir «¿por qué?», «¿por qué?». Dentro, los alaridos desesperados de la madre cortaban el aire como un cuchillo.

Hantal Idrissi se incorporó de pronto hasta quedar sentado sobre las mantas. Vio a Fernando profundamente dormido a su lado. Se sentía un poco mareado, pero perfectamente lúcido. Tras unos instantes de desconcierto, recordó todos los sucesos de la noche anterior. Al momento oyó golpes en la puerta situada al final de la escalera. Seguramente esos golpes le habían despertado.

– ¡Aghá Hantal! ¡Aghá Hantal! Es media mañana … ¿Os ocurre algo, mi señor?

1 f. **correr las cortinillas:** die Scheibenvorhänge zuziehen. | 4 **el vehículo:** Gefährt, Fahrzeug. | 4 f. **a la carrera:** im Lauf, im Wettrennen. | 5 **el fragor:** Getöse, Lärm. | 6 **el correaje:** Koppelzeug (Ausrüstung des Soldaten). | 7 **convertirse en algo:** zu etwas werden, sich in etwas verwandeln. | **vasto/a:** riesig, ausgedehnt, weit. | 8 **medroso/a:** furchtsam, ängstlich. | 9 **en torno a:** um … herum. | 9 f. **atinar a hacer algo:** etwas machen können. | 10 **el alarido:** Geschrei, Geheul. | 14 **mareado/a:** schwindlig, übel (*marear:* schwindlig machen; *el mareo:* Schwindel, Übelkeit). | 15 **lúcido/a:** klar (im Kopf). | 16 **el suceso:** Ereignis (*suceder:* geschehen). | **anterior:** vergangene(r, s), vorige(r, s), letzte(r, s). | 19 **media mañana:** später Vormittag.

Era la voz alarmada de Huki, acostumbrado a que su amo se levantara con el sol.

– ¡Ya voy, Huki! No me pasa nada. Voy ...

El médico zarandeó suavemente a Fernando.

– Vamos ... Despierta, muchacho. Hay mucho que hacer y es tarde.

– ¿Eh? ¿Qué ... qué pasa? – dijo Fernando incorporándose también con los ojos muy abiertos.

– ¡El pastel con narcótico! Me dormí. ¿Recuerdas ya?

– ¡Oh, es cierto! ¿Cómo estáis?

– Estupendamente. Un ligero mareo, que se va pasando, y nada más.

El médico ya estaba de pie y husmeaba entre la multitud de frascos que tenía revueltos en un anaquel. Al fin, dio con el que buscaba, uno pequeño de cristal ambarino, y lo guardó entre sus ropas.

– Vamos arriba.

Poco después, Hantal hacía sus abluciones y oraciones matinales con bastante prisa y sin demasiada atención. Rápidamente, salió al jardín que rodeaba la casa. Allí merodeó por árboles y arbustos, recogió unas cuantas hojas de un sauce y las metió en su bolsa. Fernando iba detrás de él observando con curiosidad todo lo que hacía. No preguntaba nada porque sabía que, cuando su padre estaba concentrado en algo, le molestaban mucho las preguntas.

4 **zarandear:** zausen, schütteln. | **suavemente:** sanft. | 13 **husmear:** (herum)schnüffeln. | 14 **revuelto/a:** durcheinander, unordentlich (*revolver:* in Unordnung bringen). | **el anaquel:** Wandbrett, Bord. | 15 **ambarino/a:** bernsteinfarben (*el ámbar:* Bernstein). | 18 **la ablución:** rituelle Waschung. | 18 f. **la oración matinal:** Morgengebet. | 20 **merodear:** ziellos umhergehen. | 21 **el arbusto:** Strauch. | 22 **el sauce** (bot.): Weide.

Luego se dirigió hacia la calle. En la puerta de la tapia, Hantal le dijo a Huki:

– No volveré en todo el día. Si viene alguien a buscarme, dile que no sabes dónde estoy ni cuándo voy a regresar. Si es algún enfermo grave, mándalo al sabio Ben Barra.

Después comenzó a caminar a paso muy vivo hacia el centro de la ciudad.

– Padre, ¿adónde vamos ahora?

– A casa de Rodrigo. Supongo que ya le habrán llevado allí después del castigo de anoche.

El barrio de los mozárabes se hallaba hacia el norte de Córdoba, más allá de la judería. Después de atravesar un laberinto de callejas estrechas muy animadas, salieron al zoco que llamaban «de los ladrones». Era una plaza rodeada de pequeñas tiendas, unas junto a otras, donde se ofrecían toda clase de productos: telas, tapices y alfombras, orfebrería, cerámica, armas, perfumes, cestos ... Los bereberes bajaban de las montañas y colocaban allí sus tenderetes para vender hortalizas, y por todas partes, yendo y viniendo, se veían borriquillos muy cargados, así como perros y gatos que husmeaban por el suelo. Había cuchitriles de zapateros y guarnicioneros, y en todas las tiendecillas o tenderetes los clientes regateaban con los comerciantes. Diseminados por el centro de la plaza, y con corrillos de curiosos a su alrede-

7 **caminar:** gehen, laufen. | 11 **el castigo:** Strafe. | 13 **la judería:** Judenviertel. | 14 **la calleja:** Gässchen. | 18 **el cesto:** (großer) Korb. | 19 **el tenderete:** (Verkaufs-)Stand. | 20 **la hortaliza:** Gemüse. | 21 **el borriquillo:** Eselchen (*el borrico, el burro:* Esel). | 23 **el guarnicionero:** Sattler. | **la tiendecilla** (dim.): kleiner Laden (*la tienda:* Laden). | 24 **regatear:** feilschen. | **diseminado/a:** verstreut. | 25 **el corrillo:** Gruppe (*el corro:* Kreis).

dor, había faquires, encantadores de serpientes, adivinos, astrólogos, equilibristas o contadores de cuentos. Fernando se asomó a un corrillo, en cuyo centro, sentado sobre una alfombra vieja, le llamó la atención el imponente aspecto de un anciano de ojos azules y barbas blancas muy largas, que era un narrador de cuentos. Resultaba más impresionante aún porque llevaba un gran turbante, tocado que no se usaba por aquel tiempo en Córdoba. Cuando se asomó Fernando, estaba empezando un relato. Lo narraba despacio, cambiando de voz según las situaciones y los personajes que hablaban para hacerlo más misterioso.

– ¡Oh! Sabed que hubo una vez, hace años, muchos años, un hombre humilde que vivía en El Cairo. ¿Y sabéis qué le ocurría? Todas las noches tenía el mismo sueño ... Se le aparecía un hombre de barbas moradas que le decía: «Coge un hato con tus cosas y márchate a Basora ... Allí encontrarás un tesoro que te hará rico entre los ricos ...».

– ¡Fernando! – oyó a su espalda el muchacho, mientras una mano le cogía con fuerza por el brazo.

Era Hantal Idrissi, con cara de pocos amigos.

– ¿Cómo es que te quedas embobado con esas historias

1 **el faquir:** Fakir. | **el encantador / la encantadora de serpientes** (f. pl.): Schlangenbeschwörer(in). | **el adivino / la adivina:** Wahrsager(in). | 2 **el/la equilibrista:** Seiltänzer(in). | **el contador / la contadora de cuentos:** Geschichtenerzähler(in). | 3 **asomarse a:** herantreten an. | 4 **imponente:** beeindruckend. | 7 **el turbante:** Turban. | **el tocado:** Kopfschmuck. | 9 **el relato:** Erzählung, Bericht. | **narrar:** erzählen (*la narración:* Erzählung). | 13 **humilde:** bescheiden, einfach. | 15 **morado/a:** dunkelviolett. | 16 **el hato:** Bündel. | **Basora:** Basra, Stadt im Süden des heutigen Irak. | 20 **tener cara de pocos amigos:** ein unfreundliches Gesicht haben. | 21 **embobarse con algo:** von etwas fasziniert sein.

sabiendo que tengo prisa? ¡He tenido que volver sobre mis pasos para buscarte! Anda, corre.

Fernando se separó del corro a disgusto y siguió a su padre. Tras atravesar una tupida red de callejuelas y entrar en una que tenía muchas macetas en las ventanas, Hantal se detuvo frente a una casa de aspecto sencillo.

Llamó directamente a la puerta y, poco después, tras escucharse unos pasos quedos aproximándose, asomó la cabeza de un hombre medio calvo, con los pocos pelos que tenía revueltos. Sus ojos estaban enrojecidos por el llanto.

– ¡Oh, aghá Idrissi! ¡Al fin llegáis! ¡Mi hijo os esperaba! Está muy maltrecho … Le acusan de un crimen horrible y le han molido a palos. ¿Qué ha hecho, mi señor?

– Tranquilo. Yo creo que nada malo.

La casa era sencilla, pero con las comodidades que se podía permitir un arquitecto de al-Haken. Se escuchaban lloros en el interior. En un rincón del patio central había una puerta abierta. Cuando Hantal Idrissi la traspasó, precedido por el padre, contempló un espectáculo lastimoso: Rodrigo estaba tumbado en un jergón de poca altura, boca abajo, rodeado por su madre, dos hermanos más jóvenes y una hermana pequeña. Tenía la espalda, los hombros y los antebra-

1 f. **he tenido que volver sobre mis pasos:** ich musste umkehren. | 3 **a disgusto:** widerstrebend, widerwillig. | 5 **la maceta:** Blumentopf. | 8 **quedo/a:** leise, gedämpft. | 9 **calvo/a:** kahl, glatzköpfig. | 13 **maltrecho/a:** übel zugerichtet. | 14 **moler a palos** (pl.) **a alg.:** jdn. windelweich prügeln (*el palo:* Stock, Prügel). | 16 **la comodidad:** Annehmlichkeit. | 17 f. **los lloros** (pl.): Weinen. | 19 **preceder:** vorausgehen. | 20 **lastimoso/a:** mitleiderregend, bedauernswert. | 21 **el jergón:** Strohsack. | 23 f. **el antebrazo:** Unterarm.

zos llenos de laceraciones y marcas rojizas hinchadas, algunas sangrantes, a causa de los golpes recibidos la noche anterior.

– ¡Oh, mi señor! – dijo la madre –. ¡Haced algo por mi hijo! ¡Se me va a morir! ¡Él no ha podido matar a nadie!

– No, no se va a morir. Dejadme un almirez, pronto – respondió el médico –. Y un poco de vinagre. Voy a prepararle unas cataplasmas.

Luego se acercó a Rodrigo.

– Calma. Te voy a curar y se aliviarán tus dolores.

– ¡Mi señor Hantal! Me … me dieron veinte palos … Creí que me mataban.

– Espera un momento.

Hantal Idrissi colocó el almirez sobre una mesa. Echó dentro las hojas recogidas en el jardín y una especie de semillas que llevaba en su bolsa. Sobre esto vertió un chorrito del líquido que contenía el frasco ambarino sacado de la cueva. Luego, lo machacó todo durante unos minutos hasta formar una pasta.

– Padre, ¿qué habéis echado ahí? – preguntó Fernando.

– Agua con miel, hojas de sauce y cabezas de adormidera. Más vinagre. Eso le calmará el dolor y ayudará a que la herida cicatrice.

1 **la laceración:** Verwundung. | **las marcas:** Wundmale, Peitschenstriemen. | **hinchado/a:** geschwollen. | 2 **sangrante:** blutend. | 6 **el almirez:** Mörser. | 7 **el vinagre:** Essig. | 8 **la cataplasma:** Umschlag. | 10 **aliviarse:** sich bessern, nachlassen. | 15 **la especie:** Art. | 16 **verter:** gießen. | 16 f. **un chorrito de líquido:** ein Schuss Flüssigkeit (*el chorro:* Strahl, Guss). | 18 **machacar:** zerstampfen, zerdrücken. | 21 **la adormidera:** Schlafmohn. | 22 f. **la herida:** Wunde (*herirse:* sich verletzen). | 23 **cicatrizar:** vernarben (*la cicatriz:* Narbe).

Después, sirviéndose de los dedos, aplicó la mezcla con mucho esmero sobre las partes dañadas de Rodrigo.

– Ahora se te calmarán los dolores – dijo.

La madre llevó una jofaina con agua y un paño para que Hantal se lavase las manos. Después, el médico se sentó en una banqueta junto a su amigo. Se volvió hacia la familia.

– Querría hablar con él a solas.

Todos salieron callados, pero a disgusto.

– ¿Yo también me voy, padre? – dijo Fernando.

– Quédate.

El médico se dirigió a Rodrigo con un tono suave y tranquilizador.

– ¿Sabes? Ya sé que no mentiste al decir que te habías dormido mientras hablabas con el eunuco. Rodrigo le miró con expresión confundida.

– ¿Cómo lo sabéis?

– El pastel ... Sudri te ofreció un pastel, ¿no es eso?

– Sí, el pastel que más me agrada.

– Como a mí ... – dijo Fernando.

– Calla ahora – le atajó el médico, muy serio –. Ese pastel contenía grandes dosis de un narcótico.

– ¿Un narcótico?

– Así es. Lo he probado en mí mismo. ¿Comiste mucho?

– Sí, la verdad es que bastante. Mientras hablábamos fui tomando trozos sin darme cuenta.

1 **aplicar:** auftragen, anbringen. | **la mezcla:** Mischung. | 1f. **con esmero:** sorgfältig (*el esmero:* Sorgfalt). | 2 **dañar:** (be)schädigen. | 4 **la jofaina:** Waschschüssel. | **el paño:** Tuch. | 6 **la banqueta:** Hocker. | 8 **callado/a:** schweigend. | 11f. **tranquilizador/a:** beruhigend. | 15 **confundido/a:** verwirrt. | 20 **atajar a alg.:** jdm. das Wort abschneiden (*atajar:* unterbrechen).

– ¿Y Sudri? ¿Comió?

– No … no sé … Quizá algo. Pero muy poco. No podría asegurarlo.

– Oye – siguió Hantal –. Yo soy tu amigo sincero y conoces mi carácter. Sé callar como un muerto cuando es preciso, sobre todo si eso sirve para que se haga justicia. ¿No puedes revelarme a mí ese asunto secreto, tu misteriosa relación con Sudri, que te atreviste a ocultar al califa? ¿Tan grave es?

– Mucho. No me pidáis eso.

– Pero ¿atañe a tu honor verdaderamente?

– Sí. A mi honor y al de otra persona.

– ¿Qué persona? ¿Me lo puedes decir? Solo eso.

Rodrigo dudó unos instantes. Su cara reflejaba el dolor que le producían las heridas y las dudas sobre si debía pronunciar o no un nombre.

– Atañe también … al honor … del … del califa.

– ¿De al-Haken? ¡Por las barbas del Profeta!

– Sí. Y no me pidáis que añada nada más. Me hacéis sufrir. He jurado fidelidad a la persona del emir y, si divulgara lo que sé, lastimaría su dignidad y su reputación. Por favor …

– Está bien, está bien.

Hantal calló unos instantes y fijó su vista en el suelo, como si por su mente pasaran mil ideas distintas sobre qué inimaginable asunto unía a Rodrigo y al califa que lastimase el honor de ambos. ¿Y qué significaba el esclavo Hemné Su-

5 f. **preciso/a:** genau; hier: notwendig (*la precisión:* Genauigkeit). | 11 **atañer:** betreffen, angehen. | 20 **divulgar:** verbreiten. | 21 **la reputación:** (guter) Ruf. | 26 **inimaginable:** unvorstellbar.

dri en medio de todo? Era un jeroglífico que resultaba incomprensible. Se había puesto de pie y buscaba algo entre sus ropas. Sacó la daga de Rodrigo.

– Toma. Te la he traído. La dejó en la mesa.

– ¿A ver? Acercádmela, por favor.

Hantal colocó el arma cerca de la cara del mozárabe.

– ¡Ah! Me la han estropeado. Y la tenía en mucha estima.

– ¿Estropeado?

– Aquí ... El pomo de la empuñadura. Está machacado, como si lo hubiesen golpeado con un martillo.

– ¿Ah, sí? – dijo Hantal mirándola con atención.

– Sí.

– Entonces, me gustaría retenerla unos días. Quiero observar ese detalle. ¿Puedo llevármela?

– Desde luego.

– Vendré a curarte todas las mañanas. Y para tenerte informado de lo que vaya averiguando. Creo que en una semana estarás bien. Vamos, Fernando.

Por la tarde, junto a su hijo, Hantal asistió a las exequias de Hemné Sudri. El protocolo de la corte no permitía que a un esclavo se le hiciesen unos funerales como hubiera deseado al-Haken. No obstante, asistió personalmente al entierro con otros dignatarios de la corte y ordenó que Sudri descansara en su cementerio privado, un terreno junto a la fachada trasera del alcázar. La tarde se tornó oscura y tormen-

1 **el jeroglífico:** Hieroglyphe. | 9 **el pomo:** Knauf. | 13 **retener:** zurückhalten, behalten. | 19 **las exequias** (pl.): Begräbnisfeierlichkeiten. | 20 **el protocolo de la corte:** die höfische Etikette (*la corte:* Hof). | 21 **el funeral:** Totenfeier, Beerdigung. | 22 **el entierro:** Beerdigung. | 25 **trasero/a:** hintere(r, s). | **tornarse:** werden. | 25 f. **tormentoso/a:** stürmisch, gewittrig.

tosa. El eunuco, sobre unas parihuelas, iba envuelto de pies a cabeza en un sudario blanco. Sobre el lugar que ocupaban los ojos, la nariz y la boca, se había vertido, como era ritual, tres gotas de ámbar derretido. Le colocaron en la tumba sobre el costado derecho, mirando hacia La Meca. Y se rezaron las últimas oraciones cuando un viento húmedo se llevaba las hojas marchitas de los árboles y las lágrimas afloraban a los ojos de al-Haken.

Después, todos volvieron al palacio para celebrar la cena funeraria. En esta cena debía leerse el Corán completo. Para no hacer tan largo y fatigoso tal rito, el libro se leía por partes durante noches sucesivas, en las que se servían otras tantas cenas. Al término de aquel primer banquete, el emir se dirigió a todos con palabras escuetas.

– Dignidades religiosas, nobles, militares, siervos y esclavos: está previsto que mañana llegue a Córdoba el general Yamal al-Katib ▸. Trae cuantiosos botines después de la última aceifa de este año por tierra de cristianos. Pese a la pena que nos abruma, le recibiremos con todos los honores, pues los merecen su brillantes servicios a mi persona y a todos los fieles de Alá. Por la noche, seguirá la cena funeraria en honor del noble Hemné Sudri.

1 **la parihuela:** Bahre. | 2 **el sudario:** Leichentuch. | 4 **derretido/a:** geschmolzen. | 5 **el costado:** Seite. | **La Meca:** Mekka (Stadt im heutigen Saudi-Arabien, zentraler Wallfahrtsort des Islam). | 6 **la oración:** Gebet. | 7 **marchito/a:** welk. | 9 f. **la cena funeraria:** Leichenschmaus. | 11 **fatigoso/a:** ermüdend. | **el rito:** Ritus. | 12 **sucesivo/a:** aufeinanderfolgend. | 13 **al término de:** am Ende. | **el banquete:** Bankett, Festessen, Mahl. | 14 **escueto/a:** knapp, schlicht. | 17 **cuantioso/a:** zahlreich; reichlich, beträchtlich. | **el botín:** Kriegsbeute. | 18 **la aceifa** (ár., hist.): Raubzug. | **pese a:** trotz.

Mientras decía esto el califa, Hantal cuchicheaba en voz baja con Fernando.

– Es difícil, pero lo primero que tenemos que hacer ahora es investigar sobre la vida privada de Sudri. No se me ocurre otra cosa. Ahí debe estar la clave de todo.

– Pero ¿cómo lo haréis? Parece que era muy reservado, y no tenía ni amigos ni parientes en Córdoba.

– No lo sé bien. Hablaremos con los otros eunucos al servicio del harén. O bien ... En fin, algo planearé. Ve pensando tú también. Pero yo creo que ese es el camino a seguir.

Fernando, que estaba a reventar de tantas golosinas y pasteles como había tomado, se puso a pensar enseguida. Jamás había visto reunidos en una mesa tantos manjares exquisitos y atrayentes a la vista, el olfato y el gusto. Sus ojos no habían perdido detalle de las caras y las vestiduras de los nobles y altos dignatarios, de las armas y uniformes de los soldados, de las copas de vidrio finísimo o las bandejas de oro, de los movimientos de cuantos siervos estaban en aquella sala o habían circulado por ella ... Y pensó que, en una noche y un día acompañando a su padre, había conocido más cosas nuevas que en los catorce años anteriores.

1 **cuchichear:** tuscheln, flüstern. | 5 **la clave** (fig.): Schlüssel. | 7 **el/la pariente:** Familienangehörige(r). | 11 **estar al reventar:** beinahe platzen. | **la golosina:** Süßigkeit. | 13 **el manjar:** Speise. | 14 **atrayente:** anziehend. | **el olfato:** Geruchssinn. | 17f. **la bandeja:** Tablett. | 19 **circular:** umhergehen.

6

Al día siguiente, muy de mañana, Hantal Idrissi se dirigió al alcázar sin Fernando y pidió ver al joven funcionario que le había entregado el salvoconducto. Aguardó unos momentos en una estancia cercana a la puerta principal y, enseguida, apareció el diligente palaciego, muy atildado y circunspecto.

– Desearía hablar con todos los eunucos del harén – dijo Hantal tras los saludos de rigor.

– ¿Con todos? Son unos veinte. Veintitrés justamente.

– ¿Veintitrés? No creí que hubiera tantos ... Pero, bien, hablaré con todos.

– ¿Juntos?

– No, no. Uno a uno. Si pudiera utilizar una salita discreta a la que ellos fuesen bajando ...

El joven funcionario, que carecía de barba, pensó unos momentos.

– Sí, en el patio de las fuentes hay un saloncito que creo que os servirá. Venid.

El funcionario atravesó el primer patio del alcázar, y tras cruzar varios corredores y estancias, llegó a otro muy fresco, lleno de fuentes y palmitos. En un ángulo, al fondo, se abría una puerta que daba a un pequeño salón con almohadones, alfombras, un par de arquetas y varios maceteros. A Hantal le pareció muy adecuado.

5 **cercano/a a:** nahe (bei). | 6 **diligente:** gewissenhaft, eifrig. | **atildado/a:** gepflegt, elegant. | **circunspecto/a:** umsichtig. | 8 **de rigor:** unerlässlich. | 21 **el palmito:** Zwergpalme. | **el ángulo:** Winkel, Ecke. | 23 **el macetero:** Blumenständer. | 24 **adecuado/a:** passend.

– Yo los iré avisando y bajarán uno a uno ... Aguardad aquí. ¿Queréis que os sirvan alguna bebida o algo de comer?

– Si no os incomoda, tomaría un copa de agua de azahar.

El primer eunuco que entró en la sala, todo vestido de blanco en señal de luto y con el cráneo rapado, era muy grueso y miró a Hantal con ojos desconfiados.

– Sentaos – dijo el médico.

El hombre obedeció.

– Sabéis que el califa me ha dado completa libertad para investigar sobre la muerte de Sudri, y querría haceros algunas preguntas a cuantos servíais con él en el harén. ¿Os importa contestarme?

El otro hizo un gesto negativo con la cabeza.

– Está bien ... Veamos: ¿sabéis algo sobre la vida de Sudri fuera del alcázar? Quiero decir, si tenía amigos, parientes ...

– No, mi señor. A pesar de conocernos ya muchos años, yo no sé nada de él en ese sentido, ni creo que lo sepan mis compañeros – respondió con una voz aguda que parecía de mujer –. Sudri era muy reservado; apenas hablaba con nosotros de cosas que no estuvieran relacionadas con el trabajo en el harén. No, yo no conozco que tuviera ningún amigo fuera del palacio. Parientes, seguro que no. Los germanos le capturaron a él solo ... Y solo lo trajeron a al-Ándalus ▸.

– ¿Cuál era su trabajo?

4 **incomodar:** belästigen. | **el azahar:** Orangenblüte. | 6 **el luto:** Trauer. | 7 **desconfiado/a:** misstrauisch (*desconfiar:* misstrauen, misstrauisch sein). | 16 **fuera de:** außerhalb von. | 20 **agudo/a:** spitz, hoch (Stimme). | 24 **el germano / la germana:** Germane/Germanin. | 25 **capturar:** fangen.

– Era el intendente de todos nosotros.

– Vuestro jefe, digamos.

– Sí. Pero también tenía un cometido personal concreto, que era la guarda y servicio de Bouchra, la favorita de nuestro emir.

– ¿Y en qué consistían esos cuidados?

– Servir a la señora en todo lo que deseara ... Era el intermediario entre ella y el califa: buscar y traerle los vestidos, perfumes o cosméticos que pedía ... Las comidas diarias ... Proporcionarle libros, entretenerla con su conversación si ella lo pedía ... Traer danzarinas y organizar fiestas en el harén cuando lo ordenaba ... En fin, hacerle toda clase de servicios o recados. Unas cosas las resolvía él personalmente, otras se las encargaba a esclavos de menor rango.

– Habéis dicho que «guardaba» a Bouchra. ¿Qué significa eso?

– Eso significa, en realidad, vigilarla.

– ¿Vigilarla? ¿De qué?

En los labios del eunuco se dibujó una sonrisa burlona, como si la pregunta de Hantal le pareciese llena de ingenuidad.

– ¡Ah, mi señor! Ya sabéis que el hombre muy enamorado es celoso. Y nuestro emir no es una excepción. Sudri dormía en un cuarto contiguo al de Bouchra, tan solo separado por unas cortinas. Y vigilaba sus movimientos.

3 **el cometido:** Aufgabe. | 4 **el servicio:** Dienst, Bedienung. | 7 f. **el intermediario / la intermediaria:** Vermittler(in)). | 11 **el danzarín / la danzarina:** Tänzer(in). | 13 **el recado:** Besorgung. | 19 **el labio:** Lippe. | **burlón/burlona:** spöttisch, höhnisch. | 20 f. **la ingenuidad:** Naivität. | 23 **celoso/a:** eifersüchtig. | 24 **contiguo/a:** angrenzend, unmittelbar neben.

– Ya … Parece que Sudri tenía toda la confianza de nuestro señor, el emir. ¿Hablaba con él a menudo?

– Sí. A veces le llamaba. Y, en ocasiones, las conversaciones se prolongaban mucho tiempo. Tal vez demasiado …

– ¿Qué queréis decir con «demasiado»?

– Nada en particular. Pero … tal vez sea una queja. Otros trabajamos con tanta fidelidad como Sudri y nunca nos mostró la misma deferencia … Además, ¿no creéis que la dignidad suprema de al-Haken sufría mengua al gastar su tiempo con alguien que, al fin y al cabo, solo era un esclavo?

Hantal Idrissi miró fijamente a los ojos de su interlocutor y dudó antes de hacer la siguiente pregunta.

– ¿Creéis que Sudri tenía enemigos entre los hombres del harén?

También el eunuco dudó en contestar.

– No. Enemigos, no.

– Enemigos, no; pero sí despertaba envidias, ¿no es eso?

– Puede ser.

– Está bien. Podéis retiraros, si no tenéis nada más en particular que decirme.

Cuando Hantal Idrissi llevaba entrevistados a cinco eunucos, estuvo a punto de cortar aquellos interrogatorios, puesto que los cinco, sin excepción, le contestaron aproximadamente las mismas cosas que el primero. Y, no obstan-

3 **en ocasiones:** gelegentlich, bisweilen. | 6 **nada en particular:** nichts Besonderes. | **la queja:** Klage (*quejarse:* klagen, jammern). | 8 **la deferencia:** Achtung, Entgegenkommen, Ehrerbietung. | 9 **sufrir mengua:** geschmälert sein (*la mengua:* Abnahme, Rückgang). | **gastar:** verschwenden. | 11 **el interlocutor / la interlocatura:** Gesprächspartner(in). | 22 **estar a punto de hacer algo:** drauf und dran sein etwas zu tun. | **el interrogatorio:** Verhör.

te, haciendo un esfuerzo de voluntad, continuó con todos los que restaban. Pensaba que tal vez alguno podría decirle algo nuevo, una sola palabra reveladora, algún detalle significativo.

Al llegar el mediodía, el funcionario sin barba, atento a todos los detalles, ordenó que sirvieran al médico una frugal comida. Es decir, lo que Hantal pidió. Y cuando despidió al último de los eunucos era ya entrada la tarde y se sentía cansado, con ganas de caminar al aire libre y decepcionado. Ningún eunuco había dicho nada distinto de lo que dijo el primero. Y Hantal pudo sacar dos conclusiones claras, ya fuera de palacio, mientras se dirigía a la almedina, donde había quedado con Fernando. Primero: Hemné Sudri no tenía un solo amigo en Córdoba, ni dentro ni fuera del alcázar; tampoco pariente alguno. Segundo: muchos de los compañeros del harén, por no decir todos, le envidiaban debido al trato especial con que el califa le distinguía.

Absorto en sus pensamiento, Hantal se encontró de pronto recibiendo continuos empujones de una muchedumbre formada por hombres y chiquillos que corrían vociferantes hacia la entrada de la almedina.

– ¿Pero qué pasa? ¡Cuidado! ¡Eh, mi bonete! ¡Por las barbas del Profeta!

– ¡Padre!

1 **la voluntad:** Wille. | 2 **restar:** übrig bleiben. | 3 **revelador/a:** aufschlussreich, erhellend. | 3 f. **significativo/a:** bedeutsam. | 7 **frugal:** einfach, frugal. | 17 f. **distinguir a alg.:** jdn. auszeichnen. | 19 **absorto/a en sus pensamientos:** gedankenverloren, in Gedanken versunken. | 20 **el empujón:** Stoß, Schubs (*empujar:* stoßen, schubsen). | 21 f. **vociferante:** laut schreiend (*vociferar:* laut schreien, brüllen).

Era Fernando, que también iba medio corriendo en la misma dirección que la multitud.

– ¿Pero qué ocurre? – exclamó Hantal Idrissi colocándose bien el bonete –. ¿Qué alboroto es este?

– ¡Señor, es que llega el general al-Katib con todo su ejército y el pueblo quiere verle! Venid. ¡Yo no pienso perdérmelo!

Hantal y Fernando se acercaron a la masa de gente que se agolpaba frente a las puertas de la segunda muralla. En aquellos momentos, entre dos filas de apretados espectadores contenidos por soldados, la figura del general Yamal al-Katib hacía su entrada en la almedina. Iba rodeado de soldados a pie que atronaban el aire aporreando unos tambores enormes. Abriendo camino, un gigante de brazos hercúleos untados de aceite portaba un gran estandarte con inscripciones del Corán.

Era evidente que el general se había acicalado a conciencia para hacer aquella entrada triunfal. Llevaba sus prendas militares de cuero bien engrasadas y los metales relucientes: el sol de poniente sacaba en su casco brillos que

1 **ir medio corriendo:** halb rennend gehen. | 4 **el alboroto:** Tumult, Lärm, Krach. | 8 f. **agolparse:** zusammenlaufen, sich drängen. | 10 **la fila:** Reihe. | 10 f. **el espectador / la espectadora:** Zuschauer(in). | 11 **contener:** hier: zurückhalten. | **la figura:** Gestalt. | 13 **atronar el aire:** die Luft durchdröhnen. | **aporrear el tambor:** die Trommel schlagen. | 14 **el gigante / la giganta:** Riese/Riesin. | **hercúleo/a:** herkulisch (stark wie Herkules). | 15 **untar:** einfetten, einschmieren. | **portar:** tragen. | **el estandarte:** Standarte, Fahne. | 15 f. **la inscripción:** Inschrift. | 17 **acicalarse:** sich fein machen, sich herausputzen, sich ausstaffieren. | 17 f. **a conciencia:** bewusst. | 19 **las prendas:** Bekleidung (*la prenda:* Kleidungsstück). | **engrasar:** einfetten. | 20 **reluciente:** glänzend, schimmernd. | **el sol de poniente:** Abendsonne. | **el casco:** Helm. | **el brillo:** Glanz.

deslumbraban. Era un hombre de unos treinta y cinco años, de porte gallardo, con una barba negra como el carbón que delataba un teñido reciente. Montaba un nervioso caballo africano. Tras él venía la caballería en pleno, lo mismo de limpia y reluciente. Los jinetes formaban dos filas y, en medio de ellos, avanzaban hasta cien mulas cargadas con grandes fardos y cofres donde llegaba a Córdoba el botín cobrado en la aceifa. El paso del general y el cuantioso botín eran las dos cosas que más enardecían a la muchedumbre. De este botín, dividido en cinco partes, cuatro les correspondían a los soldados y una al califa. Cerrando el cortejo marchaban los peones, también formados en dos columnas. Entre ellos caminaban hasta unos treinta cristianos de aspecto lastimoso, encadenados unos a otros con grilletes ligeros y cuyo destino era la esclavitud.

Aquí y allá, entre la turba, algunos tipos con pinta de truhanes insultaban sin piedad a los prisioneros.

– ¡Es indignante! – murmuró Hantal entre dientes, enarcando las cejas.

– ¿El qué, padre?

– Esos insultos a los prisioneros ... ¡Bastante desgracia tienen ya!

1 **deslumbrar:** blenden. | 2 **gallardo/a** (elev.): stattlich. | 3 **el teñido:** Färben. | **reciente:** frisch, kurz zurückliegend. | 7 **el fardo:** Ballen, Last. | 9 **enardecer:** in Wallung bringen, begeistern. | 11 **el cortejo:** Zug, Gefolge. | 12 **el peón:** Fußsoldat. | 14 **encadenar:** in Ketten legen. | **el grillete:** Fußfessel. | 15 **el destino:** Schicksal, Bestimmung. | **la esclavitud:** Sklaverei. | 16 **la turba:** Menschenmenge, Pöbel. | **la pinta:** Aussehen. | 16 f. **el truhán:** Gauner. | 17 **insultar:** beschimpfen (*el insulto:* Beleidigung, Beschimpfung). | **la piedad:** Mitleid, Erbarmen. | 18 f. **enarcar las cejas:** die Brauen hochziehen. | 21 **la desgracia:** Unglück, Unheil (*desgraciado/a:* unglücklich).

El general al-Katib pasaba frente al médico en aquel mismo instante. Hantal entornó los ojos y pareció taladrar el rostro del militar. «Altivo, ambicioso, sin escrúpulos», pensó para sí, haciendo un rápido retrato del alma de aquel hombre.

Y fue entonces cuando una mano dura, como si fuese toda de huesos, se posó por detrás en un hombro del médico. Hantal volvió la cabeza como un rayo. A su espalda estaba un anciano de raza negra, al que reconoció de inmediato. Era el esclavo que, durante el juicio de Rodrigo, había declarado cómo le oyó amenazar a Sudri frente a la tienda de un zapatero: «¡Te mataré, esclavo, te mataré!».

– ¿Qué quieres? – le dijo muy serio Hantal.

– Señor, perdonad mi insolencia.

– Habla.

– Señor, yo sirvo en el alcázar …

– Sí, te conozco.

– Eso aligera las cosas. He sabido que … Pero ¿por qué no venís a la taberna de Huzail? En aquella puerta. No es un lugar para vos, pero allí podríamos hablar tranquilos.

– ¿De qué?

– De lo que habéis estado buscando todo el día en vuestro interrogatorio a los eunucos.

Hantal le miró fijamente durante unos segundos.

– Vamos.

Poco después, en cierto cuarto reservado de un tugurio

2 **taladrar:** durchbohren. | 3 **altivo/a:** hochmütig. | **ambicioso/a:** ehrgeizig. | **el escrúpulo:** Skrupel. | 4 **el retrato:** Portrait. | 7 **posarse:** sich legen. | 8 **el rayo:** Blitz. | 9 **el anciano / la anciana:** Greis(in). | 14 **la insolencia:** Unverschämtheit. | 18 **aligerar:** erleichtern. | 26 **el (cuarto) reservado:** Nebenzimmer. | **el tugurio:** Bruchbude, Loch.

sucio y angosto, lleno de gente de mala traza, Hantal, el esclavo y Fernando ocupaban una mesa, bajo un candil que colgaba del techo. Frente a ellos había una jarra de horchata y tres cuencos. Fuera, la mayoría de la clientela, pese a la prohibición del Corán, bebía vino. La conversación, a pesar de estar en una habitación cerrada, se mantuvo en voz queda.

– Señor – dijo el esclavo –, sé que habéis estado hablando con los eunucos del harén, tratando de saber algo sobre Sudri ... Yo quizá os pueda decir alguna cosa ...

– Te escucho.

– ¡Oh, señor! Soy un esclavo ya viejo. Y desde que era joven he ido juntando, con muchos sacrificios, unos pocos dinares para comprar mi libertad algún día. Pero si no me doy prisa, ese día no lo veré nunca. Los años ...

– ¿Cuánto quieres?

– Lo que a vuestra liberalidad le parezca bien.

– Habla. No llevo dinero encima. Pero ve cuando quieras a mi casa y recibirás tu recompensa. Siempre que sea importante lo que me digas.

– Es importante, señor.

– Pues bien ...

– Yo, señor, conozco a un hombre que estima a Sudri de corazón y que no es del servicio del alcázar. Un hombre que vive en Córdoba y sin duda os podrá contar cosas de su vida que nadie conoce.

1 **angosto/a:** eng. | **la gente de mala traza:** Gesindel. | 3 **la horchata:** Horchata (Erdmandelmilch). | 4 **el cuenco:** Trinkschale. | 5 **la prohibición:** Verbot. | 13 **juntar:** zusammentragen. | **el sacrificio:** Opfer. | 14 **el dinar:** Dinar (historische Münzeinheit im islamischen Kulturkreis). | 17 **la liberalidad:** Freigebigkeit. | 19 **la recompensa:** Belohnung.

– ¿Quién es? – preguntó muy excitado Hantal.

– ¿Conocéis al judío Samuel ibn Saprut?

– No.

– Vive en la calle de las Palomas. Es prestamista. Sudri le visitaba con frecuencia. Y permanecía horas en su casa. Al salir, el viejo Samuel le despedía siempre con muestras del mayor cariño. De lo que deduzco que no iba a su casa por cuestiones de dinero …

– ¿Y cómo sabes tú todo eso con tanto detalle?

El esclavo negro calló unos momentos.

– Porque yo, señor, cuando Sudri salía del alcázar, tenía la orden de espiarle. Esto solo lo sabéis vos y quien me lo ordenaba.

– ¿Espiarle?

– Sí, mi señor. Esa era la orden.

– Orden de quién. ¿De quién? – interrogó Hantal, cada vez más excitado.

– ¡Oh, señor! Alá es misericordioso y vos sois un fiel siervo de Alá … Yo ya soy viejo y …

– Te daré más dinero. Sigue.

– ¡Oh, gracias, mi señor! Sé que sois generoso como pocos. Gra …

– ¡Habla, vamos! ¿Quién te ordenaba espiarle?

El esclavo dijo una sola palabra, que dejó petrificado a Hantal Idrissi.

– Bouchra.

1 **excitado/a:** erregt (*la excitación:* Erregung). | 4 **el/la prestamista:** Geldverleiher(in) (*el préstamo de dinero:* Geldverleih). | 7 **mayor:** größte(r, s). | **deducir:** schließen, ableiten, folgern. | 12 **espiar a alg.:** jdm. nachspionieren. | 18 **misericordioso/a:** mitleidig, barmherzig.

– ¿Qué dices? ¿Bouchra? ¿La favorita del emir?

– Así es, mi señor. Alá, que está en lo alto, lo sabe. Y, por el cielo, jamás digáis a nadie que esto ha salido de mi boca. Correría peligro mi vida

7

– Ahora, vete – le dijo Hantal al esclavo negro, una vez que se ratificó en su asombrosa declaración y le dio las señas precisas del judío –. Quiero quedarme aquí un rato con mi hijo.

– Como gustéis, mi señor. Ya sabéis dónde estoy si me necesitáis ...

Y el viejo esclavo negro se retiró hasta la puerta sin volverse, caminando hacia atrás y haciendo reverencias continuas.

– ¿Por qué nos hemos quedado aquí, padre? – dijo Fernando apenas estuvo a solas con el médico en el lóbrego reservado –. ¡Oh! Estáis casi pálido después de haber oído lo de Bouchra.

– Sí, me ha sobresaltado. No lo esperaba. Fíjate: el califa tenía toda la confianza del mundo en Sudri. Pero Bouchra no, Bouchra le hacía vigilar. ¿Por qué?

– Es muy fácil.

Hantal entornó los ojos para escuchar a su hijo. Sintió, a la vez, un gran gozo al comprobar que quizá tenía una respuesta rápida para un problema intrincado.

– ¿Ah, sí?

– Sí, padre. Bouchra hacía vigilar a Sudri porque ella hacía o hace algo malo que tal vez el eunuco sabía. Y mandaba

3 **ratificarse en algo:** auf etwas beharren. | **asombroso:** erstaunlich, überraschend. | **las señas:** Anschrift, Adresse. | 9 **la reverencia:** Verbeugung. | 12 **lóbrego/a:** düster, finster. | 20 **el gozo:** Freude. | 21 **intricado/a:** verzwickt, kompliziert.

que le espiasen para conocer en todo momento con quién se relacionaba fuera del alcázar, a quién podía contarle su secreto ...

– Algo malo ... – dijo Hantal casi para sí mismo.

Y estuvo un buen rato callado.

– Bueno, padre, ¿qué hacemos? No me gusta este sitio. ¿Ir a ver al judío? Sé que estáis pensando en eso.

– En efecto, es lo que vamos a hacer. Pero debemos aguardar aquí hasta que la noche caiga del todo y las calles estén desiertas. No me gustaría que nadie nos viese merodear por la casa del prestamista. De modo que Bouchra hace algo malo que Sudri sabía ...

– Eso creo yo, señor. ¿No podríais averiguarlo por medio de la astrología, con una de esas cartas de los planetas y las constelaciones?

– ¡Oh, no! La ciencia de las estrellas solo advierte sobre sucesos muy generales, no sobre detalles concretos.

– ¿Me enseñaréis a conocer los augurios del cielo, padre? Me gustaría muchísimo.

– Pues claro. Te enseñaré todo lo que yo sé, mi Fernando. Poco a poco.

A la hora que los cristianos llamaban de completas, dos sombras, una más alta y menos ágil que la otra, se deslizaban por las desiertas callejuelas de la aljama o barrio judío. Se había levantado un viento húmedo que silbaba por las

2 **relacionarse con alg.:** mit jdm. in Verbindung sein, Kontakt haben zu jdm. | 8 **en efecto:** in der Tat. | 10 **desierto/a:** verlassen, menschenleer. | 16 **advertir sobre algo:** auf etwas hinweisen. | 18 **el augurio:** Vorzeichen. | 22 **las completas:** die Komplet (christl. Nachtgebet). | 23 **ágil:** gewandt, flink. | 23 f. **deslizarse por:** schlüpfen durch, schleichen durch (*deslizarse:* gleiten). | 24 **la aljama:** Judenviertel.

esquinas y amenazaba de nuevo tormenta. Los callejones eran tan estrechos a veces que, abriendo los brazos en cruz, se podían tocar las dos fachadas. Las casas tenían, en la parte que daba a la calle, la pequeña tienda o taller del judío que vivía en ella, pues todos se dedicaban a algún tipo de oficio artesanal. Algunos, además, eran prestamistas. Pero Samuel ibn Saprut, al parecer, era uno de los pocos que se dedicaban solo al préstamo de dinero con interés y la venta de mercancías finas a plazos.

La judería se hallaba muy cerca del tugurio donde Hantal y Fernando habían estado, al lado de la gran mezquita y el alcázar. De modo que pronto estuvieron ante la modesta vivienda del judío. Era una calle angosta y silenciosa donde todo el mundo parecía dormir. La casa tenía una sola ventana y, a través de sus celosías, se filtraba la vacilante luz de una lamparilla o de alguna vela.

– Está dentro – dijo Hantal al ver el débil resplandor.

– El esclavo nos ha dicho que vive solo, sin familia ni sirvientes. A lo mejor se asusta y no nos abre.

– Sí, a mí me abrirá. Le diré que cumplo una misión encomendada por el emir. Además, conocerá mi nombre.

Hantal llamó a la puerta con tres golpes discretos. Pero ninguna respuesta ni movimiento se escuchó dentro. Repitió la llamada golpeado con más fuerza, aunque también con precaución, temiendo alarmar a los vecinos.

6 **artesanal:** Handwerks… | 8 **el interés:** Zins. | 9 **la mercancía fina:** Luxusware. | **a plazos:** auf Raten | 12 **de modo que:** so dass. | **modesto/a:** bescheiden. | 15 **filtrarse:** durchsickern. | 18 f. **el/la sirviente:** Diener(in). | 25 **con precaución** (f.): vorsichtig (*la precaución:* Vorsicht).

– ¿Qué hacéis, padre? – dijo Fernando al ver que el médico buscaba algo por el suelo medio a tientas.

– Si encontrase algún chinarro para dar con él en los cristales …

Fernando le proporcionó enseguida uno. Metiendo la mano entre los listones cruzados de la celosía, el médico golpeó repetidamente con la china sobre los vidrios emplomados de la ventana. Tampoco hubo respuesta.

– Padre, ¿y si está al otro lado de la casa y no nos oye? Quizá sea duro de oído.

La parte trasera de la casa daba a otra calle paralela. A la luz de la luna, tuvieron que efectuar un buen rodeo hasta llegar adonde querían. Ahora se encontraban frente a la tapia alta que cerraba el corral de la casa por la parte de atrás, en un callejón aún más estrecho que el otro. Por él solo corrían tapias de corrales.

Apenas avanzaron unos metros junto al muro, Fernando se detuvo.

– ¡Eh, padre! ¡Mirad! La puerta falsa está sin cerrar.

Hantal se acercó. La puertecilla se hallaba medio abierta, dejando paso franco al corral, algo impensable a aquellas horas en la morada de un judío prestamista que vivía solo. El médico dudó.

– ¿Entramos, padre?

– Quizá sea temerario … Puede haber dentro ladrones o

2 **a tientas:** tastend, tappend. | 3 **el chinarro:** (großer) Kieselstein (*la china:* Steinchen). | 6 **el listón:** Latte. | 7f. **emplomado/a:** verbleit. | 10 **duro/a de oído:** schwerhörig. | 12 **efectuar algo:** durchführen, machen. | **el rodeo:** Umweg. | 14 **el corral:** Hof. | 17 **el muro:** Mauer. | 19 **la puerta falsa:** Hintertür. | 21 **impensable:** undenkbar. | 22 **la morada:** Wohnung. | 25 **temerario/a:** verwegen, waghalsig.

gente peligrosa. Esto es muy raro … Pasaré yo. Tú espera aquí.

– No, no, padre; yo tengo que ir adonde vos vayáis.

Instantes después, con paso sigiloso, Hantal y Fernando penetraban en el corral. A la luz de la luna se veían las siluetas de hasta cinco o seis higueras cuyas ramas zarandeaba el viento. En el centro se advertía la sombra del brocal de un pozo. Al frente tenían la fachada trasera de la vivienda.

– Ahí debe de estar la cocina – dijo Hantal –. ¿No ves un poco de resplandor?

– Sí, y la puerta también está abierta.

– ¡Aghá Samuel! – llamó Hantal a media voz.

Nadie respondió. Y entonces, sin tenerlas todas consigo, se fueron despacio hacia la cocina y penetraron en ella con las mayores precauciones. El resplandor que se veía desde el corral procedía del hogar, donde el rescoldo de unas brasas hacía hervir el agua de una olla. Había una mesa grande y un candil apagado, que colgaba del techo.

– Enciende el candil en las brasas y vamos hacia el interior de la casa – le dijo Hantal a Fernando.

Avanzaron muy arrimados el uno al otro por un pasillo desnudo al que se abrían habitaciones sumidas en la oscuridad. Se guiaban siempre por el resplandor de una luz que debía de estar encendida en un aposento que daba

8 **el brocal:** (Brunnen-)Rand. | 13 **a media voz:** mit gedämpfter Stimme. | 14 **sin tenerlas todas consigo:** dem Frieden nicht trauend. | 17 **proceder de:** stammen/kommen von. | **el hogar:** Herd. | **el rescoldo de las brasas:** glimmende Aschenglut. | 18 **hervir:** kochen. | **la olla:** Topf. | 23 **desnudo/a:** nackt; hier: kahl. | **sumir:** (ein)tauchen. | 23 f. **la oscuridad:** Dunkelheit. | 24 **guiarse por:** sich leiten lassen von.

a la calle; la que ellos habían visto desde la fachada delantera.

Y de pronto se encontraron frente a la puerta del cuarto iluminado. Hantal y Fernando se detuvieron en el umbral. Estaban viendo un cuchitril estrecho que desprendía olor a trastos viejos hacinados. Sobre la única mesa que había allí lucía en una palmatoria el último cabo de una vela. Vieron rápidamente que aquel tabuco estaba tan a rebosar de estanterías, arquetas, libros, papeles, cajas y arcones que una persona apenas se podría mover por él. Pero sus ojos se habían clavado desde el primer momento en otra cosa: inclinado sobre la mesa, como si se hubiese quedado dormido con la cabeza apoyada en los brazos, había un hombre viejo, con el casquete de los judíos en la coronilla, largas barbas blancas algo sucias y la nariz aguileña.

Hantal dio un paso al frente enseguida y acercó su cabeza a la del viejo.

– Señor ... – le dijo casi al oído –, señor Samuel ibn Saprut ...

El hombre no hizo el menor movimiento. Entonces, el médico le puso la mano sobre el hombro con la intención de zarandearle suavemente. Mas, apenas le empujó un poco, el cuerpo menudo del viejo se empezó a desplomar lentamente hacia el suelo. Fernando estaba al otro lado.

1 f. **delantero/a:** vordere(r, s). | 4 **el umbral:** Schwelle. | 6 **los trastos viejos:** Gerümpel. | **hacinar:** aufhäufen. | 7 **el cabo:** hier: Ende, Endstück. | 8 **el tabuco:** Loch, Bruchbude. | **rebosar:** überquellen. | 8 f. **la estantería:** Regal. | 9 **el arcón:** (große) Truhe. | 10 f. **clavarse en algo/alg.:** den Blick auf etwas/jdn. heften. | 14 **la coronilla:** Hinterkopf, Scheitel. | 23 **menudo/a:** schmächtig. | **desplomar(se):** zusammensinken, -fallen, -brechen.

–¡Cógele, Fernando! ¡Se derrumba!

A medio camino del pavimento, el muchacho logró atrapar la cabeza de aquel hombre, evitando un rudo golpe contra el piso. Hantal solo tuvo que ver su cara macilenta para convencerse de lo que temía.

Le tumbaron con cuidado sobre las losas rojas y, rápidamente, el médico aplicó su oreja al corazón del anciano. Luego le tomó el pulso.

–¡Oh! ¡Maldición! ¡Maldición!

–¿Es… está muerto?

–Sí, desgraciadamente. Muerto.

El médico le palpó con prisa por todas partes. Le puso de costado y miró su espalda.

–No hay señales de violen… ¡Ah, sí! ¡Sí que las hay, Fernando! Mira, ven. Acerca la palmatoria. En el cuello … Esas moraduras horribles … Unos dedos criminales han presionado brutalmente la garganta. ¿Lo ves?

Fernando, con los ojos muy abiertos, solo tuvo fuerzas para asentir con la cabeza.

– Este hombre ha sido estrangulado. Y sus asesinos han debido de huir por el corral.

– Pe… pero quizá han entrado por la puerta de la calle …

–Entonces les habrá abierto el propio Samuel.

1 **derrumbarse:** zusammenbrechen. | 2 **el pavimento:** Fliesenboden. | **logra hacer algo:** es gelingt ihm/ihr etwas zu tun. | 2 f. **atrapar:** ergreifen, packen, fangen. | 3 **rudo/a:** roh, rau; hier. hart. | 4 **macilento/a:** bleich. | 6 **la losa:** Fliese. | 8 **el pulso:** Puls. | 9 **¡maldición!:** verflucht! (*la maldición:* Fluch) | 12 **palpar:** abtasten. | 16 **la moradura:** Bluterguss, blauer Fleck. | 16 f. **presionar:** drücken. | 19 **asentir con la cabeza:** nicken (*asentir:* zustimmen). | 20 **estrangular:** erwürgen.

– ¡Oh, señor, vámonos de aquí! Vuestras esperanzas de saber algo sobre Sudri parece que se han acabado y …

– Aguarda, aguarda. Tal vez …

Hantal se había incorporado y ahora buscaba frenéticamente por todas partes sin saber a ciencia cierta qué. Abrió arquetas y cajones. Había muchos libros de contabilidad llenos de infinitas listas de números minúsculos, balanzas pequeñas para pesar monedas y joyas, los instrumentos empleados para saber la calidad del oro o las piedras preciosas, toda clase de cajitas, tinteros, plumas … Los muebles estaban llenos de polvo. De pronto, Fernando llamó la atención del médico.

– Padre, mirad lo que había en este arcón.

Le mostraba un cartapacio atado con cintas. Apenas lo vio Hantal, se precipitó sobre Fernando.

– ¡Pergamino de color púrpura! ¡Está lleno de hojas de pergamino púrpura! ¡Solo se usa en palacio! ¿Cómo es posible?

Con movimientos nerviosos, desató las cintas y retiró la gruesa tapa de cuero que cubría las páginas de tono rojizo. Sus ojos se quedaron absortos en el texto árabe escrito en la primera hoja.

– ¿Lees tú lo que yo, Fernando?

1 **la esperanza:** Hoffnung. | 4 f. **frenéticamente:** hektisch, in wilder Eile. | 5 **sin saber a ciencia cierta:** ohne genau zu wissen. | 6 **el cajón:** Schublade. | **la contabilidad:** Buchhaltung, Buchführung. | 7 **infinito/a:** endlos. | **minúsculo/a:** winzig. | **la balanza:** Waage. | 8 **la joya:** Schmuckstück. | 10 **el tintero:** Tintenfass. | 14 **el cartapacio:** Schreibmappe. | **la cinta:** Band. | 15 **precipitarse sobre alg.:** sich auf jdn. stürzen. | 16 **púrpura** (adj.): purpurfarben (*la púrpura:* Purpur). | 19 **desatar:** lösen, aufbinden.

– Padre, aquí pone: «TESTIMONIO DE LA VIDA, SUFRIMIENTO Y CONGOJAS DE HEMNÉ SUDRI, ESCLAVO DEL EMIR DE LOS CREYENTES, NUESTRO AMADO SEÑOR AL-HAKEN II, CONTADO POR ÉL MISMO».

Hantal pasó la primera página con rapidez y en su rostro se reflejaron súbitamente la sorpresa e incluso la irritación. Luego abrió el bloque por varias partes y, tras una rápida ojeada, lo cerró con violencia.

– ¡Oh, por una legión de demonios! Todo lo que sigue, lo que nos interesa a nosotros, está escrito en unos caracteres y una lengua que no conozco.

– Señor, será la lengua natal de Sudri. Eslavo o algo así. Pero vámonos ya. No me gusta estar aquí.

– Nos llevamos el cartapacio.

– Padre, ¿eso no es un robo?

– Sí, pero Alá me perdonará sin duda. Quizá de este escrito depende la vida de Rodrigo.

– ¿Y el judío? ¿Lo dejamos así?

– Está bien como está. Lo descubrirán en cuanto amanezca. Nosotros no debemos dejar rastro alguno de nuestra presencia aquí. Nadie debe saber que estuvimos en esta casa y que tenemos este cartapacio.

Ataron de nuevo las hojas con rapidez y, en un momento, estaban otra vez cruzando el patio de las higueras. Antes

1 **el testimonio:** Erklärung, Zeugnis (*testimoniar:* bezeugen, bekunden). | 1 f. **el sufrimiento:** Leiden. | 6 **la irritación:** Ärger, Verärgerung. | 7 **el bloque:** Block. | 8 **la ojeada:** (flüchtiger) Blick. | **la violencia:** Gewalt, Heftigkeit, Wucht. | 9 **¡por una legión de demonios!:** bei tausend Teufeln!. | 10 **el carácter:** hier: Schriftzeichen, Buchstabe. | 12 **natal:** Geburts… | 17 **el escrito:** Schreiben, Schriftstück. | 19 f. **amanecer:** dämmern, Tag werden. | 20 **el rastro:** Spur.

de salir a la calle, se aseguraron de que nadie rondaba por las cercanías. Avanzaron deprisa bajo relámpagos cada vez más cegadores y frecuentes, azotados por un viento que se llevaba los faldones del albornoz de Idrissi.

– Padre, hay que buscar a alguien que traduzca esos escritos.

– ¿Y quién?

– Alguna persona del alcázar. Hay muchos eslavos en el servicio del califa, ¿no?

– Sí, pero lo que pone aquí, y nuestra presencia en casa del judío, y todo cuanto queremos que quede oculto por ahora, lo sabría media Córdoba al otro día.

Caminaban deprisa y, cuando se encontraban ya fuera de la aljama, comenzaron a caer las primeras gotas de la tormenta, gruesas como garbanzos. Hantal metió el cartapacio bajo sus vestiduras para que no se mojara.

– De todas formas, mañana trataré de ver al califa. Porque … ¿quién ha matado al judío?

– Por lo que se ve, sabía demasiadas cosas de Sudri.

– Y hay alguien que quiere que eso quede en el silencio. Resulta imprescindible hacer una cosa, Fernando. Algo grave …

– Me figuro lo que pensáis.

– Si me lo dices, sabré que tu inteligencia es digna de cuanto espero de ti.

– Bouchra. Queréis hablar con Bouchra.

1 **asegurarse:** sich vergewissern. | 2 **las cercanías:** Umgebung. | 3 **cegador/a:** blendend. | 4 **los faldones:** Saum, Rockschoß. | 15 **el garbanzo:** Kichererbse. | 17 **tratar de hacer algo:** versuchen, etwas zu tun. | 24 f. **tu inteligencia es digna de cuanto espero de ti:** deine Intelligenz entspricht meinen Erwartungen (*digno:* würdig, wert).

– ¡Eso es! Pero ¿cómo? Tengo que pedirle permiso al califa, mas ocultándole los motivos. Solo ve por los ojos de esa mujer. ¿Le diré que sospecho algo de ella? No, ¿verdad? Tampoco debe saber que el esclavo negro vigilaba a Sudri … Habrá que hilar fino.

– Padre, vos siempre lo decís: «Hay que saber caminar por el filo de un cuchillo sin cortarse». Sabréis hacerlo.

Hantal miró a su hijo con suspicacia. ¿Le estaba dando lecciones un chico de catorce años? El gozo traspasó su corazón. Bueno, aquel chico era su hijo …

Pero dejó de pensar pronto. La lluvia se desencadenó entonces como si los cielos abriesen todas sus compuertas. El agua corría por las pendientes formando violentos arroyos terrosos y el silencio era completo en todas las viviendas de Córdoba. Cuando llegaron a su casa, Hantal y Fernando iban calados hasta los huesos.

Se fueron directamente al saloncito del patio donde comían y solían estar más tiempo, mientras Huki recogía el albornoz del sabio, hacía preguntas y les llevaba paños a fin de que se secaran. Con dedos nerviosos, Hantal volvió a desatar el cartapacio. Y una nueva y desagradable sorpresa le condujo rápidamente a tal grado de irritación que su rostro casi tomó el tono rojizo de los pergaminos: a pesar de llevarlo resguardado, el agua del chaparrón había

3 **sospechar algo de alg.:** jdn. einer Sache verdächtigen (*sospechar:* vermuten). | 5 **hilar fino** (fig.): äußerst vorsichtig und genau vorgehen. | 7 **el filo de un cuchillo:** Messerschneide. | 8 **la suspicacia:** Argwohn, Misstrauen. | 11 **desencadenarse:** losbrechen, wüten (Sturm) | 13 **la pendiente:** Hang, Abhang. | **el arroyo:** Bach. | 14 **terroso/a:** erdfarben, erdig. | 16 **calado/a:** klatschnass. | 18 **soler hacer algo:** gewöhnlich etwas tun. | 21 **desagradable:** unangenehm. | 24 **resguardar:** verwahren.

borrado la tinta de grandes fragmentos de las tres primeras páginas del manuscrito.

Dio tal puñetazo sobre la mesita baja que derribó el candelabro al suelo, mientras un juramento golpeaba los oídos de Fernando como un latigazo. Jamás pensó que aquello pudiera salir por la boca de su padre.

1 **borrar:** auslöschen, entfernen. | **el fragmento:** Textabschnitt, Teil (eines Textes). | 3 **el puñetazo:** Faustschlag. | **derribar:** niederreißen. | 3 f. **el candelabro:** Kandelaber, Leuchter. | 4 **el juramento:** hier: Fluch. | 5 **el latigazo:** Peitschenhieb (*el látigo:* Peitsche)

8

Frotándose las manos con suavidad, el circunspecto funcionario que atendía a Hantal cuando iba al alcázar hablaba con cortesía en la sala de costumbre.

– Lo siento, aghá Idrissi, pero las órdenes de nuestro emir no ofrecen dudas. No debe molestársele bajo ningún pretexto ...

– ¿Aunque el motivo sea grave?

– No tengo capacidad para discernir lo que es grave o no para él. Solo sé que su mandato es ese: no molestarle.

Las cejas de Hantal se enarcaron.

– Naturalmente, no se sabe cuándo bajará.

– Mi señor, cuando el emir sube al harén, nunca es posible hacer previsiones sobre cuándo volveremos a verle. Pueden pasar horas o días ...

Aquella mañana, al-Haken, mientras recibía a unos embajadores del reino de León, sintió que la melancolía traspasaba su corazón hasta el fondo. La muerte de Sudri le había llenado de tristeza los dos días anteriores. Pero ahora, mientras el embajador leonés hablaba sin que él pudiese concentrarse en sus palabras, notó que la aflicción se adue-

2 **frotarse las manos:** sich die Hände reiben. | **con suavidad** (f.): sanft (*la suavidad:* Sanftheit). | 4 **la cortesía:** Höflichkeit. | 6 **ofrecer:** (an)bieten; hier: zulassen. | 6f. **el pretexto:** Vorwand. | 8 **grave:** schwerwiegend, ernst (*la gravedad:* Ernst). | 9 **la capacidad:** Fähigkeit. | **discernir:** unterscheiden. | 10 **molestar a alg.:** jdn. belästigen. | 21f. **adueñarse de algo/alg.:** sich einer Sache / einer Person bemächtigen, Besitz ergreifen von.

ñaba de su alma y que necesitaba consuelo. Entonces pensó en el harén, en sus esposas, concubinas o esclavas, y notó que allí podría encontrar lenitivo para su descanso. Despidió a los embajadores con cierta precipitación y ordenó a un esclavo que anunciara en el harén su presencia inmediata.

Ascendió las escaleras que daban al piso alto del alcázar como si le costase trabajo arrastrar su cuerpo. Antes de llegar al inmenso salón donde todas las mujeres le aguardaban, ya había penetrado en su olfato la mezcla de densos perfumes que exhalaban de continuo las dependencias femeninas: almizcle, esencias de rosas, violetas, limones o sándalo, el penetrante aroma del ámbar …

Dos siervos abrieron las cortinas de una espléndida estancia alegrada por fuentes y plantas. Todas las mujeres aguardaban con la cara cubierta, envueltas en sus finos mantos de sedas de colores vivos: púrpura, amarillos, azules. Permanecían maquilladas, peinadas y engalanadas de continuo por si aparecía el emir. Las joyas más deslumbrantes brillaban en aquel aposento. Muchas tenían las palmas

1 **el consuelo:** Trost. | 2 **la concubina:** Konkubine, Nebenfrau. | **notar:** merken, bemerken. | 3 **el lenitivo:** Linderung. | **el descanso:** Ruhe, Erholung, Erleichterung. | 7 **ascender:** hinaufsteigen. | **dar a:** gehen zu, führen zu. | 8 **arrastrar algo:** schleifen, schleppen. | 10 f. **el denso perfume:** schweres Parfum (*denso/a:* dicht, dick, schwer). | 11 **exhalar:** verströmen. | **las dependencias:** Räumlichkeiten. | 12 **el almizcle:** Moschus. | **la esencia de rosas:** Rosenöl. | **la violeta:** Veilchen. | 13 **el sándalo:** Sandelholz. | **penetrante:** durchdringend, aufdringlich. | 17 **el manto:** Umhang, Schleier. | 18 **maquillarse:** sich schminken. | **engalanarse:** sich herausputzen/schmücken. | 19 f. **deslumbrante:** fantastisch, atemberaubend, strahlend. | 20 f. **la palma de la mano:** Handinnenfläche.

de las manos y las plantas de los pies pintadas de rojo con alheña.

En cuanto apareció el califa, una hermosísima muchacha dio un paso al frente. Su densa cabellera, de un rubio pajizo, le llegaba hasta la cintura. De movimientos armoniosos y suaves, su estatura sobrepasaba la de al-Haken. La piel de la joven, blanca y tersa, resplandecía entre las demás mujeres. Tenía los ojos azules, la nariz recta y unos labios rojos que parecían dibujados con una punta de plata muy precisa. Su expresión dulce escondía un matiz de frialdad. Era Bouchra.

– ¡Oh, mi muy amado señor! Venid, sentaos. Vuestra presencia nos llena a todas de gozo.

Más que sentarse, al-Haken se derrumbó en un blando lecho de cojines dispuestos para su persona. Todas las mujeres se sentaron entonces también en los innumerables almohadones que rodeaban el lugar reservado al emir. Se quedó como absorto, mirando al frente con aire ausente. Bouchra, zalamera, se sentó a su lado apoyando el brazo desnudo en una pierna del califa.

– Mi amado señor, ¿qué os pasa? Por vuestro semblante, siempre lleno de vida, cruza ahora la melancolía más intensa. Y sospecho que habéis subido aquí para olvidar vuestra

1 **la planta de los pies:** Fußsohle. | 4 **la cabellera:** Kopfhaar, Mähne. | **el rubio pajizo:** Strohblond. | 5 **la cintura:** Taille. | **armonioso/a:** harmonisch. | 6 **sobrepasar:** übersteigen, übertreffen. | 7 **terso/a:** glatt, straff. | **resplandecer:** strahlen, leuchten (*resplandesciente:* strahlend, glänzend). | 9 **la punta:** hier: Stift. | 10 **el matiz:** Hauch, Nuance. | **la frialdad:** Gefühlskälte. | 13 **derrumbarse:** hier: sich niederfallen lassen. | 14 **el lecho** (elev.): Bett. | **dispuesto/a:** bereitgestellt (*disponer algo:* etwas aufstellen/vorbereiten). | 15 **innumerable:** zahllos, unzählig. | 17 **con aire ausente:** mit abwesendem Gesichtsausdruck. | 18 **zalamero/a:** schmeichlerisch.

pena ... ¡Vamos, Saida, Fadila, Narysh! Cantad las tonadas que más agradan a nuestro señor.

Las tres muchachas, acompañándose ellas mismas por sendos rabeles, iniciaron con voces de ángel unas coplas cuyo tema eran alegres historias de amor.

– ¡Ah, mi señor! – dijo muy pronto Bouchra –. Veo que vuestro semblante sigue sombrío y que las hermosas canciones no consiguen apartar vuestra pesadumbre. ¡Callad! – ordenó a las cantoras –. ¿Qué queréis? ¿Danzarinas? ¿Algún cuento? ¿Deseáis que cuente una historia la hermosa Amitha?

Al-Haken, distraído, acarició el denso y ondulado cabello de Bouchra.

– ¿Tienes tú algo que decirme? – dijo –. Quizá daros algo me alegre más que recibirlo de vosotras ...

– Ah, pues sí, mi señor. Lo habíamos comentado. Mirad: a todas nos gustaría que convocaseis a los mejores caballeros del reino para unas justas. Hace mucho tiempo que no gozamos de tan gallardo espectáculo. Y hemos pensado que ahora es un buen momento, cuando han llegado las tropas del general al-Katib.

Los ojos de al-Haken quizá se alegraron tenuemente.

– Llamad a un eunuco.

1 **la tonada:** Weise, Melodie, Lied. | 2 **agradar:** behagen, gefallen. | 4 **el ravel (rabel):** dreisaitige Geige, eingeführt in Spanien durch die Araber und bes. im Mittelalter und der Renaissance sehr beliebt. | **iniciar:** beginnen; hier: anstimmen. | **la copla:** Lied, Strophe. | 8 **conseguir hacer algo:** gelingen. | 9 **el cantor / la cantora:** Sänger(in). | 12 **distraído/a:** zerstreut, unaufmerksam. | **ondulado/a:** gewellt. | 17 **convocar:** zusammenrufen, einberufen. | 17f. **el caballero:** Ritter. | 18 **la justa:** Turnier. | 20 **la tropa:** Truppe. | 22 **tenuemente:** schwach.

Casi al instante, apareció un hombre en la estancia.

– Comunica al condestable que convoque justas para dentro de tres días; en las riberas del río, como de costumbre. Ya sabes lo que nos place: ataque a baluartes, encuentros a caballo entre caballeros, tiro con arco …

El eunuco desapareció y Bouchra siguió hablando.

– Veo, señor, que eso os ha avivado algo el espíritu, y vuestra rápida disposición para ordenarlo me hace pensar que se os pasa vuestra melancolía … Pero no del todo. Hay un juego que os gusta y deleita …

– ¿Los poemas?

– Sí. ¿Empezáis vos?

El juego de los poemas consistía en que el califa improvisaba los dos primeros versos de una cuarteta, y alguna de las mujeres debía terminarla con los dos que faltaban, también improvisados. Ganaba la dama que primero acertaba con una buena continuación, y el califa se veía obligado a hacerle un regalo. Este regalo solía consistir en una joya de gran valor cuando los versos le agradaban especialmente. Si nadie respondía o lo hacía con versos vulgares, eran las mujeres quienes debían entregarle alguna prenda al califa. El juez era él mismo, gran aficionado a la poesía. Al retirarse del harén, el emir siempre se dejaba sobre los almohadones las

1 **al instante:** augenblicklich, im Handumdrehen. | 2 **comunicar:** mitteilen. | **el condestable** (hist.): Stallmeister, Befehlshaber der Reiterei. | 3 **la ribera:** Ufer. | 4 **placer:** gefallen. | **el baluarte:** Bollwerk, Bastion. | 5 **el tiro con arco:** Bogenschießen (*el tiro:* Schuss). | 7 **avivar:** beleben, ermuntern. | 8 **la disposición:** Bereitschaft. | 10 **deleitar:** ergötzen. | 13f. **improvisar:** aus dem Stegreif ausführen, improvisieren. | 14 **la cuarteta:** Vierzeiler. | 16 **acertar:** ins Schwarze treffen. | 17 **obligar:** verpflichten. | 19 **el valor:** Wert. | 20 **vulgar:** ordinär, vulgär. | 21 **la prenda:** Pfand.

prendas ganadas por él, de modo que las mujeres nunca perdían nada.

– Bien. Empezad, mi señor – dijo Bouchra.

El emir, pensativo, giró la cabeza y miró con aire triste a través de una ventana. Abajo, a unas trescientas varas, se veía discurrir el Guadalquivir pasando bajo los arcos del puente romano. El día era soleado después de la tormenta de la noche anterior. Una brisa suave rizaba las aguas del río.

De pronto, sin volver la cabeza, al-Haken dijo los dos primeros versos:

La brisa convierte al río
en una cota de malla.

Las mujeres se miraron unas a otras, cuchichearon entre sí, se removieron, pero parecía que ninguna era capaz de continuar aquellos dos versos. Fue entonces cuando, surgiendo del grupo de damas que ocupaban los últimos lugares, a espaldas del califa, se escuchó una voz limpia de timbre precioso:

Mejor cota no se halla
como la congele el frío. ▸

4 **pensativo/a:** nachdenklich. | 6 **discurrir** (elev.): fließen. | **el Guadalquivir:** Córdoba liegt am Ufer des Guadalquivir, des längsten Flusses Andalusiens. | 7 **soleado/a:** sonnig. | 8 **rizar:** kräuseln. | 13 **la cota de malla:** Kettenhemd. | 15 **removerse:** sich hin und her bewegen. | 16 **surgir:** auftauchen, erscheinen. | 18 **el timbre:** Klang, Timbre. | 21 **como** (+ subjuntivo): wenn, falls. | **congelar:** einfrieren, gefrieren lassen.

Se vio al punto que dos chispas de luz brillaban en los ojos del califa. Volvió rápidamente la cabeza.

– ¿Quién? ¿Quién ha sido? ¿Quién ha rematado la estrofa con tanta hermosura y timbre tan melodioso?

Las mujeres giraron la cabeza y algunas de las que estaban tras el califa inclinaron el cuerpo hacia un lado para dejar libre la mirada de su señor. Detrás de todas, junto a una columna, al-Haken descubrió la figura de casi una adolescente. Sus negros cabellos, muy largos, brillaban a la luz de un ventanal, y permanecía con la mirada baja, presa del azoramiento.

El emir entornó los ojos. Era un poco corto de vista y no la veía con precisión. Pero adivinaba una figura esbelta de hermosura delicada y fina.

– Ven, acércate ... Ponte aquí delante – dijo.

La muchacha se incorporó y avanzó temblando entre las mujeres hasta colocarse ante el califa.

– ¡Arrodíllate! – le dijo Bouchra con un gesto inesperado donde se advertía la soberbia.

La muchacha obedeció.

El califa, antes de decir nada, deslizó su vista despacio por uno de los rostros más hermosos y limpios que había visto nunca.

1 **la chispa:** (der) Funke, Funken. | 3 **rematar:** beenden, fertigstellen, abschließen. | 4 **la hermosura:** Schönheit. | 6 **inclinar:** neigen. | 8 f. **el/la adolescente:** junger Mann / junges Mädchen. | 10 **el ventanal:** großes Fenster. | 10 f. **el azoramiento:** Erschrecken, Verwirrung. | 12 **corto/a de vista:** kurzsichtig. | 13 **adivinar:** erraten. | **esbelto/a:** schlank, anmutig. | 14 **delicado:** zart. | **fino/a:** fein. | 18 **inesperado/a:** unerwartet. | 19 **la soberbia:** Hochmut, Überheblichkeit. | 21 **deslizar la vista por:** den Blick gleiten lassen über.

– ¿Quién eres? No te conozco. ¿Cuál es tu nombre?

– Sulaima. Señor, desearía cubrirme.

– Hazlo.

Un murmullo de asombro se extendió entre las mujeres. No solo por la atrevida petición de la muchacha, sino también por la concesión del emir. La joven se echó su velo sobre el rostro.

– Sulaima ... Me suena. ¿Quién te ha traído aquí?

– Mi amado señor, es la rehén que pedisteis – se adelantó Bouchra con tono despectivo –. La trajeron la noche de la muerte de Sudri.

– ¿Y cómo va así?

– ¿Cómo, mi señor?

– Sus vestidos vulgares, sin aderezos ... Una criatura tan hermosa merece las mejores prendas y las joyas más resplandecientes. Que traigan vestidos y alhajas para ella.

Bouchra hizo un gesto con la cabeza a una de las mujeres, que salió medio corriendo del salón.

– Y ahora, dime – siguió el califa – : ¿Cómo te encuentras aquí?

– Desesperada, mi señor. Deseo volver con mis padres.

– Me lastima decirte que eso no es posible por ahora, criatura. Pero te juro que haré todo lo posible porque no añores nada. ¿Eres bien tratada?

– No lo sé, mi señor. No sé cómo es el trato aquí.

5 **atrevido/a:** kühn, gewagt. | **la petición:** Bitte. | 6 **la concesión:** Erlaubnis. | **el velo:** Schleier. | 8 **me suena:** das kommt mir bekannt vor. | 9 **adelantarse:** hier: zuvorkommen. | 10 **despectivo/a:** verächtlich, herablassend. | 14 **el aderezo:** Schmuck. | **la criatura:** Geschöpf. | 16 **la alhaja:** Juwel. | 22 **me lastima:** ich bedaure. | 24 **añorar algo/a alg.:** sich nach etwas/jdm. sehnen.

En aquel momento, cinco eunucos pasaban al salón. Entre dos de ellos llevaban un arcón por el que rebosaban las sedas y brocados de innumerables vestidos. Los otros tres portaban otros tantos cofres de menor tamaño. Todo lo depositaron a los pies del califa. La piel de Bouchra mostraba la palidez que provoca la ira contenida. El califa abrió los cofres y buscó en ellos. Metió sus finos dedos en el más pequeño y sacó un deslumbrante collar de oro en cuyo centro lucía el misterioso color granate del topacio.

– Toma, es tuyo; que adorne la belleza de tu cuello. Y escoge los vestidos que más te gusten de este arcón. Y las joyas que desees.

La muchacha, sin levantar los ojos tras el tenue velo que cubría su rostro, no hizo un solo movimiento.

– Mi señor – dijo –, no puedo aceptar nada de lo que me ofrecéis. No soy ni esposa, ni concubina, ni esclava vuestra. Soy una rehén. No hay ninguna causa para que reciba regalos. Tengo un prometido al que amo y a quien vos habéis ordenado martirizar. Nada cogeré – terminó con firmeza.

Al-Haken mantuvo sus ojos fijos en ella con una expresión ambigua en la que destacaba la admiración.

– No te obligaré. No era mi intención ofenderte. Mi regalo es el que hacemos siempre a la ganadora del juego de los versos. Los que tú has dicho eran hermosísimos.

3 **el brocado:** Brokat. | 4 f. **depositar:** absetzen. | 6 **la palidez:** Blässe. | **provocar:** hervorrufen, auslösen. | **la ira contenida:** unterdrückter Zorn. | 9 **granate:** granatrot. | **el topacio:** Topas (Schmuckstein). | 10 f. **escoger:** auswählen. | 14 **cubrir:** bedecken, verhüllen. | 19 **martirizar:** quälen, foltern. | 22 **ambiguao/a:** zweideutig. | **la admiración:** Bewunderung. | 24 **el ganador / la ganadora:** Gewinner(in).

– Ni aun así, mi señor.

– Está bien. Permíteme, al menos, que pueda expresarte mi admiración por tu hermosura y tu sensibilidad. También por tu valentía al decirme lo que me has dicho. Te comprendo. Debes saber que has alegrado mi ánimo decaído y que, si fuera por mi gusto, jamás abandonarías este alcázar.

– Retírate – le ordenó Bouchra, y se reclinó sobre el califa con los ademanes más seductores que sabía poner en juego –. Mi señor, ¿no me habéis ofendido con halagos tan exagerados hacia una plebeya que solo es una prisionera?

– ¡Oh, mi Bouchra, mi Bouchra! ¿Celos?

– Tal vez, mi señor. ¿No os apetecería estar ahora a solas conmigo? Os puedo contar algunas cosas de esa moza …

Aquella tarde, mientras Fernando hacía sus deberes escolares en el saloncito de estar, Hantal Idrissi, con el ceño fruncido, medía sin parar la habitación con pasos tan largos que más bien eran zancadas. De un lado a otro, de un lado a otro. Se detuvo en seco. Había desaparecido su expresión hosca.

1 **ni aun así:** nicht einmal dann (*aun:* sogar). | 2 **expresar:** ausdrücken. | 3 **la sensibilidad:** Empfindsamkeit, Sensibilität. | 4 **la valentía:** Mut. | 5 **el ánimo:** Gemüt. | 5 f. **decaído/a:** niedergeschlagen, freudlos. | 8 **reclinarse:** sich zurücklehnen/anlehnen. | 9 **el ademán:** Gebärde. | **seductor/a:** verführerisch. | 9 f. **poner en juego:** einsetzen. | 10 **el halago:** Schmeichelei. | 11 **el plebeyo / la plebeya:** gewöhnliche/einfache Person. | 12 **los celos** (pl.): Eifersucht. | 13 **apetecer:** Lust haben auf (*le apetece algo:* er/sie hat Lust auf etwas). | 16 f. **fruncir el ceño:** die Stirn runzeln. | 17 **medir:** messen; hier: (mit großen Schritten) durchmessen. | 18 **la zancada:** Riesenschritt. | 19 **en seco:** plötzlich. | 20 **hosco/a:** mürrisch.

–¡Mi amigo! – exclamó.

Fernando levantó la cabeza y dejó la pluma en suspenso para mirarle.

–¡Mi amigo, el sabio Ben Barra! Quizá él …

–¿Qué le pasa a vuestro amigo, señor?

–Mira, creo … creo recordar que él aprendió eslavo.

–¿Eslavo? ¿Cómo?

–Es un políglota. Aparte de nuestra lengua, sabe perfectamente griego, latín, hebreo, romance castellano y no sé cuántas más. Y un día me contó que, mirando a uno de sus siervos eslavos en un momento de ocio, se le ocurrió la idea de que le enseñase su idioma. Lo que ya no sé es si ese propósito llegó a buen término. ¡Anda, vamos!

–¿A casa del aghá Ben Barra? ¿Ahora?

–Ahora mismo.

–Pero no he terminado mis deberes.

–Bueno … Ejem… Yo creo que te va a aprovechar más conocer a un hombre tan extraordinario como Ben Barra. Mañana … Sí, mañana te daré una nota para tu maestro, excusándote. No sé … Diré que has tenido calentura o algo así. Cualquier cosa. ¡Vamos, vamos!

2 **dejar la pluma en suspenso:** hier: mitten im Schreiben innehalten. | 8 **el/la políglota:** Mensch, der mehrere Sprachen beherrscht (*polígloto/a:* mehrsprachig). | **aparte de:** außer, neben. | 9 **griego/a:** griechisch. | 11 **el ocio:** Muße, Müßiggang. | 12 f. **el propósito:** Vorhaben, Plan. | 13 **llegar a buen término:** erfolgreich sein (*el término:* Ende) | 17 **aprovechar** (intr.): von Nutzen sein. | 20 **la calentura:** Fieber.

9

– ¡Ah, sinvergüenza! ¡Tú por aquí! Ya, ya ... Siempre que apareces por mi casa, cada seis o siete meses, es para pedirme algo.

Estas palabras las dijo el sabio Ben Barra con un terrible vozarrón, mientras abrazaba a Hantal con tal fuerza que por poco le rompe todos los huesos. Es que aquel hombre tenía un tamaño enorme, ancho, alto y grueso, y cada una de sus muestras de afecto dejaba maltrecho a su destinatario.

– ¿Quién es este renacuajo? ¿Tu hijo?

– Sí, Ben Barra. Y yo no le veo ningún parecido con un renacuajo.

– ¿Qué tal, mozo? – dijo el sabio gigante dándole a Fernando una tremenda palmada en la espalda. Le lanzó dos o tres pasos hacia delante.

– ¡Ay! Bien ... Bien, mi señor. ¡Uf!

– Bueno, sentaos, sentaos – dijo Ben Barra indicando varios cojines colocados en torno a una mesa baja.

Estaban en una estancia lujosa que daba a un patio central con plantas y un pequeño estanque.

– ¡Eh, Osmín, truhán! ¡Ven aquí!

2 **el/la sinvergüenza:** unverschämte Person. | 6 **el vozarrón:** laute Stimme, Stentorstimme. | 6 f. **por poco:** beinahe. | 9 **la muestra de afecto:** Beweis der Zuneigung (*el afecto:* Zuneigung). | **el destinatario / la destinataria:** Adressat(in). | 10 **el renaguajo:** Kaulquappe. | 11 **el parecido:** Ähnlichkeit. | 13 **el mozo / la moza:** Bursche/Mädchen. | 14 **tremendo/a:** fürchterlich, gewaltig. | **la palmada:** Schlag mit der flachen Hand.

Un esclavo joven de aspecto vivaz se presentó en la sala.

– ¡Pedid de comer y beber lo que os apetezca y se os servirá! – dijo el enorme médico.

– Yo acabo de cenar – respondió Hantal –. Tal vez una copa de agua de azahar.

– ¡Puaj! ¡Agua de azahar! Repugnante mejunje. ¿Y tú, bergante?

– ¿Horchata? ¿Tenéis horchata, señor?

– ¡Pues claro! Ya sabes, ladrón – le dijo Ben Barra al esclavo –. Para mí lo de siempre. Hantal había puesto sobre la mesa el cartapacio que halló en casa del judío.

– ¿Qué es eso? ¿Tu testamento, viejo malandrín?

– No.

– Pergamino púrpura, ¿eh? Cosas de palacio, servil adulador del califa. ¡Ah, muchacho! – se dirigió a Fernando –. Ese puesto de médico privado del emir debía ser mío, pero tu padre es un embaucador. Sabe manejar las mañas más ruines.

– ¡Oh, por Alá! – exclamó Hantal medio enfadado –. Hablemos en serio. Es muy grave lo que quiero tratar contigo.

– ¿Algo de ese Sudri calvo? Sé que investigas sobre su muerte. Lo sé todo … ¡Ah, albricias! Aquí están nuestras bebidas.

6 **repugnante:** widerlich, ekelhaft. | **el mejunje:** Gebräu, Brühe. | 7 **el bergante:** Gauner, Spitzbube. | 12 **el malandrín / la malandrina:** Schurke/Schurkin. | 14 **servil:** kriecherisch, unterwürfig. | 14 f. **el adulador / la aduladora:** Schmeichler(in). | 17 **el embaucador / la embaucadora:** Betrüger(in), Schwindler(in). | **manejar:** handhaben, durchführen. | **la maña:** hier: List. | 18 **ruin:** niederträchtig, gemein. | 22 **¡albricias!:** wunderbar! (*las albricias:* Geschenk für den Übermittler einer frohen Botschaft).

El esclavo puso sobre la mesa las copas de horchata y agua de azahar para Hantal y Fernando. Junto a Ben Barra colocó una copa vacía y vertió en ella un líquido amarillo claro del jarro que llevaba en la mano. El rostro de Idrissi se demudó.

– ¡Por Alá! ¿Qué es eso? ¡Bebes vino! No lo permitiré delante de Fernando.

– ¡Ah, ja, ja, ja! Sí, tomo vino, y ya lo sabías … Tú no te preocupes, muchacho. No mires. ¿Sabes? Yo tengo un privilegio especial de Alá, concedido por mis largos años de estudios, esfuerzos y logros en pro de la ciencia, así como por mis obras de misericordia con los pobres. ¿Entiendes? Yo no peco cuando tomo vino. Estoy seguro de ello. Bueno, sigue, Hantal adulador. ¿Lo ves? Traes ese cartapacio y me vas a pedir algo. No me equivocaba.

– ¿Sabes eslavo?

– Hummm … Así así … Puedo traducirlo en general, salvo algunas palabras sueltas que se me escapan. Pero eso tiene fácil solución: se las pregunto a Hemntí, el hombre que me enseñó a mí, y asunto resuelto.

– ¡No! Nadie debe saber lo que pone aquí. Nadie.

– ¿Cómo? ¿Esos pergaminos están escritos en eslavo?

– Sí, y quizá sean vitales para salvar a un hombre de morir decapitado.

– Bueno. Si le pregunto alguna palabra suelta a Hemntí, nada averiguará del contenido general. A ver …

El gesto de Ben Barra se tornó ahora más serio, mientras

9 f. **el privilegio:** Vorrecht, Privileg. | 11 **el logro:** Erfolg. | **en pro de:** zugunsten von. | 12 **la obra de misericordia con alg.:** Werk der Barmherzigkeit für jdn. | 18 **suelto/a:** einzeln, losgelöst. | 23 **vital:** lebenswichtig. | **salvar:** retten.

desataba las cuerdas del cartapacio y, luego, observaba las hojas de color púrpura.

– Las tres primeras planas están hechas una porquería. Solo quedan algunos párrafos y palabras sueltas.

– Tradúcelas también. Tengo la esperanza de que lo importante esté al final.

– ¡Ja, ja, ja! Ah, pero ¿habías pensado que yo te iba a traducir todo esto?

– Sí. Solo son diecisiete hojas. Es un favor que te pido.

– No tengo tiempo.

– Sácalo de donde sea. Por la amistad que nos une hace más de treinta años. Es un asunto de vida o muerte.

– Hummm … A ver, ¿qué valor tiene para ti la traducción de estos pergaminos, viejo abusón?

– Todo.

– Está bien. Te propongo un trato: te cambio la traducción por tus viñedos de la era del puente.

– Pero ¿qué dices?

– ¿No tiene todo el valor para ti? Luego tiene más valor que los viñedos.

– Eres un ladrón. Trae el cartapacio.

– Un momento. Podemos rebajarlo a ese molino que heredaste de tu padre, el de …

– No. Me voy.

–¿Lo ves, Fernando? Tu padre fue siempre un maldito

1 **la cuerda:** Strick. | 3 **la plana:** (Buch-, Manuskript-)Seite. | **están hechas una porquería:** sie sind völlig verdorben (*la porquería:* Schweinerei, Dreck). | 4 **el párrafo:** Abschnitt. | 14 **el abusón / la abusona:** Schmarotzer(in). | 16 **el trato:** hier: Handel, Geschäft. | 17 **el viñedo:** Weinberg, Weingarten. | 22 **rebajar:** reduzieren, herabsetzen. | **el molino:** Mühle. | 22 f. **heredar:** erben.

aprovechado. Yo debía ser el médico del emir. Ese puesto me corresponde a mí. Pero él es el físico más marrullero de todo el reino …

Ben Barra se echó una copa de vino a su enorme vientre y por sus ojos pasó un imprevisto gesto de seriedad. Clavó sus pupilas en las de Hantal.

– ¿Te corre prisa?

– Mucha.

– Dos días, y gratis.

– Dos días, ¿qué?

– Que vengas dentro de dos días a esta misma hora y lo tendrás.

– ¡Ah, te lo agradezco en el alma, noble Ben Barra! ¡Te lo agradezco! Pero oye esto: por ahora, nadie debe saber lo que ponga ahí. Nadie. ¿Has mirado el título? Ya ves de qué se trata. Mi agradecimiento está en el corazón, pero también tendrás un obsequio.

– ¡Bah, bah! Eres un cuentista redomado. A cualquier cosa llama tu padre un obsequio, muchacho. Seguro que me manda un saco de higos secos o cosa así …

– ¡Eres inaguantable!

– Bien, el trato está hecho. Ahora, a pasarlo bien. Charlemos de cosas más divertidas. ¿Sabéis el cuento de la vieja que siempre le llamaba «piojoso» a su yerno?

1 **el aprovechado / la aprovechada:** Nassauer(in), Abstauber(in), Absahner(in). | 2 **el físico** (ant.): Arzt, Physikus. | **marrullero/a:** gerissen, schlau. | 4 **el vientre:** Bauch. | 5 **la seriedad:** Ernst. | 7 **corre prisa:** es ist eilig. | 16 **el agradecimiento:** Dank, Dankbarkeit. | 17 **el obsequio:** Geschenk. | 18 **el cuentista:** Erzähler; hier: Aufschneider. | **redomado/a:** schlau, gerissen. | 21 **inaguantable:** unerträglich. | 24 **el piojoso:** Läusekopf, Mistkerl. | **el yerno / la nuera:** Schwiegersohn/Schwiegertochter.

– Cuidado con lo que cuentas o dices delante del muchacho – advirtió Hantal.

– ¡Ja, ja, ja! Lo que no sepa hoy, lo sabrá mañana. Y, si no, pasado mañana. ¡Ja, ja, ja!

La velada se prolongó hasta la madrugada, cuando hacía mucho tiempo que Fernando se quedara dormido entre los cojines que le rodeaban. Ben Barra había dejado sus chanzas de los primeros momentos y se habló, inevitablemente, de la muerte de Sudri y de las cuitas de Hantal sobre el asunto. Pero al final, ambos sabios terminaron discutiendo vivamente en torno a un tema científico, como siempre ocurría: se debatió sobre la existencia o no en el organismo humano de la llamada bilis negra o atrabilis▸. Y cuando Ben Barra entraba en temas de esta clase, su elocuencia y su sabiduría no tenían igual.

A los dos días, Hantal se presentó en casa de su amigo. No estaba, pero uno de sus esclavos le entregó el cartapacio y las hojas de la traducción, perfectamente envueltas en un paño atado con cintas lacradas. De camino a casa, nuestro médico corría más que andaba, impulsado por la impaciencia. Cuando llegó a su pequeña finca, era la hora del crepúsculo.

5 **la velada:** abendliche Zusammenkunft. | **la madrugada:** Morgendämmerung, Morgengrauen. | 7 **la chanza:** Scherz, Spaß. | 11 **científico/a:** wissenschaftlich. | 13 **la bilis negra:** schwarze Galle (Konzept aus der im Mittelalter populären Vier-Säfte- Lehre). | **atrabilis** (cient.): schwarze Galle (aus lat. *atra bilis:* negra bilis). | 14 **la elocuencia:** Beredsamkeit, Redegewandtheit. | 19 **lacrar:** versiegeln. | 20 **impulsar:** antreiben. | 20 f. **la impaciencia:** Ungeduld (*la paciencia:* Geduld). | 21 **la finca:** Anwesen. | 21 f. **el crepúsculo:** Dämmerung.

– Fernando – le dijo a su hijo –, vamos a la cueva. Tengo la traducción. La letra es muy pequeña y me cuesta trabajo leerla. Lo harás tú.

– Sí, padre – respondió el muchacho, que estaba tan ansioso de saber lo que ponía allí como Hantal –. Pero ¿por qué en la cueva?

– Huki. No me gustaría que sorprendiera ni una palabra de lo que pone aquí.

Cerraron la puerta del lóbrego obrador con llave. Bajaron rápidamente y se acomodaron en dos inestables banquetas, uno junto al otro, entre frascos, aparatos, papeles y libros hacinados en el mayor desorden. Acercaron una vela y Fernando, con voz clara y precisa, empezó a leer la letra pequeña y bien dibujada de Ben Barra …

4f. **ansioso/a:** begierig. | 7 **sorprender algo:** herausfinden, entdecken. | 10 **inestable:** wackelig, instabil.

10

Las tres primeras páginas del manuscrito mostraban la mayoría de sus textos borrados por el agua. Lo único que se pudo traducir de ellas lo leyó Fernando haciendo pausas entre las frases o palabras sueltas.

Soy eslavo búlgaro ... Danubio ... Mi familia era muy humilde ... De ... Al mercado ... Vender hortalizas ... Me enseñó a leer un ... Contando yo ... Dieciséis ... Germanos como bestias feroces ... A mis padres ... Entre palos y maltratos ... Hasta el ... Caminando con grilletes ... Bizancio ... De esclavos en Bizancio ... El latín y el árabe, aficionándome ... Mi amo ... Este hombre, a pesar de leer tantos libros, era bárbaro y brutal. Por la menor falta me apaleaba ... En la ruina y tuvo que venderme ... Traficantes musulmanes que llevaban esclavos a al-Ándalus ... Embarcado con ... Por la ...

Esto era lo único salvado de las tres primeras páginas.

– A ver ... Repítelo – dijo el médico.

Fernando tuvo que leer aquellos fragmentos sueltos hasta cuatro veces. Hantal se quedó meditando tras la última lectura.

– ¿Qué pensáis, padre?

6 **búlgaro/a:** bulgarisch. | **Danubio:** Donau. | 9 **la bestia feroz:** wildes Tier (*feroz:* wild, grausam). | **el maltrato:** Misshandlung. | 10 **Bizancio:** Byzanz. | 11 **aficionar:** begeistern. | 12 f. **bárbaro/a:** barbarisch. | 13 **brutal:** brutal, grob, roh. | **la falta:** Fehler. | 14 **el/la traficante:** Händler(in)

– Bueno, parece que Sudri nació y vivió en algún lugar cercano al Danubio y que su familia era pobre. Quizá iban al mercado de alguna aldea a vender hortalizas. Tal vez hubo una invasión o, más bien, una aceifa germana cuando él tenía dieciséis años … «A mis padres», ¿qué puede significar? ¿Que los mataron? Parece deducirse que Sudri fue hecho cautivo y trasladado a Bizancio, al mercado de esclavos. Tal vez lo compró un hombre que tenía muchos libros y allí aprendió el latín y nuestra lengua. Este hombre le pegaba y se arruinó después. Tuvo que venderle, y unos traficantes árabes lo embarcaron con rumbo a nuestra tierra.

– Sí. Poco más o menos, eso es lo que pienso yo también. Lo que viene ahora, ya está todo seguido.

– Lee.

Después de carraspear un par de veces, Fernando leyó de un tirón lo que sigue:

… terrible. Era un barco pequeño. En la bodega, llena de porquería, íbamos hacinados hasta treinta hombres en una oscuridad continua. Nos sacaban por la mañana y por la tarde a la cubierta para que nos moviéramos a golpe de látigo, dando saltos, pues no había sitio para otra cosa. Esto lo hacían para que no se entumecieran nuestros músculos. Entonces, toda la tripulación se desahogaba con nosotros

3 **la aldea:** kleines Dorf. | 4 **la invasión:** Einfall, Invasion. | 6 f. **hacer cautivo/a a alg.:** jdn. gefangen nehmen. | 10 **arruinarse:** Bankrott gehen, Pleite gehen. | 11 **con rumbo a:** in Richtung. | 15 **carraspear:** sich räuspern. | 15 f. **leer de un tirón:** in einem Zug lesen. | 17 **la bodega:** hier: Laderaum (eines Schiffs). | 20 **la cubierta:** Deck (eines Schiffs). | 22 **entumecer:** gefühllos werden, einschlafen (Arme, Beine). | **el músculo:** Muskel. | 23 **la tripulación:** Schiffsmannschaft, Besatzung (*el tripulante:* Besatzungsmitglied).

infligiéndonos las bromas más feroces. Nos daban un pedazo de pan con bichos al día y un cuenco de agua podrida. A la altura del golfo de Italia, la tempestad azotó nuestra débil embarcación. Oíamos arriba los gritos aterrados de los tripulantes, pero a nosotros no nos sacaron de la bodega ni nos quitaron los grilletes. Algunos de los que compartían mi suerte chillaron y se revolcaron por el suelo pegajoso, presas del pánico a la muerte en medio del mar. Yo me hice un ovillo en un rincón y recé.

Al fin, se calmaron los vientos. El hambre me roía el estómago de forma lacerante, y estaba tan débil que casi no podía mantenerme en pie. No sé el tiempo que pasó. Pero todo tiene su fin. Un día, desembarcamos en un lugar que llaman Pechina, a unas leguas de Almería►*. Allí, ante mi sorpresa, empezaron a darnos mejor de comer: algunos arenques, verduras, a veces un poco de carne. Estuvimos en los establos de una casa grande tres días. Y una noche, vinieron a despertarnos de madrugada.*

Bajo la luz de la luna y rodeados de mercenarios sirios al servicio de los mercaderes, emprendimos una marcha de

1 **infligir las bromas más feroces a alg.:** mit jdm. die grausamsten Späße treiben (*infligir algo a alg.:* jdm. etwas [Schlechtes] zufügen). | 2 **los bichos:** Ungeziefer. | **podrido/a:** faulig (Wasser), verfault. | 3 **el golfo:** Golf, Meerbusen. | 4 **la embarcación:** Schiff, Wasserfahrzeug. | 7 **chillar:** schreien (*el chillido:* gellender Schrei). | **revolcarse:** sich herumwälzen. | **pegajoso/a:** klebrig. | 7f. **presas del pánico a la muerte:** von Todesangst ergriffen (*la presa:* Beute). | 8 **hacerse un ovillo:** sich zusammenrollen (*el ovillo:* Knäuel) | 10 **calmarse:** sich beruhigen. | **roer:** nagen. | 11 **lacerante:** unangenehm. | 14 **ante mi sorpresa:** zu meiner Überraschung. | 15 **el arenque:** Hering. | 16 **el establo:** Stall. | 19 **el mercenario / la mercenaria:** Söldner(in). | 20 **el mercader / la mercadera:** Händler(in). | **la marcha:** Marsch, Gang.

nas dos leguas más o menos. Y con las primeras luces del alba, vimos que llegábamos a un caserón aislado próximo a una aldea. Nos metieron con secreto en aquella casa grande, de una sola planta, y nos colocaron en fila a lo largo de un pasillo sucio y desnudo desde el que se veía un corral con nogales. Nos habían quitado los grilletes. Los primeros de la fila empezaron a entrar por una puerta que se abría en aquel siniestro corredor. Y enseguida pudimos escuchar con espanto sus chillidos desgarradores y sus gritos pidiendo clemencia. Pronto supimos lo que estaba ocurriendo. Solo contaré que, cuando llegó mi turno, me encontré en una sala enorme. Tenía el techo muy alto, las paredes mostraban manchas de humedad y desprendía un olor acre y pesado. Había allí cinco o seis mesas grandes e inmundas, donde varios cautivos estaban inmovilizados mediante correas. Unos hombres de aspecto zafio, con los brazos desnudos y vellosos, manejaban los cuchillos. Supe después que los castradores de puercos eran los mismos que castraban a los hombres.

Yo luché como una fiera cuando llegó mi turno, grité, me revolqué por los suelos y recibí palos terribles hasta que lograron amarrarme sobre una de las mesas. Estaba mancha-

1 **la legua:** Meile (ungefähr 5 km). | 2 **el alba** (f.): Tagesanbruch, Morgengrauen. | **el caserón:** großes, altes Haus. | 4 **en fila:** aufgereiht. | **a lo largo de:** entlang. | 5 f. **el nogal:** Nussbaum. | 8 **siniestro/a:** düster. | 9 f. **la clemencia:** Gnade, Barmherzigkeit. | 11 **llega mi turno:** ich bin an der Reihe. | 13 **acre:** scharf, ätzend. | 13 f. **pesado/a:** schwer, penetrant. | 14 **inmundo/a:** schmutzig. | 15 **inmovilizar:** fixieren. | **la correa:** Riemen, Gurt. | 16 **zafio/a:** grob, ordinär. | 17 **velloso/a:** behaart. | 17 f. **el castrador / la castradora:** Kastrierer(in) (*castrar:* kastrieren). | 18 **el puerco:** Schwein. | 20 **la fiera:** Bestie. | 22 **amarrar:** festbinden.

da de sangre. Tenía dieciocho años. En pocos instantes, entre terribles dolores, fui reducido para siempre a la condición de eunuco.

La forma de hacer la operación era tan atropellada, sucia y desidiosa que, de veinticuatro hombres que entramos allí, once murieron. Los que nos salvamos, estuvimos en aquella casa hasta que pudimos caminar. Y, desde el primer momento, comenzaron a alimentarnos mucho mejor. Estábamos destinados a algún mercado de esclavos, y no podían llevar esqueletos. Un eunuco, debido al riesgo que conlleva la operación y lo adecuado de su condición para servir en los harenes, adquiere un valor extraordinario.

Nos condujeron a pie no sé cuántos días, caminando hacia el oeste, por llanuras áridas donde crecían olivos, olmos y chopos bajo el sol de agosto. Hacíamos una parada a mediodía en algún sitio con sombra, y la nocturna, a ser posible, en lugar poblado.

No tengo el arte literario suficiente para describir mi estado de ánimo en aquellos días atroces. Con mis padres asesinados e insepultos allá, en mi patria, y convertido en un eunuco, caminaba ausente y alelado. Y si no hubiese sido por los grilletes que me unían a la cadena de cautivos, hubiera

2 **reducir a:** hier: verwandeln in. | 4 **atropellado/a:** überstürzt, abrupt. | 5 **desidioso/a:** schlampig, nachlässig. | 8 **alimentar a alg.:** jdn. ernähren. | 9 **destinar a:** bestimmen für. | 10 **el esqueleto:** Skelett. | 10 f. **debido a lo adecuado de su condición:** wegen seiner Eignung (*adecuado/a:* angemessen, geeignet. | 10 **conllevar:** mit sich bringen. | 12 **adquirir:** erwerben, erlangen. | 14 **la llanura:** Ebene. | **árido/a:** karg, trocken. | **el olmo:** Ulme. | 15 **el chopo:** Pappel. | 16 **nocturno/a:** nächtlich, Nacht… | 17 **poblar:** besiedeln. | 18 f. **el estado de ánimo:** Gemütszustand. | 19 **atroz:** schrecklich, entsetzlich. | 20 **insepulto/a:** unbeerdigt. | 21 **alelado/a:** blöde, dumpf, stumpfsinnig.

hecho todas las locuras imaginables para que mis guardianes me matasen allí mismo.

Al fin llegamos a Córdoba, una ciudad que me pareció tan hermosa como Bizancio desde la lejanía. Nos tuvieron tres jornadas descansando en unos silos de trigo, bien alimentados. Y la mañana de un jueves caluroso, nos llevaron al mercado de esclavos de la almedina. Hombres bien ataviados se acercaban a mí y me miraban los dientes como a un caballo; me tocaban el cuerpo para comprobar mi complexión, observaban mis manos. El mercader que trataba con ellos repetía siempre: «Eunuco eslavo de dieciocho años, en la flor de la vida, que sabe leer y escribir nuestra lengua y el latín. ¡Inmejorable para un harén de alta alcurnia!».

Vi a un hombre enjuto entre la gente, que me miraba con fijeza. Iba ataviado con ropas de una elegancia poco vista y no se acercó a mí en ningún instante para mirarme los dientes y tocarme. En un momento dado, hizo un gesto discreto con los dedos al mercader que me ofrecía. Al punto, con grandes muestras de adulación, me puso junto a aquel caballero, que le entregó una bolsa llena de monedas.

«Señor, no os arrepentiréis de esta compra. Es el mejor ejemplar que hemos traído desde Bizancio. Gracias, mil gra-

1 **la locura:** Verrücktheit. | **imaginable:** erdenklich, vorstellbar. | **el guardián:** Bewacher. | 4 **la lejanía:** Ferne. | 5 **la jornada:** Tagereise. | **descansar:** ausruhen. | **el silo de trigo:** Getreidelager. | 7 f. **ataviar:** herausputzen. | 13 **inmejorable:** unübertrefflich, erstklassig, hervorragend. | 13 f. **de alta alcurnia:** vornehm, Adels… (*la alcurnia:* Abstammung). | 15 f. **mirar con fijeza:** starr anschauen. | 18 **en un momento dado:** zu einem bestimmten Zeitpunkt. | 20 **la adulación:** Schmeichelei. | 22 **arrepentirse de algo:** etwas bereuen.

cias por vuestra generosidad. Que Alá os guarde la vida muchos años».

Enseguida, sin preocuparse de mí, mi comprador me volvió la espalda y comenzó a caminar hacia el alcázar, que se veía desde allí. Pero, al momento, cuatro soldados me rodearon.

– Sigue a ese hombre – me dijo uno de cara torva.

Mi sorpresa fue grande cuando comprobé que entraba en el propio alcázar. Me llevaron a lo que llamamos «el retén de los esclavos», esas cuatro habitaciones en la parte trasera del palacio donde permanecen los siervos nuevos que entran al servicio real en espera de ser enviados a su destino. Reinaba entonces el gran Abd-al-Rahman III.

Y una tarde, después de que me bañasen, me raparan la cabeza por completo y me colocaran una túnica amarilla nueva, cierto eunuco, acompañado por un soldado, me dijo que le siguiese. El sol ya declinaba. Me llevaron hasta la terraza que se abre con vistas al Guadalquivir, la de las parras. Allí vi a un hombre ataviado con deslumbrantes ropas de lino y pedrería, lujosas como no había contemplado otras. Estaba sentado en una hamaca.

– Mi príncipe – dijo el hombre que me guiaba –, este es el eunuco que solicitasteis para vuestro servicio. Los exámenes que le hemos hecho nos hacen pensar que no os defraudará.

1 **la generosidad:** Großzügigkeit. | 3 **el comprador / la compradora:** Käufer(in). | 7 **torvo/a:** wild, schrecklich, finster. | 12 **real:** königlich. | 15 **colocar:** anlegen. | 17 **declinar:** sinken, untergehen. | 18 **la parra:** Weinspalier. | 19 f. **el lino:** Leinen. | 20 **la pedrería:** Geschmeide. | 21 **la hamaca:** Hängematte; hier: Liegestuhl. | 22 **el principe:** Fürst. | 23 **solicitar:** verlangen. | 24 f. **defraudar:** enttäuschen.

Aquel príncipe alzó su mirada y la fijó en mis ojos. Al punto advertí bondad y sabiduría en ella, y me tranquilicé.

– Dejadme solo con él – dijo.

– ¿Solo, señor?

– Sí.

Los dos servidores se marcharon volviendo continuamente la cabeza, como desconfiando de dejar a su amo sin protección. Cuando nos quedamos solos, me dijo:

– ¿Cuál es tu nombre? Ya sé que eres eslavo y tienes dieciocho años.

– Hemné Sudri, mi señor.

– Yo soy el príncipe al-Haken, sucesor de mi padre, el gran emir Abd-al-Rahman … Me han dicho que sabes escribir árabe.

– Sí, mi señor.

– ¿Dónde aprendiste?

– En Bizancio.

– ¿Te gustan los libros?

– Pude leer poco, mi señor … Pero sí, me gustan.

Enseguida me habló de su biblioteca. Ya por entonces tenía varios miles de libros, y su fervor por ellos iba en aumento. Hoy en día, mi señor, el gran emir al-Haken II, no acumulará menos de cuatrocientos mil volúmenes en los anaqueles de su biblioteca, que está reputada como la mayor del orbe. Me dijo que necesitaba un hombre más en el equipo

1 **alzar:** erheben, aufrichten. | **fijar la mirada en algo/alg.:** den Blick auf etwas/jdn. heften. | 2 **la bondad:** Güte. | 7f. **la protección:** Schutz. | 12 **el sucesor / la sucesora:** Nachfolger(in). | 21 **el fervor:** Leidenschaft, Begeisterung. | 21f. **ir en aumento:** zunehmen. | 22f. **acumular:** ansammeln, anhäufen. | 23 **el volumen:** Band (Buch). | 24 **reputado/a:** berühmt, angesehen. | 25 **el orbe:** Erdkreis.

que ya tenía para clasificar y catalogar sus libros. Y me explicó cuál sería mi misión. En principio, solo se trataba de anotar en ciertos cuadernos los títulos, autores y temas de los libros que otros me traían ya agrupados por materias. Aquel atardecer, lo recordaré siempre, al-Haken me dijo: «En tus ojos adivino una sensibilidad poco común, Hemné Sudri. Espero que, con el tiempo, sigas siendo mi esclavo, pero también mi amigo».

Aquellas palabras me hicieron revivir.

Pasaron siete años antes de que muriera el gran Abd-al-Rahman y al-Haken subiese al trono. Para entonces yo había alcanzado ya el grado de intendente de los libreros del califa y había hecho innumerables viajes, en ocasiones muy largos y peligrosos, para buscar y adquirir volúmenes raros, únicos o preciosos que faltaban en la biblioteca y el califa deseaba. También, para ese tiempo, mis relaciones con al-Haken, el hombre de mayor bondad que he conocido, eran las de pura amistad. Me hacía confidencias que a mí mismo me sorprendían y, siendo ya califa, me consultó muchas veces sobre grandes asuntos de estado en secreto. Con frecuencia me llama para charlar cuando se siente solo o melancólico. Jamás podré agradecer lo que mi señor ha hecho por mí; nunca recibí un mal trato o una mala palabra de su persona. Su amor hacia mí es correspondido de tal forma por mi parte, que

1 **clasificar:** ordnen, sortieren. | **catalogar:** katalogisieren. | 3 **anotar:** aufschreiben. | **el cuaderno:** Heft. | 4 **agrupar:** gruppieren. | **la materia:** (Sach-)Gebiet. | 5 **el atardecer:** Einbruch der Dunkelheit. | 6 **poco común:** ungewöhnlich. | 9 **revivir:** zu neuem Leben erwachen, wieder aufleben. | 12 **alcanzar:** erreichen, erlangen. | **el librero / la librera:** hier: Bibliothekar(in). | 18 **la confidencia:** vertrauliche Mitteilung. | 24 **corresponder:** erwidern.

daría la vida por él sin esfuerzo si me lo pidiera. Mi trato diario con miles de libros, y la lectura de muchos, me ha hecho con el tiempo un bibliófilo reputado, y este creo que es el punto donde se unen intensamente nuestros espíritus.

Todo discurrió felizmente durante muchos años, todo. Hasta que hace tan solo uno y medio apareció en el alcázar una mujer malvada y de malos instintos, una cautiva de mi raza, pérfida como la serpiente, que ha fraguado mi desgracia y la de mi señor. Se llama Bouchra, y es el demonio. Mi señor, tan inteligente y sabio, ha tenido la debilidad de enamorarse de esa mujer hasta tal punto que raya en la locura. Tal fue su celo por esta sabandija que, siendo yo su esclavo de mayor confianza, me destinó de pronto al harén como intendente de los eunucos que sirven en él y celador continuo de esa arpía.

Este escrito está motivado por todos los sucesos que se han precipitado durante los últimos ocho meses. Quiero que quede constancia de todo cuanto sé, y escribo estas notas escondido en el taller del otro hombre que me ha amado en esta vida, aparte de mis padres y el califa. Es el viejo judío Samuel ibn Saprut. Un día le visité para canjear por dinero cierta joya regalo de mi señor. Hablamos. Y supe que el aghá ibn Sa-

3 **el bibliófilo / la bibliófila:** Bücherliebhaber(in). | 5 **discurrir:** verlaufen. | 7 **malvado/a:** böse, schlecht, ruchlos. | 8 **pérfido/a:** heimtückisch, perfide. | **fraguar** (fig.): schmieden, erzeugen. | 9 **el demonio:** Teufel. | 10 **la debilidad:** Schwäche. | 10 f. **enamorarse de alg.:** sich in jdn. verlieben. | 11 **raya en la locura:** es grenzt an Wahnsinn. | 12 **el celo por alg.:** Vernarrtheit in jdn. (*el celo:* Eifer). | **la sabandija:** Miststück. | 14 **el celador / la celadora:** Aufseher(in). | 15 **la arpía:** Harpie (Raubvogel mit Frauenkopf), boshaftes Weib, Hexe. | 17 f. **quiero que quede constancia de todo cuanto sé:** ich will über alles, was ich weiß, Zeugnis ablegen. | 21 **canjear algo por algo:** etwas für etwas eintauschen.

prut estaba tan solo como yo en el mundo. Me contó su azarosa vida y me habló de Bizancio, donde residió unos años en su juventud. Yo, salvo el afecto de mi señor, tampoco tenía ni un solo amigo en Córdoba. Se anudó una amistad entrañable y, cuando ocurrieron los sucesos que narraré ahora, le pedí que me dejara escribir en su casa este relato, que él guardaría con el mayor celo. Yo temo por mi vida.

Los hechos desdichados que me afligen hasta no dejarme dormir son los que refiero a continuación. En un momento dado, hace ahora unos ocho meses, la víbora de Bouchra comenzó a tratarme con una deferencia exagerada y zalamera que a mí me extrañó. Ponía en juego todas sus malas artes y embelecos. Y, a la semana, supe la causa. Y un atardecer en que yo estaba leyendo en mi aposento, ella apareció sigilosamente y se sentó junto a mí, insinuante y cariñosa. Me dijo que, por favor, no durmiese allí aquella noche. Iba a recibir en secreto a cierta pariente suya, otra eslava con quien se había criado y a quien no veía desde que abandonara nuestra patria. Había averiguado que estaba en Córdoba por sus confidentes. Quería hablar con ella libremente y sin testigos. Yo sabía que estaba terminantemente prohibido que nadie entrase en el harén durante la noche. Pero Bouchra me dijo que era la única forma de poder ver a su pariente. El califa se

1 f. **la azorosa vida:** Leben mit vielen Höhen und Tiefen. | 2 **residir:** wohnen. | 3 **salvo** (adv.): außer. | 4 **anudarse:** sich anknüpfen, beginnen. | **entrañable:** innig, herzlich. | 8 **desdichado/a:** unglücklich. | 9 **referir:** berichten. | **a continuación:** im folgenden (*la continuación:* Fortsetzung). | 10 **la víbora:** Viper. | 13 **el embeleco:** Betrügerei, Schwindelei. | 14 f. **sigilosamente:** auf leisen Sohlen, leise. | 15 **insinuante:** einschmeichelnd, schmeichlerisch. | 20 **el/la testigo:** Zeuge/Zeugin. | 21 **terminante:** definitiv.

lo había negado varias veces, lo que me produjo extrañeza, pues no era una reacción propia de mi señor. Bouchra me confesó que los guardias de la entrada al harén, y otros vigilantes del interior, estaban ya sobornados. Solo faltaba mi consentimiento. Tengo un carácter que no sabe decir «no». Es mi desgracia. A la vez que me hablaba, esa mujerzuela puso en mis manos una joya de incalculable valor. ¡Oh, Alá misericordioso! La codicia me cegó durante unos instantes y yo la aferré con fuerza entre mis dedos. Accedí y, aquella noche, me retiré al otro extremo del harén.

Desde aquel día, la conciencia me acusó con tan feroces reproches que no podía permanecer en sosiego ni un solo instante. Me había traicionado a mí mismo y a mi señor, y estaba atrapado en un círculo sin salida. Por dos veces más, Bouchra vino con la historia de su pariente, me tentó de la misma forma y puso en mis manos otras tantas alhajas. Mi alma se tornó negra como el carbón. Era un sucio traidor a todo el amor que mi señor me había dispensado desde aquel día en que nos conocimos. Pero la tercera noche no me retiré. Mi instinto me decía que en aquellas visitas clandestinas había algo turbio y peligroso. Permanecí agazapado en el recodo del pasillo pequeño que da a los baños y aguardé. Sería la

1 **negar:** verweigern. | 4 **sobornar:** bestechen (*el soborno:* Bestechung). | 5 **el consentimiento:** Zustimmung. | 6 **la mujerzuela:** Flittchen, Hure. | 7 **incalculable:** unschätzbar. | 8 **la codicia:** Habgier. | **cegar** (fig.): verblenden. | 9 **acceder:** zustimmen, einwilligen. | 10 **el extremo:** äußerstes Ende. | 12 **el reproche:** Vorwurf. | **el sosiego:** Ruhe, Gelassenheit. | 13 **traicionar:** verraten (*el traidor / la traidora:* Verräter[in]). | 15 **tentar:** in Versuchung führen. | 18 **dispensar:** zuteil werden lassen. | 20 **clandestino/a:** heimlich. | 21 **turbio/a:** anrüchig. | **el recodo:** Biegung, Krümmung.

medianoche cuando oí pisadas sigilosas que ascendían por la escalera que parte de la cancela. Y una sombra recortada por la luna apareció por la puertecilla que conduce a nuestras habitaciones. Mi corazón no se sobresaltó: sintió la mas infinita de las amarguras. ¡Era la sombra de un hombre! Le vi apenas el tiempo que tardó en cruzar hacia el aposento de Bouchra. Solo pude percibir que cojeaba ligeramente. El corazón me latía como si tuviese un caballo desbocado en el pecho. Aquella silueta de hombros un poco cargados y aquella ligera cojera me recordaban a alguien.

Accedí dos noches más a los deseos de Bouchra, pero ya solo con la intención de identificar al intruso. Y la quinta noche, un rayo de luna reflejado en su perfil, sus hombros cargados y su leve cojera me iluminaron el cerebro. ¡Aquel hombre era Rodrigo Santibáñez, el arquitecto mozárabe que trabajaba en la mezquita, honrado con la amistad y el mayor afecto por parte de nuestro emir! Yo le había visto muchas veces y le conocía bien.

Pero ¿qué hacer? ¿Cómo desvelarle a mi señor aquella infamia? ¿Cómo golpear su espíritu con un mazazo tan atroz? ¿Cómo explicarle que dos personas a las que amaba le traicionaban de la forma más villana? Hubiera sido su fin.

1 **la pisada:** Tritt, Schritt. | 2 **partir de:** abgehen von. | **la cancela:** Gittertor. | **recortarse:** sichtbar werden, sich abzeichnen. | 5 **la amargura:** Verbitterung, Betrübnis. | 8 **desbocar:** außer Kontrolle geraten. | 9 **los hombros cargados:** nach vorn geneigte Schultern. | 12 **el intruso / la intrusa:** Eindringling. | **quinto/a:** fünfte(r, s). | 13 **el rayo de luna:** Mondstrahl. | **el perfil:** Profil. | 14 **leve:** leicht. | 16 **honrar:** ehren, beehren (*honrado/a:* anständig, ehrlich). | 19 f. **la infamia:** Gemeinheit, Niedertracht. | 20 **el mazazo:** Schlag (*el mazo:* Hammer; *la maza:* Keule). | 22 **villano/a:** gemein.

Traté de arreglarlo por mi cuenta y, después de dudarlo mucho, decidí hablar con el mozárabe. Los regalos que me había hecho Bouchra quemaban en mi conciencia. Y la noche anterior a mi entrevista con Santibáñez, salí del alcázar y me acerqué a las riberas del Guadalquivir. La luna sacó brillos en las joyas cuando se precipitaban al agua.

Fui en busca del arquitecto a la mezquita y le rogué que viniese a hablar conmigo a un lugar reservado, pues quería tratar con él de un asunto grave relacionado con el califa. Lo hicimos a solas en una habitación vacía de la casa del buen ibn Saprut. Le dije lo que sabía después de algunos rodeos, y me llamó loco. Él no tenía nada con Bouchra. Él tenía su propia prometida, a la que amaba más que a nada en el mundo. Salió de allí enfurecido y yo seguí a su lado por las calles, diciéndole que le había visto con mis propios ojos, haciéndole comprender la ingratitud de su comportamiento. Recuerdo que, ante la puerta del zapatero Ismael, él se volvió rabioso hacia mí y me dijo: «¡Vete! ¡Largo de aquí! ¡Sigue importunándome y te mataré, esclavo; te mataré!».

Durante tres meses no volvió a hacer visitas nocturnas. Pero solo hace tres noches, Bouchra me contó de nuevo las mentiras de siempre. Y yo aguardé escondido en mi escondrijo. El traidor apareció de nuevo por la puertecilla. Vi su

4 **la entrevista:** Zusammenkunft, Besprechung. | 7 **en busca de:** auf der Suche nach. | **rogar:** bitten. | 9 **tratar con alg. de algo:** mit jdm. über etwas sprechen. | 11 **los rodeos:** Umschweife. | 14 **enfurecido/a:** wutentbrannt. | 16 **la ingratitud:** Undankbarkeit (*la gratitud:* Dankbarkeit). | 17 **ante** (prep.): vor. | **rabioso/a:** wütend. | 18 **¡largo de aquí!:** scher dich fort!, mach, dass du wegkommst!. | 18 f. **importunar a alg.:** jdn. belästigen. | 22 **la mentira:** Lüge (*mentir:* lügen). | 22 f. **el escondrijo:** Versteck.

sombra. No cabía duda: la misma estatura, sus hombros cargados, la cojera . . .

He meditado durante dos días. No, no puedo seguir así. No puedo seguir siendo cómplice del engaño a la persona a quien se lo debo todo en esta vida. Tampoco puedo contárselo. Y he elaborado un plan preciso que acabará para siempre con las visitas del mozárabe a los aposentos de Bouchra. Nada le diré a mi señor, pero la muerte todo lo soluciona. No creo que quede ningún detalle sin atar. Solo existe un problema: después de la indignación que produjo en Santibáñez nuestra primera conversación, ¿conseguiré convencerle de que venga a mi habitación de retiro, la del costado norte del alcázar? Tendré que ir a la mezquita en su busca, mostrarme arrepentido de mi primera acusación. De algún modo deberá saber que quiero hablarle de algo relacionado con su honor, pero sin acusarle abiertamente . . . Actuaré como si creyera en su inocencia. Creo que todo depende de los modales. La vez anterior, tal vez fui demasiado brusco. Daré las órdenes necesarias a la guardia para que nadie le impida llegar hasta mí . . .

Fernando detuvo la lectura.

– Sigue – dijo Hantal.

– Señor, aquí termina.

1 **no cabe duda:** es ist kein Zweifel möglich, zweifellos. | 4 **el/la cómplice:** Komplize/Komplizin. | 5 **deber algo a alg.:** jdm. etwas verdanken. | 6 **elaborar:** ausarbeiten. | **el plan:** Plan. | 8 **solucionar:** lösen, beheben. | 9 **atar:** hier: berücksichtigen. | 12 **la habitación de retiro:** privates Gemach. | 14 **la acusación:** Beschuldigung. | 17 **la inocencia:** Unschuld. | **los modales** (pl.): Benehmen, Umgangsformen. | 21 **detener la lectura:** aufhören zu lesen.

– ¿Cómo? ¡Maldición! ¿Que termina ahí?

– Sí, padre.

El médico se precipitó sobre las hojas que Fernando tenía en sus rodillas para cerciorarse por sí mismo.

– ¡Pero falta lo esencial! La explicación del plan que tenía preparado Sudri … Lo que pensaba hacer en esa maldita habitación. ¡Oh, Alá! Dejaría de escribir para seguir otro día. Pero la muerte llegó antes …

– Señor, yo creo … yo creo que aquí ya pone bastantes cosas tremendas. Yo creo …

– Dime.

– Bueno, parece que vuestro amigo Rodrigo es culpable de algo muy grave … Lo de Bouchra.

Hantal sujetó su cabeza entre las dos manos y se quedó mirando al suelo.

– ¡Alá, Alá! Me asaltan los pensamientos más horribles, Fernando. Me estoy dando cuenta de …

– ¿De qué? ¿De lo mismo que yo?

– ¿Qué es lo que piensas tú? – preguntó Hantal, siempre intentando calibrar la inteligencia de su hijo.

– Pues, señor, que … que podría ser cierto que Rodrigo mató a Sudri en esa habitación.

– Justo. ¿Puedes explicarme cómo has llegado a esa conclusión?

4 **cerciorarse:** sich Gewissheit verschaffen. | 5 **esencial:** wesentlich. | 14 **sujetar:** halten.

11

– Pues veréis ... Lo que planeaba Sudri tiene todas las trazas de ser una trampa para vuestro amigo. Hablar de que ... Aquí lo pone: «La muerte todo lo soluciona». Yo creo que Sudri pensaba matar a Rodrigo en esa habitación. Y seguro que tendría planeado cómo deshacerse después del cadáver ... Lo que pasa es que Rodrigo se defendió. Quizá lucharan y, al final, fue vuestro amigo quien clavó la daga en el pecho del eslavo.

– ¿Por qué cerró la puerta con llave el eunuco?

– Para que Rodrigo no tuviera escapatoria, digo yo.

– ¿Y el pastel con narcótico? Fernando caviló unos instantes. De pronto, su rostro pareció iluminarse.

– ¿Por qué no podría ser al revés? – dijo después.

– ¿Qué quieres decir?

– Que el pastel lo llevase Rodrigo

– ¿Rodrigo? ¿Para qué?

– Bueno, fijaos: también llevó su daga. Quizá acudió a la cita con estas dos cosas porque ya sospechaba que Sudri le iba a acusar otra vez. Tal vez pensó que el eslavo le preparaba una trampa y apareció con dos armas de defensa: su daga y el pastel. Con el pastel solo quería dormirle y luego irse de allí en el caso de que Sudri se mostrara amenazador desde el principio. Quizá llegó con el pastel envuelto para ofrecérse-

3 **la trampa:** Falle. | 6 **deshacerse de algo:** sich einer Sache entledigen. | 11 **la escapatoria:** Fluchtweg. | 12 **cavilar:** grübeln. | 13 **iluminarse:** aufleuchten. | 18 **fijarse:** aufpassen. | **acudir a:** kommen zu, sich einfinden bei.

lo al eunuco si las cosas tomaban mal cariz. Pero la pelea se produjo pronto y la puerta estaba cerrada. Entonces, cuando Rodrigo le mató y se dio cuenta de que no podía salir de la habitación, pensó en usar el pastel en su favor. Diría que se lo había ofrecido Sudri y él había comido, durmiéndose. Y comió y se durmió de verdad, en un esfuerzo desesperado por aparecer como inocente.

– Oh, me parece que hay muchas fantasías en todo eso último. Es suponer demasiadas cosas sobre el pastel … En fin, lo cierto es que no tengo más remedio que hablar con Rodrigo mañana temprano para revelarle todo cuanto dice Sudri en su historia. Si es cierto lo de Bouchra, y lo parece, mi amigo no tiene salvación … ¡Oh, Alá, Alá! ¡Qué horror si ese hombre ha hecho una cosa así!

A la mañana siguiente, cuando Hantal abrió la puerta de su jardín dispuesto a salir en busca de Rodrigo, casi chocó con dos emisarios que llegaban desde el alcázar.

– Oh, señor, si nos retrasamos unos momentos, no os encontramos …

Hantal les miró con las cejas arqueadas.

– ¿Qué manda mi señor al-Haken?

– Os traemos este mensaje de su parte.

Y le entregaron un pergamino púrpura enrollado y con una cinta de seda.

1 **tomar mal cariz:** eine schlechte Wendung nehmen. | 1 f. **la pelea se produjo pronto:** es kam rasch zum Streit (*la pelea:* Streit). | 10 **no tener más remedio que:** keine andere Wahl haben als. | 13 **la salvación:** Rettung. | 16 **dispuesto/a a:** bereit zu. | 17 **el emisario / la emisaria:** Gesandte(r), Abgesandte(r). | 18 **retrasarse:** sich verspäten (*retrasar:* verzögern). | 20 **con las cejas arqueadas:** mit hochgezogenen Augenbrauen. | 22 **el mensaje:** Botschaft. | **de su parte:** von ihm. | 23 **enrollar:** zusammenrollen, einrollen.

Allí mismo, Hantal lo extendió y leyó su contenido, que era escueto:

Del emir de los creyentes a su médico personal, el sabio Hantal Idrissi.

Hoy a mediodía, en la pradera de la Alondra, se celebrarán justas de caballeros y arqueros, a las que deseo asistas junto a mí.

Que Alá te guarde.

Llevaba la firma del califa y su sello. La cara de Hantal no pudo disimular una intensa contrariedad. Pero cualquier invitación del califa equivalía a una orden. Y eso significaba que debía dejar la visita a Rodrigo para el día siguiente.

– De acuerdo: comunicadle a nuestro divino señor que iré – dijo el médico, con cara de pocos amigos, a los dos mensajeros.

Luego, maldiciendo entre dientes, volvió sobre sus pasos para entrar en la casa y se fue a llamar a Fernando, que dormía.

– Despierta, muchacho. Vamos a un torneo que organiza hoy el califa.

Fernando abrió los ojos instantáneamente y se puso en pie de un salto. ¡Un torneo! Nunca había estado en uno, y aquella extraordinaria sorpresa matinal sobrepasaba cualquier sueño.

El día era soleado, y el ambiente de la pradera de la Alon-

5 **la pradera:** Wiese. | **la alondra:** Lerche. | 6 **el arquero:** Bogenschütze. | 10 **disimular:** verbergen. | **la contrariedad:** Ärger, Verdruss. | 11 **equivaler a algo:** gleichkommen. | 16 **maldecir:** fluchen. | 19 **el torneo:** Turnier. | 21 **instantáneo/a:** augenblicklich, sofort, plötzlich.

dra, junto a la orilla derecha del Guadalquivir, se fue haciendo festivo y tumultuoso. Toda Córdoba parecía haberse dado cita allí. Se habían hecho unos cercados – a la altura del talle de un hombre – que delimitaban el campo de la lid. En uno de los costados del mismo se alzaba una especie de estrado con cuatro filas de escalones tapizados y llenos de cojines. Allí se acomodaba el califa, rodeado por su numerosa corte de dignatarios, decenas de siervos y su temible guardia personal de raza negra. Todos llevaban galas suntuosas, y un gran toldo de lona los protegía del sol. Al lado derecho del califa estaba su hijo, el joven Abul-I-Walid. Al otro, el propio emir había ordenado que se sentasen Hantal y el asombrado Fernando. Todo estaba lleno de banderas y gallardetes y, como hacía calor, los esclavos servían bebidas con hielo. Este hielo se conservaba desde el invierno en los llamados pozos de nieve. Al otro lado del campo, y en un estrado que quedaba frente al del califa, estaban las mujeres del harén y otras damas de alto rango, ocultas a cualquier mirada por una gran celosía.

En un extremo del campo, a la derecha del califa, la gente miraba los pabellones donde los contendientes se vestían, armaban y preparaban para intervenir en los juegos. El pue-

2 **festivo/a:** festlich. | **tumultuoso/a:** turbulent. | 3 **el cercado:** Umzäunung. | 4 **el talle:** Taille. | **delimitar:** begrenzen. | **la lid:** Kampf. | 6 **el estrado:** Podium. | **el escalón:** Stufe. | **tapizar:** mit Teppichen belegen. | 8 **la decena:** Dutzend (wörtl.: »zehn«). | **temible:** furchterregend. | 9 **la gala:** Festkleidung. | 9 f. **suntuoso/a:** prächtig, prunkvoll. | 10 **el toldo de lona:** Sonnendach aus Segeltuch. | 13 **asombrado/a:** erstaunt. | **la bandera:** Fahne. | 14 **el gallardete:** Wimpel. | 18 **el rango:** Rang. | 21 **el pabellón:** Zelt. | **el/la contendiente:** Gegner(in), Kämpfer(in) (*contender:* kämpfen; la *contienda:* Kampf). | 22 **armarse:** sich bewaffnen. | **intervenir en:** teilnehmen an.

blo se agolpaba junto al cercado tratando de colocarse en los primeros puestos, y pululaba entre la gente toda clase de vendedores de refrescos y productos artesanales.

Sonaron trompetas y aparecieron hasta treinta caballeros armados con largas lanzas de caña. Parecía que iban a atacar un baluarte construido con tablas, situado al extremo opuesto del campo y defendido por otros guerreros disfrazados de cristianos. Aunque parezca mentira, Hantal Idrissi jamás había estado en un torneo y no entendía muy bien lo que pasaba. De modo que, cuando se produjo el ataque de los caballeros al baluarte y todo el pueblo gritaba enardecido, él permanecía bastante perplejo y confundido. Había un juez que a veces detenía la contienda y colocaba a los defensores y atacantes en posiciones determinadas. O bien expulsaba del campo a algún participante. Luego, daba una orden con la mano y empezaba otra vez el asedio.

– Veo que te aburres, noble Hantal – dijo el califa.

– Es que, señor, no conozco las reglas de este juego y no entiendo bien lo que pasa.

– Yo mismo te lo iré explicando. Pero dime: ¿cómo van tus averiguaciones sobre la muerte de mi amado Sudri?

– Avanzo en ellas, mi señor.

– ¿Para bien o para mal de tu protegido?

2 **pulular:** herumlaufen. | 3 **el vendedor / la vendedora:** Verkäufer(in). | **el refresco:** Erfrischung, Erfrischungsgetränk. | 5 **la caña:** Rohr. | 6 **la tabla:** Brett. | 6 f. **el extremo opuesto:** gegenüberliegendes Ende. | 7 **el guerrero:** Krieger. | 7 f. **disfrazarse de:** sich verkleiden als. | 12 **perplejo/a:** ratlos. | 13 **detener:** anhalten. | 14 **el/la atacante:** Angreifer(in). | **determinado/a:** bestimmt. | 15 **expulsar del campo:** vom Platz weisen. | **el/la participante:** Teilnehmer(in). | 16 **el asedio:** Belagerung. | 23 **el protegido / la protegida:** Schützling.

– No podría decirlo ahora, mi señor.

Un grito unánime brotó de todas las gargantas cortando la conversación. Parecía que los atacantes del baluarte habían vencido, pues uno de los guerreros musulmanes alzaba sobre la torreta la bandera del califa.

– ¿Ya ha terminado, señor? – dijo Hantal, con la esperanza de poder ir aún en busca de Rodrigo.

– ¡Oh, no! Ahora viene el enfrentamiento a lanza entre caballeros …

– ¿Con lanzas? Supongo que no se herirán.

– No, no … Está terminantemente prohibido. Se trata de derribar del caballo al contrario sin hacerle daño. Aunque también puede ser eliminado un participante por otras faltas … Yo te iré contando.

En esta ocasión, Hantal quedó prendado de la belleza del espectáculo. Contendían treinta y dos caballeros, que primero dieron una vuelta de presentación al campo, todos con sus armas, capas, plumas, cascos, escudos y lorigas relucientes y engrasados. En primer lugar, se atacaron dieciséis contra dieciséis. Había un árbitro que, sin saber Hantal por qué, daba vencedores a unos u otros en un momento dado. Desde luego, los que caían del caballo eran eliminados. Eso sí lo entendía nuestro médico. Luego lucharon ocho contra ocho, cuatro contra cuatro y dos contra dos. Y

2 **unánime:** einstimmig. | 5 **la torreta:** Geschützturm. | 8 **el enfrentamiento a lanza:** Lanzenstechen, Lanzenkampf. | 12 **derribar:** abwerfen. | **el contrario / la contraria:** Gegner(in). | 13 **eliminar:** ausschließen, entfernen. | 15 **quedar prendado/a:** fasziniert sein von. | 17 **dar una vuelta de presentación:** eine Vorstellungsrunde machen. | 18 **la capa:** Umhang. | **el escudo:** Schild (m., pl.: Schilde). | **la loriga:** Schuppenpanzer. | 20 **el árbitro:** Schiedsrichter. | 21 **el vencedor / la vencedora:** Sieger(in).

precisamente cuando se estaba produciendo esta contienda, los ojos incrédulos de Hantal se clavaron en una persona mezclada entre la gente del pueblo. Contuvo un vivo impulso de ponerse en pie. Era el mozárabe Rodrigo. Parecía increíble un restablecimiento tan rápido, aunque por su rostro macilento y la postura de su cuerpo, el médico advirtió enseguida que estaba padeciendo fuertes dolores en la espalda. No se explicaba para qué estaba en el torneo encontrándose maltrecho, y resultaba imposible intentar bajar y hablarle en aquellas circunstancias. Pero Idrissi comprendió enseguida la causa que le había llevado hasta allí haciendo un denodado esfuerzo: los ojos de Rodrigo se desviaban de continuo hacia las celosías que tapaban a las mujeres del harén, en un intento vano de entrever a su amada Sulaima.

Cuando Hantal volvió su atención al campo, alertado por el califa, vio que solo quedaban en liza dos caballeros. El silencio se hizo absoluto. Uno de ellos llevaba sobre su casco un penacho de plumas azules de pavo real; el otro, rojas, de ave del paraíso. A una señal del árbitro, los dos rivales picaron sus caballos y se lanzaron el uno contra el otro cubriéndose bien con los escudos. El rumor sordo de los cascos de sus monturas contra el suelo de hierba era lo único que se

2 **incrédulo/a:** ungläubig. | 5 **el restablecimiento:** Erholung, Genesung (*restablecer:* wiederherstellen). | 6 **la postura:** Haltung. | 7 **padecer:** leiden. | 10 **la circunstancia:** Umstand. | 12 **denodado/a:** wacker, furchtlos. | **desviarse:** (ab)schweifen. | 14 **el intento:** Versuch. | **vano/a:** vergeblich. | 15 **alertar:** warnen, alarmieren. | 16 **la liza:** Kampf, Turnierplatz. | 18 **el penacho:** Helmbusch. | **el pavo real:** Pfau. | 19 **el ave** (f.) **del paraíso:** Paradiesvogel. | 19 f. **picar el/al caballo:** dem Pferd die Sporen geben. | 20 **lanzarse sobre alg.:** auf jdn. zustürmen, sich auf jdn. stürzen (*lanzar:* werfen). | 21 **el rumor:** hier: Geräusch. | **sordo/a:** taub; hier: dumpf. | **el casco:** hier: Huf. | 22 **la montura:** Reittier.

oía. El choque fue tremendo. Se oyó un grito y uno de los dos caballeros salió disparado de su montura. Rodó por el suelo, exánime y manchado de sangre. Un rumor sobrecogido recorrió todo el campo. Varios médicos que conocía Hantal salieron de no se sabe dónde y corrieron hacia el hombre que yacía inmóvil en el suelo. Enseguida hicieron signos al califa de que estaba malherido. Al-Haken ordenó que se acercase uno de los físicos.

– Mi señor, el caballero Walid ibn Abd ha alcanzado con su lanza el pecho de Madian ibn al-Tawil. La herida es mortal.

En el rostro de al-Haken se reflejó la cólera.

– ¡He advertido siempre que se cuide al máximo no hacer daño al contrario! Lo he visto con mis propios ojos. Ese Walid ibn Abd, en su deseo de vencer, ha contravenido mis órdenes. ¡Que sea encarcelado inmediatamente, proceda de donde proceda y sea de la familia que sea!

Entonces, el propio califa, su hijo y toda la corte, se pusieron en pie.

– ¿Terminó ya todo, mi señor? – dijo Hantal.

– No, no ... – respondió el emir, malhumorado –. Queda lo más interesante: el concurso de arco. Pero ahora hay un largo descanso para reponer fuerzas.

1 **el choque:** Zusammenprall, -stoß. | 2 **salir disparado/a de:** hier: heruntergeschleudert werden von. | 2 f. **rodar por el suelo:** über den Boden rollen. | 3 **exánime:** bewusstlos. | 3 f. **sobrecoger:** erschrecken. | 6 **inmóvil:** regungslos. | 7 **malherido/a:** schwerverletzt, schwerverwundet. | 11 **la cólera:** Wut. | 12 **cuidarse de:** sich hüten vor, aufpassen. | **al máximo:** aufs Äußerste. | 14 f. **contravenir las órdenes:** gegen die Befehle verstoßen. | 15 **encarcelar:** ins Gefängnis werfen, inhaftieren. | 20 **malhumorado/a:** schlecht gelaunt. | 21 **el concurso:** Wettbewerb. | 22 **reponer fuerzas:** wieder zu Kräften kommen.

Hantal quería buscar a Rodrigo entre la gente para advertirle de su delicada situación después de la lectura del texto de Sudri. Pero el califa le retuvo todo el tiempo. A unas varas del campo de la lid, bajo amplios toldos, se habían colocado alfombras, cojines en abundancia y mesas bajas, donde se sirvieron los mejores manjares y bebidas. Como el calor era sofocante, esclavos con grandes abanicos de plumas oreaban continuamente a los altos dignatarios. El pueblo, contenido a una distancia de treinta varas por un cordón de soldados, se agolpaba para ver al califa y a los hombres más notables de la corte.

– Hantal, me has dicho antes – habló el califa – que no sabes bien cómo van tus averiguaciones. ¿Qué significa eso?

– Señor, tengo algunos datos, pero no suficientes para sacar conclusiones.

– ¿Qué datos son esos?

Fernando miró a su padre con cara de susto.

– Mi señor, me habéis dado diez días de plazo.

– Y solo faltan cuatro …

– Sí. Quiero deciros que si yo os desvelase ahora los datos que tengo, vuestra mente no haría más que confundirse con detalles que solo os proporcionarían preocupaciones inútiles y ninguna certeza. Es mejor que no penséis en ello. Cuando yo os hable, será para revelaros la verdad completa.

2 **delicado/a:** hier: heikel, misslich. | 5 **la abundancia:** Fülle, Überfluss. | 7 **sofocante:** drückend, stickig. | **el abanico:** Fächer. | 8 **orear:** Luft zuführen, belüften. | 9 **el cordón:** Kordon, Sperrgürtel. | 11 **notable:** prominent, bedeutend. | 14 **el dato:** Hinweis. | **suficiente:** genügend. | 17 **el susto:** Schreck. | 18 **el plazo:** Frist. | 21 **confundirse:** durcheinanderkommen, sich irren/täuschen (*confundir:* verwechseln; *la confusión:* Verwechslung, Verwirrung).

– Pero ¿estás en buen camino?

– Lo intento, mi señor.

– He visto al mozárabe entre el pueblo sin quitar la vista del pabellón de las damas.

– Señor, piensa en su Sulaima …

– Oh, Sulaima … Sulaima … – musitó el califa, como si a su memoria hubiese venido un sueño maravilloso –. ¿Sabes? Es la criatura más hermosa que he visto nunca.

Hantal le miró con los ojos entornados y, al punto, su corazón se conmovió lleno de temores. Aquellas palabras, aquellos ojos soñadores …

Al inicio de la tarde, las trompetas anunciaron el comienzo del concurso de arqueros y todo el mundo ocupó sus puestos de nuevo. Habían llegado arqueros de todas las provincias del califato: Sevilla, Almería, Toledo, Granada, Valencia … Incluso había uno, Mundir ibn Abd, que se había desplazado desde Zaragoza. Corría la voz entre el pueblo de que jamás había sido derrotado. Se decía que, a cincuenta varas de distancia, era capaz de tronchar el vástago más fino de un arbusto con un tiro de saeta. Participaban en la prueba más de cien hombres, y no había reglas sobre el arco o las flechas. Cada uno podía usar el que deseara. Se tiraba a unas dianas de madera, revestidas de arpillera, sobre las que se colocaba un paño blanco con un círculo rojo de un palmo de

6 **musitar:** flüstern. | 10 **conmoverse:** ergriffen/erschüttert sein. | **el temor:** Furcht. | 11 **soñador/a:** träumerisch. | 12 **el inicio:** Beginn. | 18 **derrotar:** schlagen, besiegen. | 19 **tronchar:** kappen, abknicken. | **el vástago:** Trieb, Spross, Schössling. | 20 **el tiro de saeta:** Pfeilschuss (*la saeta:* Pfeil). | 21 **la regla:** Vorschrift, Regel. | 22 **la flecha:** Pfeil. | 23 **la diana:** Zielscheibe. | **revestir de/con:** verkleiden mit. | **la arpillera:** Sackleinen. | 24 **un palmo:** eine Handbreit.

diámetro. Aun en el centro de este círculo había dibujado un punto negro.

Se vio enseguida que el hombre de Zaragoza siempre clavaba su flecha en la diana. Pero había otro, cordobés, llamado Youssef ibn Rushd, que no le iba a la zaga. El pueblo se puso muy pronto a favor de su paisano, prorrumpiendo en ensordecedores aullidos cada vez que su flecha se incrustaba en el blanco.

Al final, solo quedaron en liza el hombre de Zaragoza y el cordobés. Los dos hicieron diana en el tiro definitivo, y los jueces se acercaron a las arpilleras para medir cuál de las dos flechas estaba más próxima al punto negro pintado en el centro del círculo. El público esperaba expectante en silencio. Los jueces cuchichearon entre sí, hasta que el principal, con un gesto un poco teatral, señaló con su vara a Mundir ibn Abd, el hombre de Zaragoza. El pueblo, a pesar de no haber ganado el arquero local, prorrumpió en vivas muestras de alabanza hacia el zaragozano, rendido ante su maestría. Y, entre vítores y alabanzas, Mundir ibn Abd se fue hacia el centro del campo, donde se detuvo. Desde allí saludó inmóvil, girando la cabeza hacia un lado y otro, como quien espera algo.

– ¿Qué hace ahora, mi señor? – preguntó Hantal al califa.

1 **el diámetro:** Durchmesser. | 4 **el cordobés / la cordobesa:** Einwohner(in) von Córdoba. | 5 **no ir a la zaga de alg.:** jdm. in nichts nachstehen. | 6 **el paisano / la paisana:** Landsmann/Landsmännin. | **prorrumpir en:** ausbrechen in. | 7 **ensordecedor/a:** ohrenbetäubend. | **el aullido:** Geheule. | 13 **expectante:** erwartungsvoll. | 15 **señalar a alg.:** auf jdn. deuten/zeigen. | 17 f. **la muestra de alabanza:** Lobesbezeugung (*la alabanza:* Lob) | 18 f. **rendido/a ante su maestría:** hingerissen von seinem Können. | 19 **los vítores:** Hochrufe.

– Es costumbre – dijo al-Haken – que el vencedor de un torneo con arco espere unos instantes en el centro del campo, por si aparece algún retador entre el pueblo, los soldados o, incluso, los nobles o esclavos.

Y, en aquel momento, sonó un toque breve de corneta.

– Y lo hay – dijo el califa con expresión complacida –. Ese aviso significa que alguien quiere enfrentarse al zaragozano.

El campo enmudeció. El hombre de Zaragoza miró hacia los pabellones en que se preparaban los contendientes y por donde debería aparecer su inesperado adversario.

Y de pronto, por uno de los costados de estos pabellones, apareció una figura vestida toda de negro sobre un brioso caballo del mismo color. Avanzó despacio y gallardo hasta el lugar desde donde debían disparar los arqueros. Un «oooh» de sorpresa resonó unánime entre el público: aquel hombre se cubría el rostro con un capuchón igualmente negro. Solo dos agujeros en la tela dejaban ver sus ojos.

– ¡Ajá! Esto es interesante – dijo el califa –. Pero supongo que ese arquero se descubrirá al final. Otra cosa sería indelicadeza hacia mi persona.

– ¿No sospecháis quién pueda ser, mi señor? – preguntó Hantal.

– En absoluto.

3 **el retador / la retadora:** Herausforderer(in). | 5 **el toque de corneta:** Hornstoß. | **breve:** kurz. | 6 **complacido/a:** zufrieden, wohlgefällig. | 7 **el aviso:** Signal. | 8 **enmudecer:** verstummen. | 10 **el adversario / la adversaria:** Gegner(in). | 12 **brioso/a:** feurig (Pferd). | 14 **disparar:** schießen. | 15 **resonar:** widerhallen. | 16 **el capuchón, la capucha:** Kapuze (*encapuchado/a:* mit Kapuze, vermummt). | 17 **el agujero:** Loch. | 19 **descubrirse:** sich zu erkennen geben. | 19 f. **la indelicadeza:** Taktlosigkeit, Unhöflichkeit.

El caballero echó pie a tierra y permaneció inmóvil. Un escudero le llevó el arco y las flechas. El campeón de Zaragoza se acercó y ambos se saludaron con una inclinación de cabeza. La prueba era a cinco tiros. Entre el asombro y la tensión del público, el caballero encapuchado hizo cinco blancos justamente en el punto negro de la diana. El zaragozano repitió la hazaña.

Los dos contendientes hablaron entre sí y enseguida se dedujo que habían llegado al acuerdo de alejar las dianas diez varas. Ahora se lanzarían solo tres tiros. Entre los bramidos de las masas, el encapuchado repitió su proeza, y el zaragozano la igualó.

En el campo, el silencio era completo cuando los dos adversarios hablaron de nuevo junto a los jueces. Muy pronto, uno de estos se dirigió a un esclavo, que llevó poco después un cesto con mandarinas. El juez gritó entonces al público:

– ¡Un muchacho! ¡Necesitamos un muchacho diestro en lanzar piedras!

Hantal sintió al punto un aleteo de aire a su izquierda, y al instante vio asombrado cómo Fernando, saltando entre los dignatarios que rodeaban al califa, llegaba hasta la cerca del campo, la saltaba y se iba corriendo hacia los arqueros.

– Tu hijo tiene impulso – dijo el califa –. Eso es bueno.

La mirada de Fernando a los dos campeones, cuando los tuvo cerca, fue de rendida admiración. En un abrir y cerrar

2 **el escudero:** Knappe. | 4 **la prueba:** hier: Wettkampf. | 5 **la tensión:** Spannung. | 5 f. **hacer cinco blancos:** fünf Treffer landen. | 6 **justamente, justo** (adv.): genau. | 7 **la hazaña:** Meisterleistung. | 10 f. **el bramido:** Brüllen, Gebrüll. | 11 **la proeza:** Großtat. | 12 **igualar algo:** etwas ausgleichen. | 17 **diestro/a:** geschickt. | 19 **el aleteo de aire:** Lufthauch. | 21 **la cerca:** Umzäunung. | 23 **tener impulso:** Schwung haben.

de ojos se fijó en todo: los correajes claveteados, los arcos, el calzado, las manos nervudas, los anchos cinturones, incluso sus olores; la barba a medio crecer en el bravo rostro del zaragozano; los misteriosos ojos claros del hombre tapado tras los agujeros de la capucha. El juez estaba hablándole.

– Cuando yo te diga «ya», lanzarás estas dos mandarinas a lo alto y todo lo lejos que puedas – luego se dirigió a los dos rivales –. La que salga hacia la derecha será vuestro objetivo, señor tapado. La que se vaya a la izquierda, el vuestro, Mundir ibn Abd. ¿Preparado, muchacho?

– Sí, mi señor.

Estar junto a aquellos dos colosos era el acontecimiento más emocionante que Fernando había vivido en todos los días de su existencia. Temía no tirar bien las mandarinas.

– Vamos – dijo el juez –. Una, dos, tres … ¡Ya!

Fernando, que era el más hábil lanzador de piedras de su barrio, cogió las dos mandarinas con la mano derecha y las catapultó con todas sus fuerzas muy lejos. Llegaron a lo más alto y comenzaron a descender, se escuchó el zumbido seco de las saetas al partir. A unas tres varas del suelo, el público vio cómo las dos flechas atravesaban ambas mandarinas limpiamente. Las aclamaciones delirantes atronaron el campo.

Una vez más, conversaron los contendientes. Fernando,

1 **clavetear:** beschlagen, nageln. | 2 **el calzado:** Schuhwerk, Schuh(e). | **nervudo/a:** sehnig, kräftig. | 3 **bravo/a:** mutig, wild, tapfer. | 12 **el coloso:** Superheld. | **el acontecimiento:** Ereignis. | 13 **emocionante:** bewegend, aufregend. | 16 **el lanzador / la lanzadora de piedras:** Steinwerfer(in). | 18 **catapultar:** katapultieren (schleudern). | 19 **descender:** herabfallen. | **el zumbido:** Surren. | 22 **la aclamación:** Beifallsruf, Jubelruf. | **delirante:** wahnsinnig. | **atronar:** durchdröhnen.

casi temblando, escuchó sus voces. La del encapuchado era grave y bien modulada; la del aragonés, ronca y recia, propia de un hombre rústico. Una sola mandarina. Este era el acuerdo para la prueba definitiva. Fernando lanzaría todo lo lejos que pudiera una sola mandarina, y ganaría el arquero que la atravesara.

El juez le puso sobre aviso. Los dos rivales curvaron sus arcos. Se advirtió que el encapuchado lo tensaba más que en ocasiones anteriores. Fernando oyó: «Uno, dos, tres … ¡Ya!». Y, con todos sus bríos, lanzó la mandarina cuan lejos pudo, que fue mucho.

Todos vieron cómo el zaragozano disparaba unos instantes antes. Inmediatamente, el encapuchado. La saeta del campeón cortaba el aire por delante y derecha a su objetivo. Pero entonces ocurrió algo extraordinario, calculado por el hombre de la capucha. Su flecha se deslizaba más veloz que la del zaragozano. La alcanzó en el aire y, ante el asombro de todos, la rozó apenas desviándola de su curso. Luego, libre de obstáculos, atravesó limpiamente la mandarina cuando estaba a una vara del suelo.

El propio califa se puso en pie. Incluso Hantal. El público estalló en aclamaciones ensordecedoras ante la habilidad sin igual del encapuchado. Por los huecos de la celosía que ocultaba a las mujeres, innumerables manos blancas agitaban al aire pañuelos de sedas multicolores. El ganador, tran-

2 **la voz bien modulada:** wohlklingende Stimme. | **recio/a:** kräftig, stark. | 3 **rústico/a:** bäuerlich, grob. | 7 **poner a alg. sobre aviso:** jdn. in Bereitschaftsstellung bringen. | 7f. **curvar el arco:** den Bogen biegen. | 8 **tensar:** spannen. | 10 **el brío:** Schwung, Energie. | 10 f. **cuan lejos pudo:** so weit er konnte. | 18 **rozar:** streifen. | 21 **el propio califa:** der Kalif selbst. | 22 **la habilidad:** Geschicklichkeit. | 25 **multicolor:** bunt.

quilo, montó de nuevo en su caballo. Dio una vuelta de honor, abrumado por los vítores incesantes del público, y luego condujo su montura hasta el centro del campo. Miró primero al pabellón de las damas e hizo una reverencia. Después, hacia el lugar que ocupaba el califa, inclinándose aún más sobre el cuello del corcel. Acto seguido, su mano enguantada subió hasta la cabeza y, con un gesto elegante y rápido, se despojó de la capucha. Un sordo rumor de asombro y admiración se extendió entre el pueblo de Córdoba. El califa no alteró su rostro. Hantal entornó los ojos.

Aquel hombre era el general Yamal al-Katib.

2 **abrumado/a por:** hier: überhäuft von. | **incesante:** unaufhörlich. | 6 **el corcel:** Ross. | **acto seguido:** gleich darauf, anschließend. | 7 **enguantado/a:** behandschuht. | 8 **despojarse de algo:** sich einer Sache entledigen. | 10 **alterar:** ändern.

12

El ruido era ensordecedor en la explanada que se abría frente a la gran mezquita: canteros, picapedreros y talladores finos de piedra golpeaban sin cesar bloques de mármol formando un repiqueteo metálico incesante. Los altos andamios de madera se alzaban por todas partes; tiradas por bueyes cansinos, llegaban continuamente carretas cargadas de materiales pesados, y los capataces iban y venían impartiendo órdenes o inspeccionando el trabajo. Carpinteros, herreros y fundidores trabajaban también al aire libre, mezclando el ruido de sus herramientas al resto del concierto, y eran continuas las voces de «¡adelante!», «¡apartaos de ahí!», «¡cuidado con esos tablones!», «¡más aprisa!». La gran mezquita, levantada por Abd-al-Rahman I, había sido posteriormente ampliada en tiempos de Abd-al-Rahman II. Y ahora, al-Haken, ante el rápido crecimiento de la población cordobesa, estaba empeñado en una tercera amplia-

2 **la explanada:** Vorplatz, Esplanade. | 3 **el cantero:** Steinmetz. | **el picapedrero:** Steinhauer. | 3 f. **el tallador de piedra:** Steinschleifer. | 5 **el repiqueteo:** hier: Gehämmere. | 5 f. **el andamio:** Gerüst. | 7 **el buey:** Ochse. | **la carreta:** Karre, Karren. | 7 f. **cargar de:** beladen mit. | 8 **el capataz:** Vorarbeiter. | 8 f. **impartir órdenes:** Befehle erteilen. | 9 f. **el carpintero:** Zimmermann. | 10 **el herrero:** Schmied. | **el fundidor:** Gießer. | 12 **apartarse de:** Platz machen, beiseite gehen. | 13 **el tablón:** Bohle, großes Brett. | 15 **posteriormente:** später. | **ampliar:** erweitern (*la ampliación:* Erweiterung). | 16 **ante:** angesichts. | **el crecimiento:** Wachstum, Zunahme. | 17 **estar empeñado/a en algo:** entschlossen sein zu etwas, etwas wollen.

ción. Incluía doce nuevos tramos de arquerías que culminaban en un flamante mihrab.

Hantal Idrissi cruzó entre aquel estrépito para penetrar en las sombras llenas de andamios del tramo recién construido, que ya estaba cubierto. Muy temprano, fue en busca de Rodrigo a su casa, pero allí sus padres le dijeron que se había ido a la mezquita. Añadieron que su carácter no le permitía estarse quieto y, a pesar de que aún le dolía la espalda, había decidido ir a echarles una ojeada a los trabajos del templo.

Hantal entornó los ojos al entrar en la nueva y amplia sala de columnas. El lugar era fresco y permanecía en una grata penumbra. También se movían por allí multitud de obreros, mientras otros, encaramados en los andamios, colocaban los riquísimos artesonados en un concierto de ruidos que rebotaban en las bóvedas.

Buscó con la mirada entre toda aquella gente intentando identificar la figura de Rodrigo. Y al fin, después de un buen rato de vagabundeo despistado, le vio de espaldas, junto a una columna. Al principio dudó unos instantes: iba vestido con ropas musulmanas, costumbre que desconocía en su amigo, y le acompañaña un militar. Le reconoció en-

1 **incluir:** beinhalten. | **el tramo:** Abschnitt, Teilstück. | **la arquería:** Säulenreihe. | 1f. **culminar en:** gipfeln in. | 2 **flamante:** neu und prächtig. | **el mihrab:** Mihrab (Gebetsnische in der Moschee, die in Richtung Mekka ausgerichtet ist). | 3 **el estrépito:** Lärm, Getöse. | 4 **recién:** gerade erst. | 9 **echar una ojeada:** einen flüchtigen Blick werfen. | 10 **el templo:** Tempel; hier: Moschee. | 12f. **grato/a:** willkommen, angenehm. | 13 **la penumbra:** Halbschatten. | 14 **encaramarse:** hinaufklettern. | 16 **la bóveda:** Gewölbe. | 19 **el vagabundeo:** Umherstreifen. | **despistado/a:** geistesabwesend, zerstreut. | **de espaldas:** von hinten. | 21 **desconocer:** nicht kennen.

seguida por su aspecto inconfundible: los hombros algo cargados y su leve cojera. Parecía que le iba explicando al militar la marcha de las obras. Hantal se quedó perplejo. En sus movimientos no se advertía el menor signo de que le doliese la espalda. Al contrario, toda su compostura era más bien airosa o gallarda, propia de un hombre pletórico de salud. Con paso decidido se dirigió hacia él y, cuando estuvo a dos o tres varas, entrevió su perfil desde atrás. Casi se detuvo, porque aquellos rasgos, siendo muy semejantes a los del mozárabe, quizá no fuesen exactamente los suyos. O tal vez era un efecto de la penumbra y de su vista cansada.

– ¡Rodrigo! – llamó el médico.

Cuando el hombre que creía su amigo se volvió, Hantal permaneció desconcertado, con los ojos muy abiertos.

– ¿Me habláis a mí? – dijo el caballero al girarse –. Creo que os confundís.

En efecto, el rostro de aquel personaje tenía cierta semejanza con el de Rodrigo, pero no era, evidentemente, el arquitecto mozárabe. Se trataba, ni más ni menos, del joven general al-Katib.

– ¡Ah! Perdonadme, general. Os he tomado por otra persona.

– Sois el aghá Idrissi, ¿no? El médico personal de nuestro señor.

– Sí, así es ... Y estoy admirado. De espaldas, incluso de

1 **inconfundible:** unverwechselbar. | 5 **la compostura:** Haltung, Auftreten. | 6 **airoso/a:** frisch, munter. | 6 f. **pletórico/a de salud:** strotzend vor Gesundheit. | 9 **el rasgo:** (Gesichts-)Zug. | **semejante:** ähnlich (*la semejanza:* Ähnlichkeit) | 22 **tomar por:** halten für. | 26 **estar admirado/a:** verwundert sein (*admirar:* in Erstaunen versetzen).

perfil, parecéis exactamente el amigo que busco. Vuestros hombros un poco cargados, esa leve cojera …

– ¡Ah! Son gajes de mi oficio. Tengo una vieja herida de guerra en una rodilla. Las rodillas son difíciles …

– Sí, eso es cierto … En fin, que Alá esté con vos. Seguiré buscando a mi amigo. ¡Ah! Desearía felicitaros por vuestra triunfal entrada en Córdoba hace unos días. Yo no entiendo mucho de asuntos militares, pero lo que más me admiró fue cómo vos mismo y vuestros hombres ibais tan limpios, encerados y brillantes nada más llegar de tan duras jornadas de acción. ¿Es cuestión de disci…?

– ¡Ja, ja, ja! – rio abiertamente el general –. Hay truco, mi señor Idrissi. Hay truco. Yo había llegado a las cercanías de Córdoba hacía ya tres días y tuve tiempo de acicalarme a conciencia. En cuanto a mis hombres, también se detuvieron dos jornadas a una legua de aquí para ponerse presentables.

Las cejas de Hantal se enarcaron, como si por su mente hubiera cruzado de pronto alguna clase de idea reveladora, pero aún confusa.

– Y, sobre todo – siguió el médico –, os felicito sinceramente por vuestro triunfo de ayer en la prueba con arco. Jamás había visto una puntería semejante …

– ¡Ja, ja, ja! – volvió a reír el general con un gesto un tanto suficiente –. Me esmeré un poco más de lo habitual. Estaba en juego mi honor ante …

– ¿El califa?

3 **los gajes del oficio:** die Unannehmlichkeiten des Berufs. | 9 f. **encerar:** einwachsen (*la cera:* Wachs). | 12 **el truco:** Trick. | 20 **confuso/a:** verworren, unklar. | 23 **la puntería:** Treffsicherheit. | 25 **suficiente:** hier: selbstgefällig, eitel. | **esmerarse:** sich große Mühe geben.

– Desde luego, ante el califa en primer lugar – hizo un gesto de pícaro –. Pero, muy especialmente, ante una mujer. ¡Ja, ja, ja!

– ¿Os estaba viendo? – preguntó rápidamente Hantal.

– Mmmm … Puede ser.

Hantal siempre había sido impulsivo, desde muy joven. Y eso a veces le había puesto en situaciones embarazosas. De su boca salió al punto una frase de forma casi involuntaria:

– ¡Ah! Tenéis una amante entre las damas de Córdoba …

– ¡Oh, mi señor Idrissi! ¿No creéis que tal afirmación no corresponde a vuestra dignidad? ¿No es demasiado atrevida? – respondió el general dibujando una sonrisa irónica, mientras sus ojos claros se endurecían.

– Desde luego, general. Soy un tonto. No sé cómo he podido decir tal cosa, ni cómo excusarme …

– Comprendo vuestra expectación. Los asuntos relacionados con el amor siempre producen una especial curiosidad, aun en los más sabios …

– Sí, eso debe de ser … Bien, buenos días, general. Seguiré buscando a mi amigo. Que Alá os guarde. Y disculpad de nuevo.

Hantal no solo estuvo dando vueltas por la zona en obras de la mezquita: también se asomó a los sectores ya terminados hacía decenios por los antecesores de al-Haken. Pero Rodrigo no estaba por parte alguna.

2 **de pícaro/a:** schelmisch, verschmitzt (*el pícaro:* Schelm, Gauner). | 7 **embarazoso/a:** peinlich, unangenehm. | 8 f. **involuntario/a:** unwillentlich. | 11 **la afirmación:** Aussage. | 12 **corresponder:** gemäß sein, entsprechen (*correspondiente a:* bezüglich). | 14 **endurecerse:** einen harten Ausdruck bekommen, sich verhärten. | 25 **el decenio:** Jahrzehnt.

Cuando salió al zoco de la almedina, era mediodía. El sol caía con fuerza, y el variopinto ambiente del mercado, atronado por mil voceríos y por el ir y venir de gentes y animales, casi le mareaba. De pronto se detuvo.

Hacia él venían Fernando y Rodrigo. El chico dio una pequeña carrera para besar a su padre. Pero Rodrigo se quedó quieto, con la tez pálida y evidentes muestras de cansancio. Hantal se precipitó hacia él.

– ¡Pero, diablos! ¿Por qué sales de casa sin mi permiso? Lo único que harás es retrasar tu curación. Y no creas que no te vi ayer en el torneo ...

– Estoy bien, maestro. Vuestras cataplasmas son milagrosas. Lo que pasa es que esta mañana me he movido mucho. Acabo de encontrar a Fernando y me he venido con él. Según dice, andáis buscándome ...

De pronto, Hantal se retiró unos pasos de Rodrigo y le estuvo observando de arriba abajo con expresión absorta.

– ¿Qué hacéis, padre?

– Pensar ... Tratar de poner en orden mil ideas confusas ... Rodrigo, ¿sabes que tu aspecto general, visto desde lejos, es igual que el de otra persona?

El arquitecto le miró con gesto interrogativo.

– Sí, se parece muchísimo al general al-Katib – dijo Fernando.

– ¡Ah! ¿Tú ya te habías dado cuenta?

– Sí, padre. Ayer, cuando estuve al lado de los dos arqueros tirando las mandarinas, de pronto pensé que el encapu-

2 **variopinto/a:** kunterbunt. | 3 **el vocerío:** Geschrei. | 7 **la tez:** (Gesichts-)Haut. | 10 **la curación:** Heilung. | 12 f. **milagroso/a:** wundertätig (*el milagro:* Wunder). | 22 **interrogativo/a:** fragend.

chado era el señor Rodrigo. Tenía la misma pinta. Hasta que le oí hablar. Entonces me di cuenta de que no era él. Y me han pasado por la cabeza muchas cosas …

– A mí también – dijo Hantal –. Pero ya hablaremos más tarde sobre esto …

De pronto, la mirada de Hantal se hizo absolutamente penetrante y fijó sus ojos en los de Rodrigo.

– Tengo que hablarte inmediatamente de algo muy grave.

– ¿Es sobre la muerte de Sudri? Mi señor, solo faltan tres días para que se cumpla el plazo dado por el califa … Estoy asustado.

– Sí, ya. He hecho averiguaciones. Mira, vamos a ese tugurio que ves ahí … Hay unos reservados donde podremos hablar tranquilos.

– Es la hora de comer.

– Ahí podremos hacerlo.

El reservado era el mismo donde ya estuviesen Hantal y Fernando con el viejo esclavo negro, y fuera se oían los gritos de la zafia clientela habitual del figón. El tabernero les sirvió lo que tenía: puré de lentejas y escabeche de sardinas. Agua de azahar para Hantal, vino para Rodrigo y horchata para Fernando. Aunque era pleno día y el sol caía de lleno sobre Córdoba, en aquel reservado, sin una sola ventana, era necesario tener encendido el candil. Las voces sonaban allí apagadas y opacas.

Mientras comían, Hantal le expuso a Rodrigo punto por

20 **la clientela habitual:** Stammkundschaft. | **el figón:** Spelunke. | **el tabernero / la tabernera:** Wirt(in). | 21 **el puré:** Brei, Püree. | **la lenteja:** Linse. | **el escabeche de sardinas:** marinierte Sardinen. | 23 **el pleno día:** helllichter Tag. | 26 **opaco/a:** matt. | 27 **exponer:** darlegen.

punto todo lo que dejase escrito Sudri, a la vez que observaba las reacciones del mozárabe. Este no dijo una sola palabra en todo el tiempo. Pero cuando el médico llegó al final de su relato, el arquitecto dio rienda suelta a la rabia acumulada durante la narración. Con ojos desorbitados y rojo de ira, asestó un puñetazo en la mesa.

– ¡Maldito eslavo! ¡Maldita sea toda su ralea! Me ha estado persiguiendo como un pulpo con esa historia durante los últimos días de su vida. ¡Estaba loco! Yo jamás tuve nada que ver con esa Bouchra. ¡Jamás! Pero … ¿cómo? ¿No os dais cuenta, aghá Idrissi? Yo nunca he visto a esa mujer. ¿Dónde, cuándo podría haber tenido trato con ella para conocerla y enamorarme hasta el punto de asaltar el alcázar una noche sí y otra no para visitarla? ¿Cómo? Decidme …

– Júrame por el Dios de Abrahán que dices la verdad.

– Os lo juro mil veces. Esa historia es una infamia.

– Entonces, Sudri mentía en sus escritos.

– No, mi señor. Yo creo que no mentía – intervino Fernando –. Yo creo que Sudri era demasiado honrado para mentir de una forma tan descarada.

– Y tan gratuita. Sí, yo tampoco creo que mintiese.

– ¡Pero qué decís! – casi chilló Rodrigo –. Entonces, si no mentía, quien iba a visitar a esa eslava era yo, ¿no? ¡Yo!

– Tampoco – dijeron a la par Fernando y Hantal.

– No os entiendo … No entiendo nada.

4 **dar rienda suelta a** (fig.): freien Lauf lassen. | 5 **desorbitado/a:** aufgerissen (Augen). | 6 **asestar un puñetazo en la mesa:** mit der Faust auf den Tisch schlagen. | 7 **la ralea:** Brut, Sippschaft. | 8 **el pulpo:** Krake. | 15 **Abrahán:** der biblische Abraham, der als Stammvater der Araber gilt. | 20 **descarado/a:** schamlos, frech. | 21 **gratuito/a:** hier: ungerechtfertigt. | 24 **a la par:** gleichzeitig.

– Pues … – comenzó Fernando, pero se calló por respeto a su padre, que también había dicho «pues …».

Hantal no continuó, intentando, como siempre, discernir sobre la capacidad de su hijo.

– Habla tú, Fernando. Quizá los dos pensemos lo mismo …

– Pues, señor, yo … yo creo que Sudri no mentía. Sudri se equivocaba de persona.

– ¡Exacto! – exclamó Hantal con una viva expresión de alegría.

– Sudri – siguió Fernando –, desde su escondite nocturno, solo veía una sombra. En su escrito dice que una vez descubrió el perfil del intruso a la luz de la luna. Pero …

Fernando cortó de pronto sus palabras porque, en aquel momento, unos golpes discretos habían sonado en la puerta. Los tres se miraron entre sí.

– ¡Adelante! – dijo Idrissi.

Ante el asombro de todos, la puerta se entreabrió despacio y apareció la cabeza cautelosa del esclavo negro que tantas revelaciones había hecho a Hantal.

– ¡Ah, eres tú! ¿Qué quieres? – dijo el médico.

– Señor, anteayer fuisteis muy generoso conmigo cuando fui a vuestra casa en busca de lo que me prometisteis. Y espero que lo sigáis siendo. Yo ya soy viejo y …

– Vamos, déjate de historias y pasa. ¿Tienes algo más que decirme?

– Creo que sí, mi señor.

– Siéntate, come y habla. No me cuentes que eres viejo

3 f. **discernir sobre algo:** hier: etwas einschätzen. | 15 **discreto/a:** hier: verhalten. | 18 **entreabrirse:** halb geöffnet werden. | 19 **cauteloso/a:** vorsichtig. | 20 **la revelación:** Enthüllung. | 22 **anteayer:** vorgestern.

otra vez y todo lo demás. Tendrás tu premio si lo que dices resulta de interés.

El esclavo negro, que se llamaba Kuraish, se acomodó junto a la mesa y tomó un poco de escabeche.

– Señor, en esta ocasión, quizá mi revelación no tenga nada que ver con el pobre Sudri. O tal vez sí. No lo sé ... Es algo que afecta más bien a vuestro amigo aquí presente, al señor mozárabe.

– ¿Qué es? – dijo Rodrigo al instante, muy excitado.

– No sé si os va a doler, mi señor ...

– ¡Habla ya!

– Se refiere a vuestra prometida, a la bella Sulaima ...

El rostro de Rodrigo palideció intensamente.

1 **el premio:** Belohnung. | 7 **afectar:** betreffen.

13

Como Rodrigo casi se había quedado mudo al oír el nombre de su prometida, fue Hantal quien apremió a Kuraish.

– Vamos, habla ya. ¿Qué ocurre con Sulaima?

Las partes blancas de sus ojos, debido a la negrura del rostro, parecían rojizas.

– ¡Oh, mis señores! Ya sabéis que yo sirvo en secreto a Bouchra, la favorita de nuestro emir; cumplo encargos suyos muy delicados, como os he contado a vos mismo, aghá Idrissi.

– Sí, sí. Continúa.

– Pues, por mi señora, y por otros esclavos muy cercanos a ella, puedo aseguraros … puedo aseguraros que a nuestro divino señor, grande como el califa, pero humano como todos los hombres, parece haberle nacido una desmedida pasión amorosa por la joven Sulaima nada más verla por primera vez. Una pasión que, según dicen, no le deja ni conciliar el sueño.

– ¡Qué dices, insensato! – saltó Rodrigo atenazándole por la pechera de su túnica.

– ¡Oh, mi señor! Yo no os he hecho nada … Solo os cuento lo que sé. Mi ama Bouchra conoce el asunto mejor que

3 **apremiar:** (be)drängen. | 5 **la negrura:** Schwärze. | 8 **el encargo:** Auftrag. | 14 **humano/a:** menschlich. | 15 **desmedido/a:** übermäßig, maßlos. | 15 f. **la pasión:** Leidenschaft. | 16 **amoroso/a:** Liebes… | **nada más verla:** kaum hatte er sie gesehen. | 17 f. **conciliar el sueño:** einschlafen. | 19 **el insensato / la insensata:** Narr/Närrin. | **atenazar a alg.:** hier: packen. | 20 **la pechera:** Brustteil.

nadie: está rabiosa como una pantera y sería capaz de todo para hacerle daño a vuestra prometida.

– Pero ¿qué ha ocurrido? – casi rugió Rodrigo –. ¿Cómo responde mi Sulaima ante los acosos del califa?

– Mi señor, también puedo aseguraros que ella solo os ama a vos. Rechaza cuantos obsequios le ofrece nuestro emir, rehúsa verle a solas, no accede a ninguno de sus ofrecimientos. Incluso yo diría que es peligrosamente arisca con él. Nuestro divino señor desconoce lo que es el desprecio, y esa muchacha …

Los ojos de Rodrigo miraban a cien puntos distintos en cada parpadeo, como si su cabeza maquinara los más locos proyectos.

– ¿Es seguro? ¿Es seguro lo que dices?

– ¿Qué, mi señor?

– Que mi Sulaima rechaza todo ofrecimiento del califa.

– Seguro, mi señor. Si hubiese otra cosa, mi ama Bouchra lo sabría.

Rodrigo clavó su vista en la mesa y se encerró en un tenso silencio.

– ¿Quién mató a Samuel ibn Saprut? – dijo de pronto Hantal mirando fijamente al esclavo negro.

– Oh, mi señor, no me metáis en eso. No lo sé, no lo sé; os juro que eso no lo sé.

– Es extraño que no lo sepas, siendo tú quien revelaste a

1 **la pantera:** Panther. | 3 **rugir:** brüllen. | 4 **el acoso:** Belästigung, Annäherungsversuch. | 7 **rehusar algo:** etwas verweigern, ablehnen. | 8 f. **el ofrecimiento:** Angebot. | 8 **incluso:** sogar. | **arisco/a:** widerspenstig. | 9 f. **el desprecio:** Geringschätzung, Verachtung. | 12 **el parpadeo:** Wimpernschlag. | **maquinar:** ersinnen, aushecken. | 19 f. **tenso/a:** angespannt, verkrampft. | 22 **mirar fijamente a alg.:** jdn. anstarren, fixieren.

tu señora que Sudri iba a casa del viejo judío y tenía relaciones amistosas con él ... Tú lo sabes todo.

– Pero eso no. Os juro que no. Señor, creedme. Podría ser que fuesen órdenes de Bouchra, sí, pero no pasaron por mí. Creedme. Sé cuánta es vuestra generosidad y no os mentiría. Y ahora ... ahora debo marcharme. No puedo estar más tiempo aquí. Señor, desconfío mucho ... Temo por mí mismo. ¿Quién me asegura que alguien no me espía? ¿Cuándo ... cuándo puedo pasarme por vuestra puerta? Ya sabéis ...

– Mañana.

Y sin decir nada más, Kuraish abandonó el lúgubre reservado.

Rodrigo, durante unos instantes, se quedó mirando con ojos enloquecidos al lugar por donde había salido el esclavo. Y, de pronto, saltó de su silla para abalanzarse sobre la puerta.

– ¡Espera! ¡Espera! ¡Tengo que hablar contigo! – gritó.

En un santiamén se había esfumado del cuartucho. Durante unos momentos, Hantal y Fernando se miraron desconcertados. Hasta que el médico reaccionó.

– ¡Vamos tras él! Ese hombre parece capaz de cualquier locura.

Pero justo entonces apareció el tabernero para indicarle al médico el importe de la comida. Bastante nervioso, buscó torpemente entre sus ropas hasta encontrar una bolsita

2 **amistoso/a:** freundschaftlich. | 12 **lúgubre:** düster, finster. | 15 **enloquecer:** wahnsinnig/verrückt werden. | 19 **en un santiamén** (fig.): im Handumdrehen, in Nullkommanichts. | **esfumarse:** verschwinden. | **el cuartucho:** Bruchbude. | 25 **el importe:** Rechnungsbetrag. | 26 **torpemente:** ungeschickt, unbeholfen.

de la que sacó monedas de cobre. Tardó un poco en contar siete, que puso en la pringosa mano de aquel hombre.

Atravesaron casi a la carrera el vocerío de los truhanes que se reunían en el local exterior y salieron al zoco. Había mucha menos gente en su recinto, al ser la hora de comer. Rápidamente le echaron una ojeada a la plaza, intentando descubrir a Rodrigo o al esclavo. Pero no los vieron.

– ¿Los ves tú, Fernando?

– No, mi señor.

– ¡Corre a las cuatro calles que dan a la plaza!

Fernando voló hasta la entrada de los cuatro callejones que desembocaban en el zoco. Fue de uno a otro como una liebre y se asomó a ellos. Volvió jadeante junto a su padre.

– No están, señor. Y tenían que estar. O en la plaza o en alguna calle …

Hantal se quedó pensando unos instantes.

– Se han debido meter en algún sitio … Se han escondido. Y eso significa que Rodrigo trama algo que desea ocultarme.

– Seguro, padre.

A la hora de completas, Fernando y el sabio Idrissi, después de cenar en silencio, estaban brazo contra brazo al fondo de la cueva, frente a una vieja mesa muy revuelta. Habían cerrado la puerta con llave a fin de que Huki no oyera la más mínima palabra de cuanto hablasen. Durante toda la tarde, y hasta el anochecer, intentaron dar con Rodrigo sin re-

1 **el cobre:** Kupfer. | 2 **pringoso/a:** schmierig, fettig. | 5 **el recinto:** Bereich. | 13 **jadeante:** keuchend (*jadear:* keuchen; *el jadeo:* Gekeuche) | 18 **tramar:** schmieden, aushecken. | 25 **minímo/a:** geringste(r, s).

sultado. Habían recorrido los alrededores del zoco, estuvieron en casa de sus padres y en la mezquita, pero parecía que la tierra se hubiese tragado al mozárabe. Al fin, habían regresado a casa. Ahora hablaban a la luz de una vela, que sumía en sombras la mayor parte de aquel extraño subterráneo.

– Dejemos de pensar en Rodrigo – dijo Hantal –. Si se labra su propia perdición, nosotros tenemos la conciencia tranquila. Quiero que sigamos con lo nuestro, que recapacitemos sobre todo cuanto sabemos ahora sobre la muerte de Sudri.

– ¿Y por dónde empezamos?

– Por la persona que Sudri veía entrar en los aposentos de Bouchra.

– Mi señor, yo creo que los dos estamos pensando lo mismo.

– Sí.

– Estamos pensando esto: ¿sería posible que esa persona fuese el general al-Katib? Tanto vos como yo creímos por un momento que ese hombre era Rodrigo, y eso a plena luz del día ... Bueno, sin verle la cara ni oír su voz. Pero la pinta de los dos es la misma. Luego Sudri pudo equivocarse todavía más, pues solo tenía tinieblas alrededor cuando el intruso llegaba al harén.

– Bien, yo tengo la seguridad casi completa de que ese intruso era al-Katib. Quien pasaba a los aposentos de Bouchra, y seguirá pasando, es el general.

– ¿Por qué esa seguridad, mi señor?

7 f. **labrarse su propia perdición:** sich selbst ins Verderben stürzen. | 9 f. **recapacitar sobre:** nachdenken über.

– Porque, efectivamente, Rodrigo no tuvo nunca ocasión de ver o tratar a Bouchra. De modo que mal pudo enamorarse de ella. Pero sí al-Katib. Yo estuve en una fiesta organizada por al-Haken a la que asistieron, tapadas, algunas mujeres del harén. Y el general estaba allí. Y seguramente hubo otras celebraciones parecidas con su presencia.

– Pero, señor, ¿cómo pudieron llegar a intimar? ¿No están en esas fiestas los hombres con los hombres y las mujeres con las mujeres? O sea, un poco apartados unos de otros …

– ¡Oh! Eres muy joven aún para conocer todas las tretas del amor. Primero, unas miradas significativas. Después, alguna nota o carta encendida de amor entregada secretamente por confidentes … Más tarde, algún regalo del general, también entregado en secreto … Hasta llegar a concertar una cita. Por los escritos de Sudri sabemos cómo Bouchra se las arreglaba para comprar a guardias y eunucos a fin de que el encuentro fuera posible. Incluso sobornaba al propio Sudri.

– Entonces, señor, ¿aseguráis que al-Katib es el traidor que visita a Bouchra?

– Casi.

– Pero hay una cosa, padre. Según lo que dice Sudri en sus escritos, parece que la última vez que alguien visitó los aposentos de Bouchra, el general aún no había hecho su entrada en Córdoba después de la aceifa. Eso le descarta.

1 **efectivamente:** tatsächlich, wirklich. | 2 **tratar a alg.:** hier: Umgang haben mit jdm. | 6 **la celebración:** Feier. | 7 **intimar:** sich näherkommen. | 11 **la treta:** List, Trick. | 13 **la nota:** hier: Zettel, Nachricht. | 15 f. **concertar:** vereinbaren, ausmachen. | 17 **arreglárselas:** es anstellen/schaffen. | 26 **descartar:** ausschließen.

– No, no … Al-Katib estaba en las cercanías de la ciudad tres días antes del desfile oficial.

– ¿Ah, sí? ¿Cómo lo sabéis? – preguntó Fernando, la mar de sorprendido.

– Me lo ha dicho él mismo esta mañana, en la mezquita.

Y Hantal contó rápidamente a su hijo la conversación mantenida con el general en el interior del templo. Luego siguió:

– Una de esas noches, el general no pudo resistir la necesidad de acercarse a verla después de tanto tiempo sin un encuentro. Y otra cosa: la aceifa ha durado tres meses. Justo el tiempo en que no hubo visitas, según Sudri. Todo concuerda.

Fernando se quedó callado. Luego, como si una nueva idea hubiese aparecido en su cabeza, saltó de pronto.

– Mi señor, pero, de todas formas, estamos igual que antes. Aunque al-Katib sea quien visita a Bouchra, eso no resuelve el asesinato de Sudri. Seguimos como al principio. Quien estaba con el eunuco muerto, encerrado con él en una habitación, era Rodrigo. Y la daga que atravesaba el pecho de Sudri era la de vuestro amigo.

– Desgraciadamente, así es. Acusado y perseguido por Sudri, que le confundía con al-Katib, Rodrigo pudo matarle en esa habitación cerrada.

Estaban sentados, uno junto al otro, frente a la recia mesa revuelta y llena de polvo, atestada de papeles, libros, reglas, plumas, un tintero, una lente de aumento … Sobre los

2 **el desfile:** Vorbeimarschieren, (Militär-)Parade. | 3 f. **la mar de:** äußerst, überaus. | 9 f. **la necesidad:** Notwendigkeit, Bedürfnis. | 12 f. **concordar:** übereinstimmen, passen. | 26 **atestar:** (an)füllen. | 27 **la lente de aumento:** Vergrößerungsglas, Lupe.

papeles destacaba la daga de Rodrigo, que dejara allí Hantal varios días antes. La tomó entre sus manos y observó la bola que remataba su empuñadura.

– Como si la hubiesen golpeado con un martillo … – dijo para sí mismo.

A la luz de la vela, Fernando observaba a su padre.

– Según Rodrigo, estas abolladuras se produjeron la tarde del crimen, no sabe cómo. Estaba dormido. ¿Es que se la clavaron a Sudri a martillazos?

– Eso no puede ser – dijo Fernando.

– Yo pienso que no. Pero … Mañana, además de buscar a Rodrigo, tenemos que volver a echarle una ojeada a la habitación del crimen. Quiero mirar más. Anda, vamos a acostarnos. Tengo sueño. ¿Tú no?

– Yo me caigo, mi señor.

Durante mucho tiempo, a pesar de su cansancio, Fernando estuvo dando vueltas sobre las blandas pieles de cordero donde dormía. Permanecía en una inquieta duermevela llena de imágenes que se sucedían sin pausa: la cara de Kuraish, el lóbrego reservado de la taberna, palabras y frases sueltas pronunciadas durante el juicio de Rodrigo; el semblante del califa aquella noche, y el del general al-Katib el día en que entró triunfante en Córdoba … El cráneo pálido y rapado de Sudri tumbado en la habitación del crimen … La mancha amarilla de su frente. No podía discernir si pensaba o soñaba.

2 **la bola:** Kugel. | 7 **la abolladura:** Beule (*abollado/a:* verbeult). | 9 **el martillazo:** Hammerschlag. | 17 **dar vueltas:** sich hin und her drehen. | 18 **la duermevela:** Halbschlaf.

De pronto, se incorporó como un rayo en su lecho para quedarse sentado casi sin respirar, mirando hacia la ventana iluminada por la luna. Le había parecido escuchar unos golpecitos en los cristales. No sabía si era un sueño o lo había oído de verdad. Esperó con los ojos muy abiertos. Cuando los impactos de dos o tres chinas se repitieron, permaneció inmovilizado por el espanto. Alguien había saltado la tapia del jardín y se encontraba al lado de su ventana. Estaba a punto de gritar cuando una voz queda llegó a sus oídos.

– ¡Fernando! ¡Fernando! Soy yo … Rodrigo. Asómate.

El muchacho se precipitó a la ventana y la abrió. Una sombra, a contraluz de la luna, apareció ante él.

– Fernando, te necesito urgentemente … Ahora … Vístete y ven conmigo. Que nada sepa tu padre. Va en ello mi vida.

Fernando temblaba.

– Pero, señor, yo no puedo …

– Por el amor de nuestro Dios. Te lo pido de rodillas. Te juro que necesito de ti. Tendrás en mí un amigo y un deudor de por vida. ¡Corre, por favor!

– Pero, señor, ¿adónde vamos?

– Te lo diré por el camino. No hay tiempo. ¡Por Dios Santo, date prisa!

La voz de Rodrigo era tan profundamente lastimera que Fernando, sin saber por qué, se encontró vistiéndose a toda

3 f. **el golpecito:** leichter Schlag. | 6 **el impacto:** Schlag, Einschlag. | 7 **inmovilizado/a:** wie gelähmt, regungslos. | 12 **la contraluz:** Gegenlicht. | 14 f. **va en ello mi vida:** mein Leben hängt davon ab, es geht um mein Leben. | 19 f. **tendrás en mi un deudor de por vida:** ich werde mein Leben lang in deiner Schuld stehen. | 24 **lastimero/a:** verzweifelt, mitleiderregend.

velocidad. Poco después, junto al mozárabe, cruzaba el sombrío jardín avanzando hacia la tapia. Un vientecillo fresco oreaba la noche. Fernando se quedó atónito al ver una escala que colgaba del muro. Rodrigo dio unos pequeños tirones de ella y alguien, al otro lado, la sujetó con firmeza para que la pareja pudiera utilizarla. Cuando llegaron arriba, a la luz de la luna, Fernando reconoció atemorizado a la persona que aguardaba en el exterior. Era el esclavo negro Kuraish.

2 **el vientecillo:** schwacher Wind, Brise, Lüftchen. | 3 **atónito/a:** verblüfft, sprachlos. | 4 **la escala:** (Strick-)Leiter. | 5 **el tirón:** Ruck, Zug. | 5 f. **con firmeza:** fest. | 6 **la pareja:** Paar; hier: die beiden. | **utilizar:** benutzen. | 7 **atemorizado/a:** ängstlich.

14

Avanzaban deprisa en la oscuridad por la parte exterior de la muralla. El viento había arreciado y silbaba fresco desde Despeñaperros▸.

– Pero ¿adónde vamos, señor? – dijo Fernando aturdido.

– Al alcázar.

– ¿A qué, señor?

– Voy a llevarme a Sulaima. No puedo dejarla ahí a merced de los caprichos del califa.

Fernando se detuvo en seco, inmovilizado por la sorpresa y el miedo. Se vieron brillar sus ojos muy abiertos, iluminados por la luna.

– ¡Vamos, camina! – dijo Rodrigo.

– Yo no voy, señor. ¿Es que queréis asaltar el harén?

– Sí, eso es. Y te necesito.

Rodrigo retrocedió unos pasos, agarró con fuerza un brazo de Fernando y lo hizo avanzar.

– Pero, señor, eso que decís es imposible: habrá guardias y soldados por todas partes … Moriremos.

– Todo está pensado – se oyó la voz de Kuraish.

Fernando siguió a los dos hombres, que habían callado, y por su cabeza rondaba a cada paso la idea de salir corriendo por sorpresa hacia su casa.

Según comprobó, se trataba de llegar al alcázar bordeando la muralla de la ciudad por su parte exterior. Así alcanza-

3 **arreciar:** heftiger werden. | 5 **aturdido/a:** verwirrt. | 8 f. **estar a la merced de:** ausgeliefert sein. | 9 **el capricho:** Laune. | 16 **retroceder:** zurückgehen. | 24 f. **bordear:** entlanggehen. | 25 **exterior:** äußere(r, s), Außen…

rían la propia muralla del palacio, que era una continuación de la primera. Por allí solo había campo y soledades. Pasado un buen rato, Rodrigo se detuvo de pronto.

– Aquí es. Hace medio año revisé esta parte de la muralla por orden del califa. Estamos cerca de una grieta que aún no se ha reparado. Por ella cabe con dificultad un hombre y no está guardada por nadie.

Al cabo de unos momentos de tantear por el muro, Rodrigo encontró lo que buscaba.

– Hasta luego, Kuraish. Ya sabes todo lo que debes hacer. Tú sígueme, Fernando.

El muchacho ya no pensaba salir corriendo. Había comprendido cuánta era la obcecación del arquitecto y estaba seguro de que emplearía la fuerza con él si trataba de huir.

– Dame la mano y sígueme con cuidado.

– Moriremos, señor.

Casi desollándose la piel y rasgándose las ropas, atravesaron la gruesa muralla por una hendidura angosta y oscura donde se oían roces de bichos o de ratas.

– Ya, ya estamos.

Cuando lograron traspasar el muro, se encontraron entre una maraña de altos matorrales. Lo que veían a través de sus ramas era la fachada trasera del alcázar. Por unas pocas ventanas se percibía la claridad triste de alguna bujía. Las demás permanecían a oscuras.

– Ahora tenemos que irnos unas veinte varas hacia la de-

1 **propio/a:** eigentliche(r, s). | 4 **revisar:** überprüfen. | 5 **la grieta:** Spalte, Riss. | 8 **tantear:** abtasten. | 13 **la obcecación:** Verblendung. | 17 **desollarse:** sich die Haut abschürfen. | **rasgar:** zerfetzen. | 18 **la hendidura:** Spalt. | 19 **el roce:** Reibung. | 22 **la maraña:** Gestrüpp. | 24 **la bujía:** (Wachs-)Kerze.

recha, entre los arbustos y sin que nada nos delate – dijo Rodrigo.

– ¿Para qué?

– Ahora lo verás.

Tardaron mucho en realizar un breve recorrido, pues para no hacer el menor ruido sus movimientos debían ser muy lentos y sigilosos. Cuando se detuvieron, ocultos entre la espesura, Rodrigo le dijo a Fernando.

– Mira: ¿ves una cancela ahí enfrente? Enseguida comienza la escalera que sube al harén.

– Hay dos guardias con un farol, señor.

– Es la única dificultad, más la ronda de noche y el eunuco sordomudo. Escucha bien.

– Sí … Sí os escucho. Pero yo estoy ya rezando y despidiéndome del mundo, señor.

– ¡Bah! Mira: Kuraish me ha informado con detalle y se ha movido mucho durante el día para prepararlo todo. Él sabe que esta noche se encuentra ahí arriba el hombre que visita a Bouchra. Por eso he decidido actuar de inmediato.

– ¿No es peor si está dentro ese individuo?

– No, es mucho mejor. Cuando conciertan un encuentro, Bouchra consigue que los pasillos del harén queden desiertos. Los eunucos de la guardia y los sirvientes, sobornados, abandonan sus puestos para dejar en soledad las inmediaciones del aposento donde tiene lugar la cita. Se trata de que nadie vea al intruso. Encontraremos un pasillo en ángulo. Al fondo del mismo, Sulaima, avisada por Kuraish, está aguardándome tras una cortina que cierra ese corredor.

5 **el recorrido:** Strecke. | 12 **la ronda de noche / nocturna:** Nachtpatrouille. | 13 **sordomudo/a:** taubstumm. | 24 f. **las inmediaciones:** nähere Umgebung.

No habrá nadie allí ... salvo un eunuco sordomudo que se coloca frente a la cortina que da acceso a los aposentos de Bouchra.

– ¿Para qué?

– Para avisar a su señora si nota algo anormal.

– O sea, que deberemos deshacernos de los dos guardias de la cancela y del eunuco sordomudo ...

– Sí. Y tener en cuenta la ronda de noche. Son doce soldados que recorren continuamente el perímetro del palacio tomando las novedades de otros puestos de guardia que no nos afectan. Kuraish sabe que suelen tardar una media hora en dar una vuelta al edificio. Ese es el tiempo que tenemos para hacer nuestro trabajo. Ahora debemos esperar aquí a que pase la ronda por la cancela de la escalera. Y apenas se alejen un poco, empezar a actuar.

– ¿Y ... y qué tengo que hacer yo?

– Escucha bien.

No habría pasado un cuarto de hora desde que Fernando y Rodrigo aguardaban entre los matorrales cuando vieron aparecer la ronda nocturna por una esquina de la fachada. Eran doce soldados que avanzaban en tres filas de cuatro hombres. Llevaban faroles, alfanjes, arcos y escudos. Pasaron frente a la cancela de la escalera y continuaron su marcha hasta perderse en la oscuridad por el extremo opuesto del edificio.

– ¡Ahora! – dijo Rodrigo.

– Pero, señor ... Yo ...

– ¡Vamos, por Dios!

9 **el perímetro:** Bereich. | 10 **las novedades** (pl.): neuste Nachrichten. | 15 **actuar:** tätig sein, zur Tat schreiten. | 22 **el alfanje:** Krummsäbel.

Entonces, Fernando comenzó a avanzar entre la maleza, arrastrándose por el suelo y en dirección a los guardias de la cancela, sin cuidarse ya de no hacer ruido. En un momento dado, terminaban los arbustos y comenzaba una explanada que llegaba hasta el edificio. Casi al borde de los matorrales, Fernando se detuvo, se tumbó en el suelo y comenzó a emitir quejidos ahogados, como los de alguien que sufre fuertes dolores pero intenta no gritar. Rodrigo estaba muy cerca de él, agazapado tras otros arbustos. En su mano sujetaba con firmeza una porra de metal recubierta de cuero.

Apenas empezó Fernando a quejarse, los dos hombres que guardaban la cancela se miraron y hablaron entre sí señalando hacia donde sonaban los lamentos. Enseguida, con muchas precauciones, avanzaron despacio hacia el lugar donde se agazapaba Fernando. Uno de ellos llevaba el farol, y ambos, los alfanjes en la mano. El muchacho comenzó a oír sus pasos cada vez más próximos. El miedo le hizo callarse.

– ¡Sigue quejándote! – oyó la voz de Rodrigo en un bisbiseo.

– ¡Aghhhh! ¡Ufff! ¡Ay! ¡Ughh! – prosiguió Fernando con voz temblorosa.

Y, de pronto, una mano apartó bruscamente las ramas que le cubrían. Vio dos sombras sobre él y un farol le deslumbró. Por poco lanza un grito. Pero, casi al mismo tiempo que los vigilantes le descubrían, escuchó un golpe sordo,

1 **la maleza:** Gestrüpp, Dickicht. | 6 f. **emitir:** ausstoßen. | **emitir quejidos:** ächzen (*el quejido:* Ächzen, Stöhnen). | 10 **la porra:** Knüppel, Schlagstock. | **recubrir de:** überziehen mit. | 13 **el lamento:** Geklage, Gejammere. | 19 f. **el bisbiseo:** Flüstern. | 21 **proseguir:** fortfahren, weitermachen. | 25 **lanzar un grito:** einen Schrei ausstoßen.

poco más o menos como suena una cabeza cuando recibe una pedrada. Una de las sombras cayó a tierra. Aprovechando la sorpresa del otro vigilante, Rodrigo se movió como un relámpago para colocarse tras él. La daga que sostenía el mozárabe se posó al instante en su garganta.

– ¡Silencio! ¡Di una sola palabra y te atravieso el cuello!

Fernando ya se había incorporado. Rápidamente, sacó unas cuerdas que llevaba Rodrigo en un zurrón y ató con nudos prietos las manos y los pies del hombre que estaba incorporado. El mozárabe le obligó a abrir la boca para meterle dentro varios trapos. Luego se la vendó con fuerza usando una tira de tela. Todo esto lo llevaba Rodrigo preparado en su bolsa. Enseguida hicieron lo mismo con el vigilante que había caído. Los arrastraron hasta dejarlos bien ocultos entre la maleza.

– Hay otro hombre escondido aquí cerca – mintió Rodrigo al guardia que permanecía despierto –. Al menor ruido o movimiento que hagáis, os corta el cuello de un tajo, ¿entendido? ¡Vamos, Fernando!

Atravesaron a toda velocidad la explanada que los separaba de la cancela y subieron las escaleras. En el penúltimo escalón, Fernando se detuvo. Sobre sus ornamentados baldosines había un pañuelo de seda azul.

– ¡Vamos, vamos! – acució Rodrigo.

Fernando, guiado por una extraña corazonada, tomó el pañuelo y se lo guardó.

2 **la pedrada:** Steinwurf. | 2 f. **aprovechar algo:** etwas ausnutzen. | 9 **el nudo:** Knoten. | **prieto/a:** eng. | 11 **el trapo:** Lappen. | **vendar:** verbinden. | 12 **la tira:** Streifen. | 18 **el tajo:** Schnitt. | 21 **penúltimo/a:** vorletzte(r, s) | 22 f. **el baldosín:** Kachel, Fliese. | 25 **la corazonada:** Anwandlung, Vorgefühl.

Estaban ante la puerta que daba al harén y se detuvieron a un lado. Según Kuraish, tras aquella puerta había un pasillo en ángulo con seis columnillas y ricos cortinajes tendidos entre ellas. Frente a uno de estos cortinajes estaría el sordomudo bien armado.

– Vamos, Fernando. Haz lo que te he dicho. ¡Rápido!

Entonces, el muchacho se agachó junto al borde de la puerta y asomó la cabeza hacia el interior del pasillo. Vio al eunuco sordomudo, que era enorme. Inmediatamente comprobó que el vigilante, con ojos de asombro, desviaba su vista como un rayo hacia aquella aparición. Fernando retiró la cabeza hacia fuera.

– Otra vez – dijo Rodrigo, que permanecía alerta junto a su joven compañero.

Fernando asomó de nuevo la cabeza. Ahora vio que el eunuco estaba a tres o cuatro pasos de la puerta, con su espada en la mano y ojos intrigados. Volvió a retirarse a toda velocidad.

– Ya no te dejes ver más – indicó Rodrigo –. Ahora será él quien se asome.

Y, en efecto, primero se vio la brillante hoja de su espada. Después apareció lentamente un cráneo rapado y pulido buscando aquella cabeza de muchacho que aparecía y desaparecía. El porrazo en la limpia mollera sonó a hueco. Rodrigo repitió el golpe y el eunuco se desplomó como un fardo sobre el rellano de la escalera.

3 **el cortinaje:** Vorhänge. | 3 f. **tender:** spannen. | 13 **alerta** (invar.): wachsam. | 16 f. **la espada:** Schwert. | 17 **intrigado/a:** neugierig geworden. | 17 f. **a toda velocidad:** mit höchster Geschwindigkeit. | 24 **el porrazo:** Knüppelschlag. | **la mollera:** Schädeldecke. | 26 **el rellano:** (Treppen-)Absatz.

– Toma la porra – dijo Rodrigo, al que parecían temblarle todos sus miembros debido a la excitación –. Si se despierta, le das otra vez. Yo voy a por Sulaima. Si nada falla, este pasillo hace un ángulo. Al fondo del recodo, me espera tras una cortina. ¡Dios mío, que nada extraño haya ocurrido!

Fernando se quedó solo. El olor dulzón a densos aceites perfumados casi le mareaba. El silencio era absoluto, y en la parte de pasillo que él veía solo alumbraba una vacilante lámpara de aceite. Y, de pronto, llegaron a sus oídos palabras que casi eran un susurro desde la cortina donde antes estuviera el eunuco. Era la voz de una mujer. Pensó en Bouchra. Charlaba con alguien en voz casi inaudible. Había en aquel pasillo gruesas alfombras que ahogaban por completo el ruido de los pasos. Fernando, sin poderse contener, se aproximó un poco a aquel cortinaje. A veces, también se escuchaba una voz masculina. Un hombre y una mujer hablaban, pero tan quedo que era casi imposible entender lo que decían. Pudo distinguir, sin embargo, algunas palabras sueltas. Le produjeron como una subida de sangre a la cabeza.

– El muerto ... Mancha amarilla ... No será recibido por Svarog▸ ...

– ¿Svarog? – dijo el hombre.

Aguzaba el oído todo cuanto podía cuando, surgiendo por la esquina del pasillo, vio aparecer a Rodrigo. Venía tan radiante como nervioso, y llevaba de la mano a una joven tapada que parecía hermosísima.

6 **dulzón/dulzona:** süßlich. | 10 **el susurro:** Flüstern, Wispern. | 12 **inaudible:** unhörbar. | 13 **ahogar algo:** ersticken; hier: verschlucken. | 16 **masculino/a:** männlich. | 19 **la subida:** Hochsteigen. | 24 **aguzar el oído:** die Ohren spitzen. | 26 **radiante:** strahlend.

– ¡Ahora solo hay que correr, Fernando! Correr sin parar hacia los matorrales y la muralla …

– ¿Quién es? – dijo la preciosa voz de Sulaima, temblorosa por la emoción.

– Es Fernando, el hijo del aghá Idrissi. Me ha ayudado en esto. Soy su deudor de por vida.

La mano de Sulaima, mientras avanzaba hacia la escalera, rozó cariñosamente los cabellos revueltos del muchacho. Fernando se puso rojo.

Bajaron a saltos los escalones y corrieron hacia la espesura. Unos instantes antes de sumergirse en sus tinieblas, apareció la ronda de noche por la esquina sur del edificio.

– ¡Tiraos a la maleza! – exclamó Rodrigo.

Se quedaron inmóviles entre la hierba y los arbustos.

– ¿Nos habrán descubierto, señor?

– No lo sé.

Pero la guardia avanzó normalmente, dando muestra de no haber detectado la presencia de los tres fugitivos.

– Señor, pero ahora verán que no están los dos guardias de la puerta. Y al eunuco tirado en lo alto de la escalera – dijo Fernando.

– ¡Pues corred! ¡Corred hacia la muralla!

Avanzaron haciéndose arañazos con las ramas de los arbustos, sin volver la cabeza en ningún momento. Hasta que llegaron a la grieta de la fortificación. A lo lejos, los hombres de la ronda hablaban a voces y alguno parecía dar órdenes. Seguramente habían descubierto al eunuco sin sentido y se preguntaban por los dos soldados que no ocupaban sus puestos.

11 **sumergirse en:** eintauchen in. | 18 **el fugitivo / la fugitiva:** Flüchtige(r). | 20 **tirar a alg.:** jdn. niederstrecken. | 23 **el arañazo:** Kratzer.

Atravesaron la grieta entre jadeos y raspaduras, hasta que se encontraron en campo abierto. Apenas estuvieron fuera, Fernando distinguió a la luz de la luna la sombra de dos caballos. Al lado estaba Kuraish.

En un momento, Rodrigo montó a Sulaima sobre la grupa de uno de los animales. Luego, volviéndose hacia Fernando, le estrechó con fuerza contra su pecho.

– ¡Adiós, querido Fernando! Espero que todo esto termine bien para poder volver a abrazarte … Jamás olvidaré lo que has hecho por mí esta noche y nunca te faltará mi ayuda mientras viva. ¡Adiós!

Subió de un salto al caballo y le dio dos recios taconazos en los ijares. El corcel partió al galope hacia el norte con los dos enamorados, hasta que sus sombras fueron tragadas por la negrura de la noche.

– ¿Adónde os dirigís, señor? – gritó Fernando sin obtener respuesta.

Al otro lado de la muralla se oían voces cada vez más cercanas.

– Vamos, muchacho, corre. Nosotros nos vamos en este caballo – dijo Kuraish.

– ¿Adónde? – preguntó Fernando, un poco asustado.

– Mi trato con el señor Rodrigo es devolverte a tu casa.

– Pero ¿sabéis cuál es su destino?

– Eso es algo que guarda celosamente en secreto. Nada puedo decirte.

1 **la raspadura:** Kratzer. | 5 **montar a alg. sobre el caballo:** jdn. aufs Pferd setzen. | 6 **la grupa:** Kruppe (hinterer Bereich des Pferderückens). | **volverse hacia:** sich umdrehen zu. | 7 **estrechar contra el pecho:** an die Brust drücken. | 12 **el taconazo:** Tritt mit dem Absatz (*taconear:* mit dem Absatz treten). | 13 **el ijar:** Weiche, Flanke.

Poco después, el brioso corcel avanzaba al galope cortando el aire cada vez más frío de la noche. De pronto, Kuraish volvió la cabeza.

– Un jinete parece seguirnos – dijo escuetamente.

– ¡Oh! ¡Es nuestra muerte! – casi gritó Fernando.

Kuraish taconeó con fuerza los flancos de la montura, a la vez que sacaba de entre sus ropas una afilada daga curva. Pero el animal que galopaba detrás era más rápido y solo transportaba a un hombre. Con enorme inquietud, Fernando y el esclavo negro vieron cómo el jinete que venía tras ellos los adelantaba, dejando una estela de aire a su lado. Ni siquiera volvió la cabeza para mirarlos. Prosiguió su briosa carrera hasta sumergirse en las sombras delante de los dos fugitivos. Solo siguieron escuchando durante un rato los cascos de su caballo golpeando la tierra. Por un momento, en el instante de sobrepasarlos, Fernando entrevió el perfil del jinete a la luz de la luna y su corazón palpitó con fuerza. Hubiera jurado que era al-Katib o Rodrigo. Pero el amigo de su padre estaba descartado. De alguna forma, advertido y ayudado por Bouchra, aquel hombre había huido del alcázar al producirse el alboroto de la guardia.

Cuando el caballo que montaba Fernando se detuvo junto a la tapia de su casa, el muchacho sintió como si regresara de un sueño imposible. Allí estaba la escala para saltar al jardín.

– Supuse que no tendrías llave de la puerta y no desearías despertar a mi señor Idrissi – dijo Kuraish –. Hasta otro día, muchacho. ¿Sabes? Nunca creí que fueses tan valeroso ...

6 **el flanco:** Flanke. | 6 f. **a la vez que:** gleichzeitig. | 7 **afilar:** scharf schleifen. | 11 **una estela de aire:** Luftstrom. | 16 **sobrepasar a alg.:** jdn. überholen. | 21 **producirse:** sich ereignen. | 28 **valeroso/a:** tapfer, mutig.

Anda, sube y vete a dormir. Me ha dicho mi señor Rodrigo que obres a tu libre voluntad con tu padre.

– ¿Qué queréis decir?

– Que le cuentes o no, según creas conveniente, lo que ha pasado esta noche.

–Bueno, pues adiós… ¿Tengo… tengo que decirle a mi padre que os dé dinero?

– No. Mi señor Rodrigo ya me ha mostrado su gran generosidad.

Momentos después, Fernando estaba de nuevo en su habitación. Ni un solo ruido se escuchaba en la casa, lo que significaba que nadie había advertido su ausencia. Cuando se estaba desnudando, algo liviano cayó al suelo desde sus ropas. Se agachó para recogerlo. Lo había olvidado por completo: era el pañuelo encontrado en el penúltimo peldaño de la escalera que conducía al harén. Desprendía olor a esencia de violetas. Se acercó a la ventana, buscando la luz de la luna llena, y lo miró. Tenía escrito un nombre, quizá con hilos de oro, pues las letras brillaban. Aproximando mucho los ojos, pudo leer lo que había escrito: «Yamal al-Katib, general». Miró pensativo al jardín. Ahora ya no cabía duda de quién era la persona que visitaba a Bouchra. Pero ¿quién mató a Sudri? Se derrumbó con gusto sobre las cálidas pieles de cordero. Al instante, su respiración profunda indicó que había caído rendido por el sueño.

2 **obrar:** handeln, verfahren. | 13 **desnudarse:** sich ausziehen. | **liviano/a:** leicht. | 24 **cálido/a:** warm.

15

– ¡Inaudito! Pero … ¿qué has hecho, insensato? ¿Qué dices? ¿Te das cuenta del lío en que me has metido? ¡Alá, Alá, Alá! ¡Nunca hubiera esperado de ti una cosa así! ¡Estás castigado indefinidamente sin salir de casa! De la escuela aquí, y de aquí a la escuela. ¡Y acompañado por Huki para que no te escabullas!

Hantal, rojo por la excitación, caminaba de un lado a otro del saloncito del patio, mientras lanzaba imprecaciones continuas contra Fernando.

El muchacho, con la cabeza baja, no decía nada. Después de un día y una noche tan llenos de emociones, se había quedado como un lirón. Y su padre tuvo que ir a despertarle cuando, a media mañana, Huki le dijo que aún dormía y no había ido a la escuela. Entonces, Fernando, sin poderse contener, le contó de una tirada la aventura vivida la noche anterior.

– ¿No lo comprendes? – siguió Hantal –. Yo soy el fiador de Rodrigo bajo juramento. En cuanto el emir sepa que ha escapado, y que además lo ha hecho con Sulaima, me prenderá a mí. ¡Di algo!

– Señor, he averiguado cosas importantes, cosas que pueden servirnos para …

2 **inaudito/a:** unerhört. | 3 **meter a alg. en un lío:** jdn. in eine unmögliche Situation bringen. | 5 **indefinidamente:** auf unbestimmte Zeit. | 7 **escabullirse:** sich davonmachen/wegschleichen. | 9 **la imprecación:** Fluch, Verwünschung. | 16 **de una tirada:** in einem Zug. | **la aventura:** Abenteuer. | 18 **el fiador / la fiadora:** Bürge/Bürgin.

– ¡Cállate! – de pronto, Hantal pareció recordar algo –. ¡Oh, Dios, el califa! Yo tengo que ver de nuevo la habitación del crimen ... antes de que él sepa lo de anoche. Suele levantarse a mediodía. ¡Me voy! ¡Y no se te ocurra salir de aquí!

Hantal se dirigió a paso vivo hacia la puerta.

– Señor, escuchadme, por favor: anoche encontré un pañuelo de al-Katib en la escalera que da al harén.

El médico se detuvo en seco.

– ¿Eh? ¿Es eso cierto? A verlo.

El muchacho lo sacó de entre las ropas para mostrárselo a su padre. Lo observó acercándoselo mucho a los ojos.

– Y oí hablar a Bouchra con el general ... – añadió Fernando.

– ¿Que les oíste hablar? ¿Es posible?

– Sí, escondido detrás de una cortina. Pero lo hacían tan bajo que solo cogí unas cuantas palabras sueltas. Mirad, oí esto: «el muerto», «mancha amarilla», «no será recibido por Svarog».

– ¿Svarog? ¿Quién es Svarog?

– Si vos no lo sabéis, ¿cómo lo voy a saber yo, mi señor?

– Bueno, está bien, está bien ... Pero yo debo irme ahora mismo. Ya hablaremos de eso después. ¡Ojalá no se haya despertado el califa antes que de costumbre!

Hantal se presentó con todos los temores del mundo ante las puertas del alcázar. Le recibió, como siempre, el joven y comedido funcionario.

– ¿Está despierto nuestro emir? – fue lo primero que preguntó Hantal precipitadamente.

29 **precipitadamente:** überstürzt.

– No, aghá Idrissi. Ayer tuvo un día agotador y se acostó tarde. Dio órdenes de que no se le despertara bajo ningún concepto hasta que no lo haga por sí mismo. Y eso que, al parecer, han ocurrido sucesos graves esta madrugada.

– ¿Qué sucesos?

– Perdonad, pero de eso no puedo hablaros sin permiso del hachib. ¿Qué deseáis?

– Deseo dos cosas: ver de nuevo la habitación del crimen y que se presente en ese cuarto cualquier sirviente que sea eslavo.

– De acuerdo, señor. Podéis pasar ya a la habitación. Yo os mandaré al sirviente enseguida.

El siniestro cuarto del crimen seguía custodiado por dos soldados, e Idrissi pasó entre ellos mostrando el salvoconducto. Al fondo de sus ropas guardaba la daga de Rodrigo.

Sabía lo que buscaba. Nada más entrar, sus ojos se dirigieron a la pared del fondo. Frente a ella se había encontrado el cadáver de Sudri. Había allí una viga que sobresalía horizontalmente del muro, a la altura de su cuello. Tendría dos cuartas de larga, era cuadrada y estaba revestida de azulejos. Ya la había visto la vez anterior, pero entonces no le dio ninguna importancia. Ahora se acercó a ella. El azulejo que cubría su cara frontal estaba roto. Tenía un impacto en el centro y luego se veía cuarteado a partir de ese punto.

1 **agotador/a:** anstrengend. | 2 f. **bajo ningún concepto:** unter keinen Umständen. | 7 **el hachib** (ár.): Erster Minister des Kalifen. | 18 **la viga:** Balken. | 18 f. **horizontalmente:** waagerecht. | 20 **la cuarta** (ant.): Längenmaß: ein Viertel einer Elle (*vara*) bzw. der Abstand zwischen Daumen und kleinem Finger bei gestreckter Hand. | **el azulejo:** Fliese. | 23 **la cara frontal:** Stirnseite. | 24 **cuartearse:** rissig werden (*cuarteado:* rissig).

Sacó la daga de Rodrigo y colocó la bola de su empuñadura sobre la zona golpeada …

– ¡Ajá! – dijo para sí.

Al mismo tiempo, notó tras él la presencia de alguien y se volvió. Un eunuco se había presentado en la entrada de la habitación.

– Señor, me manda el secretario al-Dawla. Me ha dicho que necesitabais un eslavo …

– Sí. Solo quiero hacerte un par de preguntas.

– Decidme, señor.

– ¿Has oído hablar alguna vez de un tal Svarog?

El siervo le miró con extrañeza y gesto de desconcierto.

– Desde luego, mi señor.

– ¿Quién es?

– Oh, mi señor, su nombre no puede pronunciarse en un lugar impuro, donde se ha cometido un asesinato.

– Pues vamos afuera.

Cuando Hantal se hubo enterado de todo cuanto deseaba, salió a toda prisa del alcázar y casi corrió hasta llegar a su casa, temiendo a cada momento oír tras él pisadas de caballos militares que iban en su busca.

Cruzó el patio de su vivienda a toda velocidad y, mientras se dirigía al saloncito de estar, llamó con voz recia:

– ¡Huki!

El esclavo asomó por las escaleras del piso alto.

– Baja, acércate.

El bereber se colocó junto a su amo.

– Escucha: Fernando y yo nos vamos a encerrar en la cueva y estaremos ahí todo el día … O, mejor dicho, hasta que

16 **impuro/a:** unrein.

vengan soldados del califa a buscarme. Si aparecen pronto, no les abras; que derriben la puerta del jardín y que luego nos busquen … Tú diles que no sabes dónde estamos. Déjales también que echen abajo la puerta de la cueva cuando den con ella … Eso nos hará ganar tiempo.

– Pero, señor, ¿qué ocurre? ¿Es que vendrán en son de guerra? – preguntó Huki asustado.

– ¡Oh, en son de guerra es demasiado! Pero sí llegarán con intenciones que no son buenas para mí.

– Señor, ¿habéis dicho que derriben las puertas?

– Así es. Harás lo que te he ordenado. ¿Y Fernando?

– Está en su habitación, mi señor.

– Dile que venga.

Fernando apareció poco después en el patio con la cabeza baja, temiendo una nueva reprimenda de su padre. Pero, nada más verle, Hantal se fue hacia él y le acogió entre sus brazos con fuerza, lleno de entusiasmo, como si hubiese olvidado completamente su enfado.

– ¡Creo que lo tengo! – exclamó eufórico.

– ¿Qué … qué decís?

– Creo que el caso de Sudri está resuelto, Fernando. ¡Vamos a la cueva! Debemos ordenar todos los datos que tenemos con la mayor rapidez posible … Antes de que acabe el día, es seguro que vendrán a prenderme.

Fernando le miró con ojos espantados. Cuando se iban a la cueva, Huki se aproximó a su amo.

– Señor, ¿les sirvo la comida a la hora de costumbre? – preguntó con ojos tan espantados como los de Fernando.

4 **echar abajo:** (die Tür) eintreten. | 6 f. **en son de guerra:** in kriegerischer Absicht. | 15 **la reprimenda:** Verweis, Rüge. | 16 f. **acoger a alg. entre sus brazos:** jdn. umarmen. | 19 **eufórico/a:** euphorisch, begeistert.

– Si no han venido antes en mi busca, hazlo. Déjala en la puerta de la cueva. Nosotros la cogeremos.

– ¿Qué deseáis comer, mi señor?

– Prepara lo que tú quieras.

Huki estuvo realizando las faenas cotidianas de la casa mientras sus amos permanecían misteriosamente encerrados en la cueva. Anduvo nervioso todo el tiempo por cuanto le había dicho el sabio Idrissi. A mediodía colocó los platos de la comida junto a la puerta del subterráneo. Y, poco después, comprobó que habían desaparecido. Solo al anochecer escuchó tras la tapia del jardín relinchos de caballos, voces de soldados, tirones violentos de la campanilla y golpes en la puerta. Como ya había pasado el día, no supo qué hacer, si dejar que siguieran llamando y derribasen la puerta o avisar a su amo.

La duda duró muy poco porque, apenas oyeron las llamadas, Hantal y Fernando aparecieron en el patio encaminándose hacia el jardín. El médico transportaba el cartapacio con los escritos de Sudri.

– Tarde se ha levantado el califa – dijo Hantal al pasar junto a su esclavo.

Tras dar unos pasos, se volvió hacia él.

– Huki, no sé cuándo regresaré. Ocúpate de la casa tan bien como lo has hecho hasta hoy. Y, sobre todo, cuida de Fernando, que volverá esta misma noche. ¿Nos estimas, Huki?

– Señor, ¿cómo lo dudáis? Vos y mi muchacho sois lo que más quiero en este mundo.

5 **la faena:** Arbeit. | **cotidiano/a:** täglich. | 11 **el relincho:** Wiehern. | 17f. **encaminarse:** sich auf den Weg machen.

– Eres libre. Es el premio a tu fidelidad de tantos años – dijo escuetamente Hantal.

Huki le miró incrédulo con los ojos muy abiertos. Luego se echó a tierra y tocó el suelo con su frente.

– Mi señor, ¡que Alá os bendiga! Mil gracias, mi señor ... Pero seguiré en esta casa hasta mi muerte. Permitídmelo, mi señor.

– Por supuesto, y te lo agradezco. Ahora, hasta otro día. No sé cuándo será, pero espero regresar.

– Señor, decidme qué ocurre – pidió Huki, confundido.

– Ven con nosotros al jardín y tú mismo lo verás.

Los golpes en la puerta sonaban ya con la violencia propia de quien tiene la intención del derribo.

– ¡Alto, señores! ¡Ya abro yo! – gritó Hantal, a cuyo lado iba muy pegado Fernando.

Cuando el médico dejó franca la entrada, vio frente a él hasta quince soldados a caballo con armas y lámparas. Un oficial de tez muy oscura se dirigió al médico respetuosamente.

– Mi aghá Idrissi, yo ...

– Vamos, hablad sin miedo.

– Señor, tengo órdenes directas del califa ... He de llevaros preso ante su presencia. Vos os presentasteis como fiador bajo juramento del mozárabe Santibáñez ... y este ha huido y se encuentra en paradero desconocido. Se cree que también ha raptado a una mujer que estaba como rehén en el alcázar.

5 **bendecir:** segnen. | 13 **el derribo:** Zertrümmern, Niederreißen. | 15 **ir muy pegado/a:** eng angeschmiegt (*pegar:* kleben). | 18 f. **respetuoso/a:** respektvoll. | 25 **el paradero:** Aufenthaltsort.

– Comprendo, comprendo. Proceded.

– Por consideración a vuestra dignidad, el califa ha ordenado que no se os pongan grilletes y que salgáis de vuestra casa como si fueseis a realizar una visita habitual al alcázar. Montad ese caballo.

– Mi hijo vendrá conmigo.

El oficial dudó un instante.

– Sobre vuestro hijo no tengo orden alguna. Pero llevadlo si ese es vuestro deseo. El califa decidirá sobre él.

– Vamos, pues – dijo Hantal con tono animoso.

Huki se quedó inmóvil en el umbral de la puerta, viendo cómo sus amos se alejaban rodeados por los soldados. La noche estaba cayendo sobre Córdoba. Más que pena, sintió una intensa melancolía al verse solo. Dos gruesos lagrimones rodaron por sus mejillas.

1 **proceder:** vorgehen. | 10 **con tono animoso:** in hochgemutem Ton. | 14 f. **el lagrimón:** dicke Träne.

16

Cuando Hantal Idrissi penetró en la misma sala donde se había celebrado el juicio de Rodrigo, ya estaba allí el califa. Los ojos de Idrissi se clavaron al instante en el hombre que el emir tenía a su derecha. Conversaban. Era el general al-Katib.

«Es bueno que esté aquí», pensó el médico. Le sorprendió la presencia de unos veinte ceñudos arqueros que rodeaban el salón. Alrededor del califa se hallaba la caterva acostumbrada de palaciegos y siervos atentos a cualquiera de sus deseos. El aire estaba cargado de un olor denso, mezcla de perfumes, gases de las lámparas y transpiraciones humanas. Hantal y Fernando se postraron en tierra y en la sala se hizo un silencio expectante. El califa permaneció unos momentos mirándolos con expresión apesadumbrada.

– Levantaos – dijo al fin.

Cuando Hantal estuvo en pie, miró a su alrededor con un esbozo de sonrisa.

– Mi señor, ¿por qué tanto arquero? ¿Tan peligroso soy?

– No es momento de bromas, Idrissi. Pero ¿puedo estar seguro tras lo que ha ocurrido esta noche? Son hombres escogidos del general, que durante todo el día han estado rastreando los campos en busca de tu amigo.

3 **celebrarse:** hier: stattfinden. | 5 **conversar:** sich unterhalten. | 8 **ceñudo/a:** grimmig, finster. | 9 **la caterva:** Schar, Menge. | 12 **la transpiración:** Ausdünstung, Schweiß. | 15 **apesadumbrado/a:** betrübt. | 18 **el esbozo de una sonrisa:** Andeutung eines Lächelns. | 22 f. **rastrear:** durchkämmen, durchsuchen.

Hubo un silencio durante el que Hantal y el califa se miraron fijamente.

– De nuevo nos encontramos en circunstancias que para mí son muy penosas, sabio Idrissi, pues debo arrojar a las mazmorras a uno de los hombres más nobles y leales de este reino y de todos los reinos. Además, eres mi amigo. Pero el mozárabe Rodrigo Santibáñez ha cometido un delito gravísimo esta madrugada: ha asaltado el harén, llevándose a la rehén Sulaima, y ha desobedecido las órdenes de no abandonar Córdoba. Antes mató a mi amado Sudri. Tú eras su fiador bajo juramento … ¿Podrás librarte de la humillación de los grilletes diciéndome dónde se esconde ese hombre?

– No, mi señor. Eso no lo sé.

Un profundo suspiro brotó del pecho de al-Haken.

– ¿Tienes algo que decir antes de que te bajen a los subterráneos? Te puedo jurar que este es uno de los momentos más tristes de mi vida …

– Sí, mi señor, tengo algo que deciros. Pero me temo que cuanto debo revelaros os va a provocar algo más que tristeza. Puedo aclararos ya cómo ocurrió la muerte de Sudri.

Un relámpago de sorpresa cruzó los ojos del califa, mientras en la sala se levantaba un súbito murmullo.

– ¿Lo sabes? ¿Sabes quién lo hizo?

– Sí, mi señor. Y dos días antes de que se cumpla el plazo que me disteis. Pero antes de seguir, quiero recordaros algo. Mandasteis apalear a Rodrigo Santibáñez por ocultaros rei-

9 **desobedecer las órdenes:** Befehle missachten. | 11 **librarse de algo:** sich von etwas befreien, sich etwas ersparen. | 21 **aclarar:** erklären, erläutern. | 23 **súbito/a:** plötzlich. | 27f. **reiteradamente:** wiederholt (*reiterar:* wiederholen).

teradamente la clase de asunto que le relacionaba con Sudri. No quiso revelároslo. ¿Sabéis por qué?

– Tú me lo dirás.

– Por amor y lealtad a vos. Por no hundiros en la desesperanza y el desprestigio más amargos.

Un nuevo murmullo se extendió por toda la sala.

– ¿Cómo? ¿Qué dices? – intervino el califa con el gesto más grave del mundo –. ¿Sabes tú cuál era ese asunto secreto?

– Sí, mi señor. Y me veo forzosamente obligado a infligir un duro golpe en vuestra alma si deseáis saber toda la verdad.

Los ojos del califa se entornaron, fijos en los de Hantal.

– ¿Quieres asustarme, Idrissi? Habla cuanto tengas que decir.

– Señor, necesito a tres personas para revelaros lo que debéis saber – giró la cabeza como buscando a alguien –. Dos de ellas están ya en la sala. Pero falta una.

– Nombra a esas personas.

– La primera es el valiente general Yamal al-Katib, sentado a vuestra derecha. También el esclavo Kuraish, a quien he visto a mi espalda. La tercera … la tercera es vuestra favorita: Bouchra.

Las cejas del general se enarcaron de súbito y una ligera palidez traspasó su rostro. Al-Haken agravó su gesto entre el murmullo de la concurrencia.

4 **la lealtad:** Loyalität, Treue. | **hundir a alg. en algo:** jdn. in etwas hineinstoßen. | 4f. **la desesperanza:** Verzweiflung. | 5 **el desprestigio:** Verlust des Ansehens. | **amargo/a:** bitter (*el amargor:* Bitterkeit) | 10 **forzosamente:** gezwungenermaßen. | 18 **nombrar:** benennen. | 19 **valiente:** tapfer. | 24 **agravó su gesto:** seine Miene wurde noch düsterer. | 25 **la concurrencia:** Anwesende.

– No, Bouchra no bajará. No es esto cosa de mujeres ni entiendo qué relación pueda tener con el caso.

– Señor, yo insistiría …

– No bajará – concluyó el califa. Hantal no perdió la serenidad. Llevaba bajo el brazo el cartapacio con los escritos de Sudri.

– Mi señor, se ha estado cometiendo contra vos desde hace meses una vil traición que no imagináis. Sobornos, compra de guardias y eunucos, toda clase de vejaciones a vuestra persona cometidas en secreto. ¿Veis este cartapacio? Contiene diecisiete hojas de pergamino en las que vuestro amado siervo Hemné Sudri cuenta punto por punto esa traición … Él la conocía.

Los ojos de al-Haken miraron asombrados el cartapacio.

– Tráelo aquí.

Hantal desató rápidamente las cuerdas y se lo mostró abierto al califa. Apenas le echó una mirada rápida.

– Sí, es la letra de Sudri cuando escribía en eslavo. Léelo.

– ¿Ahora? Tendrá que ser la traducción … Es algo largo, mi señor.

– Tenemos toda la noche. ¿Quién hizo esa traducción?

– El sabio Ben Barra. Hombre de toda confianza, como sabéis.

– Lee.

– Yo no veo muy bien letras tan pequeñas. ¿Podría hacerlo mi hijo?

El califa asintió con la cabeza.

Poco después, sentado en el suelo, Fernando hizo oír su

4 f. **la serenidad:** Gelassenheit. | 8 **la traición:** Verrat. | 9 **la vejación:** Erniedridigung, Kränkung.

voz clara y precisa en aquel recinto, leyendo página por página las tristes memorias de Sudri. Conforme avanzaba en el relato y el asunto más grave se desvelaba, la piel del general fue tomando diversos tonos, entre la palidez y el rubor, mientras comenzaba a sudar intensamente. Al fin, haciendo un esfuerzo por serenarse, irguió el mentón con orgullo y escuchó impávido la lectura. Los rumores subían o bajaban según los pasajes que leía Fernando. Y el silencio era sepulcral cuando dijo:

– Aquí termina el escrito, mi señor. Ya no sigue más.

Al-Haken se había reclinado hacia atrás en los cojines, con la cabeza inclinada sobre el pecho y una mano cubriéndole la mirada. Su respiración era agitada.

– Mi señor – dijo entonces Hantal –, el hombre que entraba a los aposentos de Bouchra no era Rodrigo. Siento deciros algo que añadirá más amargura a vuestro espíritu: ese hombre es vuestro general al-Katib.

Un inmenso vocerío se alzó entonces en la sala. El califa apartó la mano de sus ojos.

– ¡Mentira! – exclamó el general.

– ¿Por qué dices eso, Idrissi? – preguntó al-Haken en tono sombrío.

– Mi señor, Sudri, en la oscuridad, se confundía de persona. El mozárabe y el general tienen un aspecto parecido, que vos ya habréis advertido: la misma estatura, una leve cojera, un perfil muy semejante, los hombros cargados ... Yo mismo los confundí ayer en la mezquita, al ver al general de espaldas.

4 **el rubor:** Erröten, Röte. | 6 **serenarse:** sich beruhigen. | **erguir:** heraustrecken, heben. | **el mentón:** Kinn. | 7 **impávido/a:** unerschrocken. | 8 f. **el silencio sepulcral:** Grabesstille. | 13 **agitado/a:** hektisch.

Al-Katib había recobrado toda su serenidad.

– ¿Permitiréis tamaño ultraje a un general de vuestro ejército, mi Emir? Está muy claro el juego del médico: si el parecido fuese cierto, ¿cómo prueba eso que soy yo quien entra en el harén y no es ese mozárabe? ¿Por qué la confusión de Sudri favorece precisamente al amigo de aghá Idrissi?

Al-Haken, pálido, se dirigió a Hantal.

– ¿Puedes probar que era el general y no Rodrigo quien pasaba al harén? Es muy grave lo que dices.

– Sí, mi señor. Y al hacerlo pongo en peligro la vida o la libertad de mi propio hijo. Señor, anoche, Fernando ayudó a Rodrigo en su aventura de llevarse a Sulaima del harén ... Al llegar allí, ya sabían de antemano que el general estaba con vuestra favorita ...

– ¿Qué dices, insensato?

– Hay aquí un hombre que puede atestiguarlo, pues era la mano derecha de la señora Bouchra para muchos asuntos delicados.

– ¿Quién es?

– El esclavo Kuraish.

Otra oleada de rumores resonó en los techos abovedados y muchas miradas se dirigieron hacia el fondo de la estancia. El califa también miró desconcertado hacia el mismo lugar.

– ¿Kuraish? No recuerdo ... ¿Está aquí?

Hantal, decidido, se fue hacia el esclavo negro, le cogió

2 **el ultraje:** Beleidigung, Beschimpfung. | 6 **favorecer:** begünstigen. | 9 **probar:** beweisen. | 14 **de antemano:** im Voraus. | 17 **atestiguar:** bezeugen. | 22 **la oleada:** Welle, Woge. | **abovedado/a:** gewölbt, kuppelförmig.

de un brazo y le hizo avanzar hasta colocarlo ante el emir. Todo el cuerpo del anciano temblaba.

– ¿Sabes tú si el general estaba anoche en el harén? – le preguntó Hantal.

El hombre se echó a tierra gimoteando.

– ¡Oh, mi divino señor! Yo … no sé … ¿Me vais a castigar? Ya soy viejo y … – exclamó medio llorando dirigiéndose a al-Haken.

– ¡No! ¡No habrá castigo alguno si contribuyes a que yo sepa la verdad! ¡Habla! Nada te pasará, digas lo que digas, si es cierto.

– Yo … Sí, mi adorado señor … El general estaba allí. Lo sé por vuestra propia favorita, mi señora Bouchra. Todo se preparó para que pasara al harén sin dificultades, como las otras veces. Pero yo, mi señor …

– ¿Haréis caso de un esclavo traidor que siempre se ha vendido a quien mejor bolsa le ofrecía? – atajó el general. El califa le miró con una terrible severidad.

– ¿Y cómo sabes tú eso?

– Además, señor – intervino sin aguardar Hantal –, mi hijo encontró esto cuando subía con Rodrigo por la escalera que da a los primeros pasillos del harén.

El médico mostraba el pañuelo de seda azul. Los ojos de al-Katib parecieron brillar con una chispa salvaje.

– Acércate. ¿Qué es? – dijo al-Haken.

– Miradlo vos mismo.

El califa tomó el pañuelo y lo observó. Sus ojos se detu-

5 **gimotear:** wimmern. | 9 **contribuir a:** beitragen zu. | 12 **adorar:** anbeten. | 17 **la bolsa:** hier: Geld. | 18 **la severidad:** Strenge. | 24 **salvaje:** wild.

vieron en una esquina del mismo. Dio la impresión de que se quedaban clavados allí, pues no los apartó durante unos momentos que parecieron eternos. En su rostro, más que la ira, se reflejó la mayor decepción, mientras leía una y otra vez el nombre del general bordado con hilos de oro en la seda. Después, solo giró la cabeza hacia al-Katib.

– ¿Tú has sido capaz de hacerme esto? – dijo el emir. Nada más.

El general no respondió. De improviso, ante el sobresalto de la asombrada concurrencia, se puso en pie de un brinco felino, apartándose del emir. Su grito sonó en la sala como un latigazo.

– ¡Apuntad al corazón del califa, mis arqueros! ¡Vuestros días de gloria han llegado! ¡Vamos, sin miedo! ¡Capitán Hamed! Ocupaos de que vengan aquí de inmediato todas las guarniciones que yo mando y que rodeen el alcázar.

Los dieciocho arqueros que envolvían la sala hicieron un movimiento visto y no visto al unísono. Los arcos tensados ya estaban en sus manos y dieciocho saetas apuntaban al pecho de al-Haken. Se oyeron gritos ahogados y algunos siervos de las últimas filas huyeron despavoridos; otros dignatarios se agazaparon tras los voluminosos cojines.

– ¡Ja, ja, ja! – rio al-Katib con los brazos en jarras –. ¡Cali-

9 **de improviso:** plötzlich, unversehens. | 10 f. **el brinco:** Sprung, Satz. | 11 **felino/a:** katzenhaft, katzenartig. | 13 **apuntar algo:** hier: zielen auf. | 14 **la gloria:** Ruhm. | 16 **la guarnición:** Garnison. | 17 **envolver:** hier (milit.): umzingeln. | 18 **un movimiento al unísono:** eine einzige Bewegung (*al unísono:* einstimmig). | **visto y no visto:** blitzschnell. | 21 **despavorido/a:** entsetzt, erschreckt. | 22 **voluminoso/a:** dick, voluminös. | 24 **los brazos en jarras:** mit in die Hüfte gestemmten Armen.

fa, me has obligado a adelantar unos propósitos que tenía previstos para más adelante! ¡Tu trono y Bouchra! Tenerla solo para mí, sin compartirla con nadie, sin necesidad de venir al harén por las noches como un ladrón ... Ser el dueño del reino más poderoso de Occidente. ¿Recuerdas la matanza de los Omeyas‣ en Damasco? Eso va a ocurrir aquí esta noche ... Y una nueva dinastía reinará en Córdoba: la de mis generaciones.

Al-Haken no había movido un músculo y su mirada solo expresaba gravedad.

– Mátame a mí, pero a nadie más ... Eso te basta.

– ¡Ah, no! Tú solo, no. Están tus hijos, tus hermanos, hasta el último de tus parientes ... Tu ralea debe desaparecer de la tierra sin dejar rastro. Y este idiota de Idrissi también caerá: sabe demasiado ... Y tú, viejo negro – miró a Kuraish, que temblaba de pies a cabeza –, y tú, repugnante conejo – le dijo a Fernando –, que eres capaz de encontrar un pañuelo mío en el lugar más comprometedor ... Y tú, y tú, y tú ...

Conforme hablaba, al-Katib iba señalando a cadíes, funcionarios, imanes ...

– Vuestra primera víctima fue el viejo ibn Saprut, ¿no es así? – dijo de pronto Hantal con entereza, mirando frente a frente al general.

– Serás de los primeros en caer, sabio. Eres demasiado lis-

6 **la matanza:** das Abschlachten. | **los Omeyas:** die Omayaden (siehe die Anmerkung). | 7 **la dinastía:** Dynastie, Adelshaus. | 8 **la de mis generaciones:** die meiner Nachfahren. | 11 **bastar:** genügen. | 18 **comprometedor/a:** kompromittierend. | 21 **el imán:** Imam (muslimischer Geistlicher). | 23 **la entereza:** Charakterfestigkeit. | 25 f. **ser listo/a:** intelligent sein.

to. Pero te diré que yo solo me mancho las manos en los campos de batalla. Tengo hombres de sobra para hacer los trabajos despreciа…

El general cortó sus palabras. Procedentes del patio, se oían voces y alboroto de gentes.

– ¡Seguid apuntando al califa! – ordenó nervioso a sus hombres, mientras trataba de ver qué ocurría fuera.

De pronto, apareció en el salón un grupo de soldados que arrastraban a Rodrigo y Sulaima. Aquellos guardias, nada más ver al califa bajo la mira de los arqueros, desaparecieron asustados dejando a los dos prisioneros en la sala. Nadie osaba provocar el menor ruido y el silencio resultaba opresivo. El mozárabe miró al general, a los arqueros, al califa … Tras unos instantes de confusión, comprendió rápidamente.

– ¡Ah! El que faltaba aquí – dijo al-Katib aproximándose a Rodrigo con aire altanero –. Has venido a meterte en la boca del lobo como un corderito inocente … ¿Para qué, estúpido? ¡Habla!

– Deseaba entregarme al califa … Confiaba en el aghá Idrissi – respondió escuetamente con voz ronca, sin mirarle de frente.

– ¡Ja, ja, ja! Y hacías bien. El venerable Idrissi parece que lo ha descubierto todo … Como ves, yo mando aquí ahora. Sí …, quizá nos parezcamos … Observa, califa; es lo último que van a contemplar tus ojos – el general se colocó junto a Rodrigo, que tenía a su espalda una columna –. Sí, tal vez …

2 **la batalla:** Schlacht. | **de sobra:** im Überfluss. | 10 **bajo la mira:** im Visier. | 12 **osar:** wagen. | 17 **altanero/a:** überheblich, hochmütig. | 18 f. **estúpido/a:** dumm. | 20 **confiar en alg.:** jdm. vertrauen. | 23 **venerable:** ehrwürdig.

El perfil, los dos cojeamos un poco, los hombros cargados ... ¡Atención, arqueros!

Algo ocurrió entonces, algo que nadie comprendió hasta que pasó la confusión. Un movimiento instantáneo de Rodrigo, un brillo en el aire. Después, un brazo del mozárabe rodeaba por detrás el cuello de al-Katib y la daga que empuñaba casi pinchaba su garganta. Era la del propio general, que Rodrigo había extraído de su funda como un relámpago.

– ¡Ordena a tus soldados que tiren sus arcos y todas las armas o eres hombre muerto! ¡Vamos! ¡Ya! – apremió Rodrigo.

Rojo por la presión del brazo, al-Katib dudó unos instantes.

– Prometedme antes que salvo la vida, o moriremos todos – pidió al califa.

El emir hizo un movimiento afirmativo con la cabeza. De inmediato, el general ordenó a sus hombres con otro ademán que depusieran las armas. Un esclavo corrió hacia el exterior dando voces para alertar a los soldados fieles al alcázar. Se produjo una embarullada confusión en la sala. Muchos altos dignatarios huían de allí y otros asomaban las cabezas por detrás de los almohadones. Llegaron soldados que rodearon a los hombres de al-Katib. Al-Haken no se había movido de su lugar. Tampoco Hantal. Fernando corrió junto a Rodrigo, que en ningún momento había soltado su presa.

7 **pinchar:** stechen. | 8 **extraer:** herausziehen. | **la funda:** Futteral. | 9 **tirar:** hier: wegwerfen. | 12 **la presión:** Druck. | 14 **prometer:** versprechen. | 16 **afirmativo/a:** zustimmend. | 18 **deponer las armas:** die Waffen niederlegen. | 20 **embarullar:** durcheinanderbringen. | 25 **soltar:** loslassen.

– Señor, ¿le maniato? – dijo el muchacho.

– ¿Qué debo hacer con él, mi emir? – preguntó Rodrigo al califa.

Al-Haken hizo un escueto gesto que significaba «mazmorras».

Algunos siervos se habían precipitado sobre el califa y le hacían aire con abanicos de plumas.

– ¡Apartad! ¡Apartad! – gritó al-Haken moviendo los brazos como quien ahuyenta un enjambre de moscas.

Cuando se restableció la calma, el califa permanecía absorto entre sus almohadones, con los ojos perdidos en un punto incierto del horizonte. Parecía no comprender cuanto había oído y sucedido allí. Estuvo mucho tiempo en silencio. Mientras tanto, nadie dijo una sola palabra.

– Había dejado de amarla ... – murmuró al fin como para sí mismo.

– ¿A Bouchra, mi señor? – dijo Hantal, que se había aproximado a él.

– A Bouchra. Hace tiempo que apreciaba falsedad en su espíritu y un oculto desdén. Y ahora ... ahora había nacido en mi alma otra pasión ... – y sus ojos se posaron en Sulaima, que permanecía en un rincón, con los ojos bajos –. Pero esa pasión no me pertenece.

– Animaos, mi señor. Todo se olvida.

El califa miró a Rodrigo.

– Has salvado mi vida y la de muchos otros seres queri-

9 **ahuyentar:** verscheuchen, vertreiben. | 12 **incierto/a:** ungewiss. | 14 **mientras tanto:** währenddessen. | 19 **apreciar:** hier: wahrnehmen, erkennen. | 20 **el desdén:** Geringschätzung, Verachtung. | 23 **pertenecer:** gehören. | 24 **animarse:** Mut fassen.

dos para mí ... Y algo más importante aún: la estabilidad del reino. ¿Qué otra cosa puedo hacer sino perdonarte todos los delitos? Eres joven ... Es todo comprensible.

– Mi señor – dijo el mozárabe –, agradezco vuestra generosidad. Pero yo quisiera ... Yo he venido aquí para entregarme a vos a fin de no comprometer a mi amigo, el sabio Idrissi. Lo comprendí apenas me alejé unas leguas de Córdoba. El aghá Hantal sería encarcelado por mi culpa. Igualmente, tal vez mis viejos padres ... Mis hermanos. Pero también he vuelto por otro motivo: deseo que mi nombre quede limpio de un crimen que no he cometido.

– ¡Ah, Sudri! ¡Mi querido Sudri! – exclamó el califa –. ¡Cuánto debió sufrir durante sus últimos días! Pero ¿cómo pudiste no ser tú quien le apartó de este mundo? La habitación cerrada ... Tu daga ... Te he perdonado lo que hiciste anoche. ¿Podré perdonarte por la muerte de mi esclavo si tú eres el culpable? ¡Ah, Hantal! Me has dicho que tenías la solución ... Estoy muy cansado ... Mucho ... Pero eso no puedo dejar de oírlo. ¿Lo sabes? ¿Sabes quién mató a Sudri? ¿No fue Rodrigo? Es lo que desearía oír.

– No, no fue Rodrigo.

– Pero ¿cómo es eso posible? La habitación cerrada, la daga ... – repitió –. Habla, pues. Y siéntate aquí, a mi lado. Sentaos todos.

1 **la estabilidad:** Stabilität. | 3 **comprensible:** verständlich.

17

Hantal carraspeó varias veces.

– Señor, ¿sería abusar de vuestra paciencia pedir que me traigan una copa con agua de azahar? Tengo la boca seca.

Poco después se les sirvió a todos alguna bebida refrescante y bandejitas con pastelillos.

– Empieza ya, Hantal; deseo retirarme enseguida – apremió al-Haken.

– Mi señor, ayer mismo supe quién es Svarog.

– ¿Svarog?

– Sí, mi señor, Svarog: el dios principal de los pueblos eslavos. ¿Sudri se había convertido al islam?

– Así es.

– Bien. Quizá solo a medias. Por lo menos, aún debían latir en su corazón las creencias ancestrales aprendidas en la niñez. Señor, un eslavo que sirve en este alcázar me ha revelado que, según los ritos de su pueblo, ningún muerto puede presentarse ante Svarog sin una mancha amarilla en la frente. De otro modo, no entra en el paraíso. Y este amarillo solo sirve si procede de ciertas tierras existentes en las lejanas llanuras de Bumelija, benditas por Svarog y donde se alza un templo en su honor. Parece ser que los eslavos búlgaros guardan toda la vida una cajita con un poco de esa tierra … Luego, la mezclan con gomas o miel para producir la pasta de color …

– ¿Y bien?

15 **la creencia:** Glaube, Glaubensvorstellung. | **ancestral:** überliefert. | 21 **Bumelija:** imaginäre slawische Gegend. | 24 **la miel:** Honig.

– Como sabéis, Sudri tenía una mancha amarilla en la frente cuando se le halló muerto. Yo encontré su cajita de pintura en la habitación del crimen. La podéis ver cuando queráis. Debía conservarla desde que salió de su patria, pues por nuestro reino no existe esa clase de tierra. Los dedos de vuestro siervo tenían restos de esa pintura. Y sus ropas. En conclusión: él mismo se pintó la mancha para comparecer dignamente ante Svarog. Es decir, Sudri no fue sorprendido por la mano de un asesino imprevisto. Ya sabía que iba a morir. Se preparó previamente para ello.

El califa le miraba con los ojos entornados.

– Cuando Rodrigo llegó a la habitación, aún no se había pintado la mancha, ¿verdad? – dijo mirando al mozárabe, que asintió con la cabeza –. Ahora puedo hablaros del segundo elemento decisivo en mi investigación: el pastel con narcótico que Sudri ofreció a nuestro amigo para que cayese en un sopor invencible. Aún lo guardo en mi cueva y lo probé en mí mismo. Tenía tanto somnífero que podría haber dormido a un buey.

– Sí, sigue.

– Sudri ofreció el pastel a Rodrigo, y este comió lo suficiente. Cuando cayó dormido, vuestro amado siervo actuó rápidamente. Se pintó la mancha en la frente, tomó la daga de Santibáñez y colocó la punta sobre su pecho. Después ... después precipitó su voluminosa humanidad contra la viga revestida de azulejos que sobresale del muro, justo a la altura de su corazón. El pomo de la daga está abollado, el azulejo roto. El peso de Sudri hizo que el arma quedase tan fuer-

7 f. **comparecer:** erscheinen. | 10 **previamente:** im Voraus. | 15 **decisivo/a:** entscheidend. | 18 **el somnífero:** Schlafmittel.

temente incrustada junto al esternón que, al extraerla yo mismo, me pareció al principio que había sido muerto por un hombre de fuerza brutal. También pensé que la trayectoria del puñal se debía a que Sudri fue atacado mientras estaba de rodillas. No. Era recta porque la viga quedaba al nivel de su pecho …

– Pero … – dijo el califa – ¿por qué lo hizo? ¿Por qué se quitó la vida él mismo? ¡Oh, Alá, perdónale!

– Señor, cuando Fernando ha leído sus escritos, ya habéis oído que él se confundía de persona. Para Sudri, quien os traicionaba con Bouchra era Rodrigo … También habéis oído que se sentía incapaz de confesaros tal infamia, temiendo el golpe tan terrible que recibiríais. Su fidelidad hacia vos era absoluta y decidió terminar personalmente con el engaño eliminando al culpable … A Rodrigo.

– Pero se mató él. No te entiendo …

– Sí, su carácter pacífico le impedía cometer un asesinato. Lo que hizo fue ofrecer su vida por vos, mi señor. Además, seguramente se inmoló para pagar su propia culpa. Sentía que os había traicionado, y esto era un peso en su conciencia que no podía soportar. Vos le habíais tratado como a un hijo y él aceptó los sobornos de Bouchra.

El califa se tapó la cara con las manos. Hantal continuó.

– Lo preparó todo de modo que diese el resultado que vos mismo creísteis más lógico. ¿Cómo no culpar y condenar a Rodrigo cuando se le encontró encerrado en una habitación a la que nadie podía haber entrado sino él? Para eso, Sudri cerró la puerta desde dentro y tiró la llave por la ven-

1 **el esternón:** Brustbein. | 5 f. **al nivel de:** auf der Höhe von. | 12 **incapaz:** unfähig, nicht in der Lage. | 19 **inmolarse:** sich opfern. | 21 **soportar:** ertragen.

tana sin que lo advirtiera nuestro amigo. Además, cuando le encontrasen muerto, tendría clavada su daga. Murió por vos para que fuera condenado por su muerte el que creía culpable de la traición. Y esta cesaría …

– ¡Oh, Alá, Alá! – exclamó casi para sí mismo al-Haken –. Lo veo todo claro, Idrissi. Pero, a pesar de su debilidad ante las tentaciones de esa mujer, ¿cómo honrar la fidelidad sin límites de mi siervo? ¿Cómo? Todas sus faltas las reparó con la muerte. ¿De qué forma testimoniar mi gratitud hacia …? – su voz se quebró por la congoja.

Hantal aguardó un momento, respetando la aflicción del califa.

– Comparto vuestros sentimientos, mi señor – dijo después el médico –. Pero … pero pienso que podríais haber hecho una objeción a mis argumentos.

– ¿Sí? – respondió el califa con desgana –. ¿Cuál?

– Suponed que Rodrigo tenía algún conocimiento sobre la mitología eslava: Svarog, la mancha amarilla … Entonces resolvió matar a Sudri para librarse de su acoso continuo por el asunto de Bouchra. Decidió aceptar la invitación de Sudri para ir a su cuarto, pero con la idea de acabar con él. Todo pudo ocurrir al revés: fue Rodrigo quien llevó el pastel con narcótico. Sudri lo comió y nuestro amigo le mató mientras dormía. Luego preparó todos los detalles que hicieran parecer un suicidio la muerte de vuestro siervo … La baldosa rota, el pomo de la daga abollado, la mancha amarilla en la frente del eslavo …

4 **cesar:** enden. | 10 **quebrarse:** brechen, brüchig werden. | 13 **compartir:** teilen. | 14 f. **hacer una objeción a algo:** Einwand erheben gegen etwas. | 16 **la desgana:** Unlust. | 22 **al revés:** umgekehrt. | 25 **el suicidio:** Selbstmord.

El califa abrió más los ojos y miró fijamente a Hantal.

– Sí, ¿por qué no pudo ser así?

– Esta teoría se viene abajo de inmediato en cuanto pensemos un poco, mi señor. En cuanto pensemos que la puerta estaba cerrada por dentro y Rodrigo se hallaba atrapado. Esa trampa no se la pudo poner él mismo, pues le impedía escapar. La había cerrado Sudri. Y aun en el caso de que lo hubiera hecho el propio Rodrigo a fin de conseguir un fingimiento aún más veraz de su historia, ¿cómo habría reaccionado en un juicio donde le iba la vida? Declarando inmediatamente, para salvarse, que se trataba de un suicidio. Habría explicado punto por punto el asunto de Svarog, la mancha amarilla y todo lo demás. No habría dicho que se durmió, sino que había contemplado los hechos con sus propios ojos. Si no lo hizo fue porque nada sabía de mitologías eslavas y porque, en efecto, estuvo dormido mientras Sudri actuaba funestamente.

El califa no dijo nada más. Tras unos momentos en que permaneció inmóvil, se incorporó trabajosamente de sus almohadones. Tres esclavos se precipitaron para ayudarle. Dio unos pasos hacia sus aposentos interiores y se detuvo. Volvió la cabeza.

– Sois libres todos … Sí, todos … Libres … Mañana, vuelve a la mezquita – le dijo a Rodrigo.

Permaneció en el mismo lugar unos instantes y habló como para sí mismo, apenas dirigiendo la mirada hacia un funcionario.

– Bouchra … La amé mucho … No morirá debido a eso.

3 **venirse abajo:** in sich zusammenfallen, zusammenbrechen. | 8 f. **el fingimiento:** Vortäuschung. | 9 **veraz:** wahrheitsgetreu. | 19 **trabajosamente:** mühsam.

Pero no deseo volver a verla jamás. Destierro inmediato. África … ¡Oh, quiero dormir! Solo dormir … Que nadie me despierte … Para nada.

Y reemprendió su camino hacia el interior del alcázar. Dos esclavos le ayudaban a caminar cogiéndole de los brazos. Arrastraba los pies y su espalda iba encorvada. A punto de desaparecer por una puerta al fondo, se paró de nuevo y volvió la cabeza. Sus ojos, llenos de melancolía, se posaron en la frágil figura de Sulaima. Entonces, por primera vez desde que la conociera, ella levantó los párpados y las dos miradas coincidieron. En las pupilas de la muchacha se advirtieron dos chispas de dulzura y agradecimiento. Inmediatamente, el califa desapareció en busca del descanso.

Dos días más tarde, se celebró una animada comida en casa de Hantal Idrissi. Se festejaba el venturoso final para todos de los dramáticos sucesos que había provocado la muerte de Hemné Sudri. Estaban allí, con el médico y Fernando, Rodrigo, Sulaima y el tremendo Ben Barra. Hantal hizo que Huki se sentase con ellos, y la potente voz de Ben Barra resonó todo el tiempo sobre las demás. Se habló del caso Sudri y de la secreta conspiración de al-Katib conchabado con Bouchra. Pero también de mil cosas más. Y Ben Barra intercaló sus historias cómicas acostumbradas. Pero resultó que, en esta ocasión, tuvo un rival capaz de oscurecerle. Las his-

1 **el destierro:** Verbannung. | 4 **reemprender:** wieder aufnehmen. | 10 **el párpado:** (Augen-)Lid. | 11 **coincidir:** zusammentreffen. | 12 **la dulzura:** Sanftheit, Wärme. | 15 **festejar:** feiern. | 19 **potente:** mächtig. | 21 **la conspiración:** Verschwörung. | **estar conchabado con alg.:** mit jdm. unter einer Decke stecken. | 22 f. **intercalar:** einfügen. | 24 **oscurecer** (fig.): verblassen lassen.

torias más graciosas de todas fueron las que contó Huki. Nadie conocía esta faceta del bereber. Al final, como siempre, Hantal y Ben Barra terminaron enzarzados en una disputa científica. Y aunque los demás no entendían bien sus argumentos, era divertido verlos a causa del afán que ambos sabios ponían por vencer en la controversia. Esta vez polemizaron sobre si los espíritus podían aparecerse a los hombres o no.

A media tarde, entre abrazos y promesas de nuevas reuniones, los invitados se marcharon, quedando solos Hantal, Fernando y Huki.

– Voy a la cueva, Fernando. ¿Me acompañas? – dijo Hantal.

– ¡Oh, sí!

– Tengo que terminar la carta astral del califa para este mes. No la he tocado en todos estos días.

– Padre, ¿me enseñarás a hacer esas cartas alguna vez?

– No exactamente. Bajarás siempre conmigo, mirarás lo que yo hago y harás las preguntas que quieras. Así lo aprenderás sin darte cuenta.

Abajo, en la cueva, Hantal se sentó frente a la mesa donde permanecía a medio terminar la carta astral del califa correspondiente a septiembre. Comenzó a trabajar sobre el pergamino usando reglas y escuadras, haciendo mediciones, trazando líneas y círculos …

– ¿Qué significa este signo, padre?

– Es Marte.

2 **la faceta:** Seite. | 3 f. **enzarzarse en una disputa:** sich in ein Streitgespräch verbeißen. | 5 **el afán:** Eifer. | 6 **la controversia:** Kontroverse, Streit. | 6 f. **polemizar:** polemisieren, scharf diskutieren. | 9 f. **la reunión:** Treffen. | 24 **la escuadra:** Zeichendreieck. | 27 **Marte:** Mars.

– ¿Y este?

– El sol.

Fernando calló un momento y pareció que sus pensamientos se desviaban de la carta.

– Padre, ¿os acordáis de la promesa que me hicisteis el día de mi cumpleaños?

– ¿Te hice una promesa? No recuerdo …

– Sí, me prometisteis ir a buscar algún día a mis padres verdaderos. Me gustaría conocerlos … si viven.

– Bueno, eso llevará tiempo. Un viaje a los reinos cristianos, indagaciones … Y yo tengo mucho trabajo aquí.

– Pero en solo ocho días habéis resuelto el caso de Sudri, que parecía no tener solución.

Hantal calló, mientras parecía reflexionar.

– ¿Sabes? Estoy cansado. Hace mucho tiempo que me siento cansado. Podría tomar un permiso. Pedirle autorización al califa y enviar mis enfermos a Ben Barra … Un mes. Mejor dos.

– ¿No es demasiado para descansar, padre?

– Para descansar, sí. Para encontrar a tus padres, creo que necesitaremos eso.

– ¡Oh, mi señor! ¡Qué bueno sois! ¡Gracias!

Y Fernando se abrazó efusivamente al cuello del sabio, mientras este estrechaba contra su cuerpo al valeroso muchacho rubio de los cabellos revueltos.

10 **llevar tiempo:** seine Zeit brauchen. | 11 **la indagación:** Nachforschung. | 14 **reflexionar:** nachdenken. | 16 **el permiso:** hier: Beurlaubung. | 16 f. **la autorización:** Genehmigung, Erlaubnis. | 23 **efusivamente:** überschwänglich.

Editorische Notiz

Das Glossar enthält alle Wörter, die nicht im *Thematischen Grund- und Aufbauwortschatz Spanisch* von José María Navarro und Axel J. Navarro Ramil (Stuttgart: Klett) enthalten sind. Dabei wird nur der Grundwortschatz als bekannt vorausgesetzt. Wörter, die zum Aufbauwortschatz zählen, sind fast ausnahmslos erklärt, auch wenn sie leicht abgeleitet werden können. Damit soll die Lektüre für Sprachenlerner mit geringeren Sprachkenntnissen erleichtert werden. Die unbekannten Wörter werden bei gleicher Bedeutung nur einmal angegeben.

Im Glossar verwendete spanische Abkürzungen

adj.	adjetivo (Adjektiv)
adv.	adverbio (Adverb)
ár.	árabe (arabisch)
ant.	antiguo, antiguado, antiguamente (alt, veraltet, früher)
bot.	botánica (Botanik)
cient.	científico (wissenschaftlich)
cj.	conjunción (Konjunktion)
dim.	diminutivo (Verkleinerungsform)
elev.	elevado (gehobene Sprache)
f.	femenino (weiblich)
fig.	sentido figurado (sinnbildlich, übertragen)
hist.	historia (Geschichte)
invar.	invariable (unveränderlich)
intr.	intransitivo (intransitiv)
loc.	locución (Redensart)
m.	masculino (männlich)
milit:	militar (militärisch)
n.	neutro (neutrum)
ópt.	óptica (Optik)
prep.	preposición (Präposition)
tr. p. us.	transitivo poco usado (wenig verwendet als transitives Verb)

Anmerkungen

9,16 *gran califa al-Haken:* al-Hakam II. (* 915; † 1. Oktober 976), 2. Kalif von Córdoba (961–976). Al-Hakam wird nach dem Tod seines Vaters Abd ar-Rahman III. (961) Kalif von Córdoba. Unter al-Hakam II. erlebt Córdoba eine Blütezeit. Während seiner Regierungszeit wird eine Bibliothek mit 400 000 Bänden aufgebaut (vgl. S. 112). Wie auch im Roman thematisiert, lässt al-Hakam die Moschee (Mezquita) von Córdoba erweitern (962–966). Für weitere Informationen: Wikipedia.

9,19 *rey cristiano de León, Sancho I* (* um 933, † 966): Zeitgenosse von Abd-ar-Rahman III. und dessen Sohn al-Hakam II. Er war zweimal König von León: 956–958 und nach einer kurzen Unterbrechung, während der er mit Hilfe eines jüdischen Arztes von Abd-ar-Rahman III. von 240 kg auf 120 kg abspeckte, 959–966. Als Belohnung für seine Hilfe hatte er Abd-ar-Rahman mehrere Grenzplätze am Duero versprochen. Diese forderte al-Hakam II. nach dem Tod von Abd-ar-Rahman von Sancho ein und erhielt sie auch. Hierauf spielt der Roman auf S. 9 an (»cuestiones de fronteras y todo se arregló bien«). Näheres bei: http://www.mcnbiografias.com/app-bio/do/show?key=sancho-i-rey-de-asturias-y-leon

27,19 *Abd al Rahman III:* auch Abd-ar-Rahman III (* 889, † 15. Oktober 961 in Córdoba) war von 912 bis 929 8. Emir und von 929 bis 961 1. Kalif von Córdoba. Vater von al-Hakam II.

62,17 *Yamal al-Katib:* Dieser General ist als reale historische Gestalt nicht belegt.

65,25 *al-Ándalus:* maurischer Name für die zwischen 711 und 1492 muslimisch beherrschten Teile der Iberischen Halbinsel, nicht nur für das heutige Andalusien.

92,12 ff. *La brisa …:* Dem zitierten Gedicht liegt eine Volkssage aus dem maurischen Sevilla des 12. Jahrhunderts zugrunde (siehe u. a. David González Ruiz, Breve historia de las leyendas medievales, Ediciones Nowtilus S.L., 2010, S. 123 f.).

103,13 *bilis negra o atrabilis:* »Schwarze Galle«. Auf den griechischen Arzt Galen (2./3. Jh. n. Chr.) geht die sogenannte »Viersäftelehre«

zurück. Danach bestimmt das Gleichgewicht der vier »Säfte« Blut, Schleim, schwarze und gelbe Galle den Gesundheitszustand des Menschen. Die medizinischen Schriften von Galen waren im Mittelalter im islamischen Kulturkreis sehr verbreitet.

107,14 *Pechina, Almería:* Küstenstädte von Andalusien.

157,3 *Despeñaperros:* Schlucht des gleichnamigen Flusses nördlich von Jaén, die von alters her eine Verbindung zwischen Kastilien und Andalusien darstellte.

164,22 *Svarog:* slawischer Gott des Himmels. Er ist der himmlische Gott-Vater, Schöpfer von Erde, Sonne und Feuer und Vater des Sonnen- und Fruchtbarkeitsgottes Svarožić. Sein Name stammt aus der indoeuropäischen Wurzel svar (›Licht‹, ›strahlender Himmel‹). (Wikipedia)

185,6 *los Omeyas:* die Omayaden. Nach der Eroberung des Westgotenreichs auf der Iberischen Halbinsel durch islamische Araber und Berber wurde das eroberte Gebiet unter dem Namen »Al-Ándalus« eine Provinz des Omayaden-Kalifats mit dem Zentrum in Damaskus. Die Herrschaft der Omayaden in Damaskus wurde 750 durch die Ermordung fast aller Familienmitglieder beendet. Im Roman ist diese Ermordung auf S. 185 erwähnt. Einer der überlebenden Omayaden gelangte nach Spanien und errichtete in Córdoba als Abd-ar-Rahman I. (756–768) ein Emirat. Abd-ar-Rahman III. nahm dann 929 selbst den Kalifen-Titel an. Das Kalifat Córdoba endete mit Hischam III. im Jahr 1031. Es löste sich auf in Taifas (Kleinkönigreiche). Siehe W. Kreutzer, Geschichte Portugals, Reclam Sachbuch 19143, S. 22–30.

Nachwort

Zum Roman und seinem historischen Hintergrund[1]

Der Roman *El misterio del eunuco* ist von allen Romanen, die José Luis Velasco geschrieben hat, sicher der erfolgreichste. 1994 zum ersten Mal erschienen, geht er 2017 schon in die 30. Auflage. Er gehört in Spanien mit zu den beliebtesten Schullektüren. Warum ist der Roman in Spanien so beliebt? Morón Moreno stellt fest:

> El éxito de esta novela reside en que, además de su brevedad, presenta de forma admirable los diferentes personajes de la sociedad califal cordobesa: el califa, el médico, los esclavos, los judíos, los mozárabes, el harén y la casta militar. Sin caer en excesivos clichés, hace un breve retrato de ellos teniendo como hilo conductor esa trama de novela negra en la que hay que descubrir a un astuto y huidizo asesino.[2]

Im Zitat ist das Erfolgsrezept des Romans in wenigen Worten auf den Nenner gebracht: Er schildert meisterhaft die Gesellschaft zur Zeit des Kalifats und bietet im Rahmen einer Kriminalgeschichte ein historisch durchaus gut recherchiertes Bild einer der bedeutendsten Städte des 10. Jahr-

1 Zum historischen Hintergrund siehe auch die Anmerkungen zum Romantext, S. 200/201.

2 Francisco Morón Moreno, »La lectura comprensiva en las ciencias sociales (2º ESO): *El misterio del eunuco*«, in: *Revista Arista Digital* 26 (1. 11. 2012), S. 28. http://www.afapna.es/web/aristadigital/archivos_revista/2012_noviembre_5.pdf

hunderts: des Córdoba der Kalifen. Insofern liegt es nah, den Roman vor dem Hintergrund der Realgeschichte und Kultur des 10. Jahrhunderts etwas genauer zu betrachten. Schauplätze und Menschen werden durch die Kriminalgeschichte mit Vater und 14-jährigem Sohn als Detektiven miteinander verknüpft. Über die Beobachtungen der Protagonisten und die Beschreibungen des Erzählers entsteht ein lebendiges Bild der Stadt und ihrer Bewohner sowie auch des Kalifenpalastes und seiner Bewohner. Dies alles ist eingebettet in das geographische und politische Umfeld der damaligen Zeit. In diesem Sinne handelt es sich bei *El misterio del eunuco* um einen realistischen Roman, durch den der Leser in das 10. Jahrhundert von *Al Ándalus*, dem maurischen Spanien, versetzt wird.

Die Hauptpersonen des Romans sind der 14jährige **Fernando** und sein muslimischer Ziehvater **Hantal Idrissi**, der Leibarzt des Kalifen al-Hakam II. Fernando wird als Christ erzogen, weil Hantal ihn einst als Säugling bei der Rückkehr aus León ausgesetzt fand und seine anonymen Eltern den Finder auf einem Zettel gebeten hatten, das Kind namens Fernando christlich zu erziehen. Die alte Amme **Wafah** unterweist Fernando trotzdem auch im Koran. Eine weitere Hauptperson ist der Mozaraber **Rodrigo Santibáñez**, der als Architekt für den Kalifen am Erweiterungsbau der Mezquita arbeitet. Er wird verdächtigt, den Lieblingseunuchen des Kalifen, **Hemné Sudri**, ermordet zu haben, da er eingeschlossen mit dem Ermordeten in dessen Privatgemach gefunden wird. Hantal, der Rodrigo für unschuldig hält, gelingt es, eine Frist von zehn Tage zu erhalten, um den Sachverhalt aufzuklären.

Andere Personen, die für den Fortgang der Handlung eine wesentliche Rolle spielen, sind die Favoritin al-Hakams II., **Bouchra**, eine zum Islam konvertierte Slawin, und sein General **Yamal al-Katib**. Der Titelheld des Romans, der Eunuch und Sklave Hemné Sudri, ist schon am Anfang des Romans tot. Der Leser lernt ihn aber nach und nach durch die Aussagen der anderen Romanfiguren, insbesondere aber durch seine Lebenserinnerungen, näher kennen. Die Lebenserinnerungen bilden einen kleinen »Roman im Roman«. Darin erzählt Hemné Sudri sein Leben: seine Gefangennahme in Bulgarien, seine Versklavung, seine Kastration und schließlich seinen Verkauf an den Hof des Kalifen, wo er zunächst Verwalter der Bibliothek des Kalifen und dann im Harem persönlicher Diener von Bouchra wird. Sudri ist darüber hinaus enger Vertrauter und Ratgeber des Kalifen.

Das Schicksal des Eunuchen in diesem Roman entspricht in vielem der historischen Wirklichkeit. Eunuchen waren in allen Kulturen verbreitet (siehe Wikipedia: Artikel »Eunuch«). Sie waren nicht nur für die Bewachung des Harems zuständig, sondern bekleideten auch andere höhere Ämter. Sudri wird dementsprechend charakterisiert. Er ist – obwohl Sklave – enger Vertrauter des Kalifen, lange Zeit ist er auch Leiter der berühmten Bibliothek von Córdoba. Unter al-Hakam II. wurde sie tatsächlich von einem Eunuchen geleitet.[3] Die grausame Szene der Kastration Sudris dürfte sich auch in Wirklichkeit so oder ähnlich ab-

3 Siehe Antonio Muñoz Molina, *Die Stadt der Kalifen. Historische Streifzüge durch Córdoba*, deutsch von Klaus Jetz, Reinbek bei Hamburg: Rowohlt, 1994, S. 166.

gespielt haben. Allerdings wurden die Sklaven meistens von Ärzten kastriert. Dennoch starben von zehn jungen Männern, die kastriert wurden, sechs. Al-Ándalus exportierte Eunuchen in alle Harems des Orients.[4]

Die anderen historischen Details des Romans sind ebenfalls gut recherchiert. Der Hof von Córdoba wird als prunkvoll und luxuriös dargestellt. Ein Turnier, wie im Roman ausführlich beschrieben, ist z.B. für das Jahr 975 belegt.[5] Auch wenn von al-Hakam II. bekannt ist, dass ihm an Bildung und Büchern mehr gelegen war als an Krieg, gab es vor allem zu Beginn seiner Regierungszeit einige Feldzüge gegen die christlichen Königreiche auf der Iberischen Halbinsel, Feldzüge in Nordmarokko und erfolgreiche Abwehr von Einfällen der Normannen. Im Roman wird der Einzug des Generals Yamal al-Katib in die Stadt geschildert, der von einem Beutezug (*aceifa*) in christliche Reiche zurückkehrt und 30 christliche Gefangene mitführt, deren Schicksal die Sklaverei ist. Ein General namens al-Katib ist historisch nicht belegt, al-Hakams berühmtester General hieß Ghalib. Sein Name klingt ähnlich wie Katib, aber von ihm ist nicht bekannt, dass er – wie al-Katib im Roman – einen Putsch gegen den Kalifen plante oder gar ein Liebesverhältnis zu dessen Favoritin unterhielt. Eher könnte man bei der Figur des al-Katib an den berühmten Feldherrn Almanzor (arab.: al Mansur) denken. Almanzor, der schon zu Lebzeiten von al-Hakam II. am Hof war, übernahm nach dessen Tod faktisch die Herrschaft. Der Sohn von al-Hakam II.,

4 Muñoz Molina, S. 139 f.

5 Siehe Joaquín Vallvé, *El califato de Córdoba*, Madrid: Editorial Mapfre, 1992, S. 211.

Hischam II., war im Grunde entmachtet. Almanzor soll auch schon zu Lebzeiten al-Hakams II. eine Liebschaft mit dessen Frau Subh, der Mutter von Hischam II., gehabt haben.[6]

Von Subh wird, ähnlich wie von der Romanfigur Bouchra, berichtet, dass der Kalif geradezu närrisch in sie verliebt gewesen sei. Sie war aber nicht, wie im Roman angegeben, Slawin, sondern Baskin.[7] Als Kuriosität sei vermerkt, dass Subh in Männerkleidung gehen musste und vom Kalifen auch mit dem Männernamen Dschafar gerufen wurde. Die Beschreibung des Harems, die im Roman (S. 88–96) gegeben wird (schöne, wohlriechende, geschmückte Damen, deren Hauptaufgabe darin bestand, auf den Besuch des Kalifen zu warten), entspricht genau den Vorstellungen, die man sich in der nicht-muslimischen Welt, besonders im 19. Jahrhundert, von einem Harem machte. Dass in Wirklichkeit al-Hakam II. wohl mehr seinem eigenen Geschlecht zuneigte und einigen Historikern zufolge einen männlichen Harem unterhielt, steht in einem deutlichen Widerspruch zu dem Bild, das uns der Roman vermittelt. »In al-Andalus, homosexual pleasures were much indulged in by the intellectual and political elite. Evidence includes the behavior of rulers, such as Abd ar-Rahman III, al-Hakem II, Hisham II, and al-Mutamid, who openly kept male harems.«[8]

6 Ramón Menéndez Pidal, *Historia de España*, Bd. 4. *España musulmana hasta la caída del califato de Córdoba (711–1031 de J. C.)*, Madrid: Espasa-Calpe, 1957, 2. Aufl., S. 400.

7 Vallvé, S. 203.

8 Daniel Eisenberg, »Homosexuality«, in: Michael Gerli (Hrsg.), *Encyclopedia of Medieval Iberia*, New York: Routledge, 2003,

Das Leben in Córdoba unter dem Kalifat wird im Roman sehr anschaulich geschildert. Der Leser lernt neben dem Alcázar und der Mezquita auch Stadtviertel von Córdoba kennen, z. B. das der Goldschmiede (S. 51–53), das der Mozaraber (S. 55–57) und das der Juden (S. 76–84). Die Baustelle und die einzelnen Gewerke des Erweiterungsbaus der Mezquita werden genauestens beschrieben (S. 137 f.). Auch das bunte Leben auf dem *Zoco* (Markt) wird in allen Einzelheiten dargestellt, so dass man es fast nachmalen könnte.

Wir erfahren auch, dass der 14jährige Fernando eine Schule besucht. In Córdoba soll es zur Zeit von al-Hakam II. 107 öffentliche Schulen gegeben haben, von denen der Kalif selbst 27 gestiftet hatte, um auch Armen die Gelegenheit zum Schulbesuch zu geben.[9]

Im 10. Jahrhundert blühten die Wissenschaften im Kalifat Córdoba. Die Bibliothek des Kalifen soll 400 000 Bände umfasst haben. Am Beispiel des arabischen Arztes Hantal Idrissi und seines Freundes, des Arztes Ben Barra, wird im Roman der hohe Wissensstand der Gelehrten zur Zeit von al-Hakam II. vorgeführt. Hantal ist nicht nur ein hervorragender Arzt auf der Höhe der damaligen Zeit – er verabreicht z. B. Rodrigo eine sehr wirksame Wundheilsalbe (S. 58 f.) oder er diskutiert mit Ben Barra die damals in der Medizin sehr verbreitete Vier-Säfte-Lehre Galens (S. 103) –, beide sind so etwas wie Universalgelehrte. Ben Barra und Hantal erörtern auch Fragen, die eher der Theologie zuzuordnen sind, wie die Frage, ob die Geister (*espíritus*)

S. 398–399, S. 398. http://users.ipfw.edu/jehle/deisenbe/Enc_of_Medieval_Iberia/homosexuality.pdf

9 Siehe Albert Stähli, *Die Mauren. Meister der Toleranz, Vielfalt und Bildung*, Frankfurt: Frankfurter Allgemeine Buch, 2016, S. 114.

den Menschen erscheinen können oder nicht (S. 196). Hantal ist Astrologe, Mathematiker, Alchemist und Botaniker.

Im Roman werden auch die Geräte vorgeführt, über welche Astronomen und Alchemisten jener Zeit verfügten (S. 14–17). Ben Barra beherrscht mehrere Sprachen: Arabisch, Griechisch, Latein, Hebräisch und *Romance*, das damalige Spanisch. Beide verkörpern das breite Spektrum des damaligen Wissens, welches die Araber von den Griechen übernommen und weiterentwickelt hatten.[10] Es muss nur an den berühmten persischen Arzt und Universalgelehrten Avicenna (980–1037) erinnert werden. Noch vor Avicenna war der jüdische Leibarzt von Abd-ar-Rahman III. und al-Hakam I., Hasday Ibn Shaprut, so bekannt, dass seine Dienste sogar von den christlichen Königen in Anspruch genommen wurden. Er behandelte die Fettleibigkeit von Sancho I. von León (siehe die Anm. zu S. 9,19). Hasday Ibn Shaprut (915–975) beherrschte die wichtigsten Sprachen der Zeit, war wie Avicenna ein Universalgelehrter und auch politisch für den Kalifen tätig.

Die Regierungszeit von Abd-ar-Rahman und al Hakam II. ist bekannt wegen eines relativ friedlichen Zusammenlebens der Religionen und der Toleranz der muslimischen Herrscher gegenüber Juden und Christen.[11] Im Roman wird das deutlich: So hat der Mozaraber (Christ) Rodrigo eine muslimische Verlobte: Sulaima. Hantal lässt seinen Ziehsohn als Christen erziehen, obwohl er selbst

10 Siehe Angel González Palencia, *Moros y cristianos en España medieval*, Madrid: Consejo Sup. de Invest. Cient., 1945, S. 1–59.

11 Stähli, S. 107.

Muslim ist. Allerdings betont er im Roman seinem Sohn gegenüber, dass Mohammed größer sei als Jesus. Der Kalif beschäftigt den Christen Rodrigo als Bauleiter beim Bau der Mezquita. Es ist die Rede von jüdischen Schreibern des Kalifen. Die Favoritin des Kalifen, Bouchra, ist, wie der Eunuch Sudri, zum Islam konvertiert. Sudri wird nach islamischem Ritus beerdigt (S. 61–63). Allerdings stellt sich heraus, dass er doch bis zu seinem Tod seiner altslawischen Religion mit ihrem Gott Svarog verhaftet blieb.

Der einzige Jude, der außer den Schreibern des Kalifen erwähnt wird, ist der Geldverleiher Samuel ibn Saprut, ein Freund und Vertrauter Hemné Sudris. Über ihn und seine Religiosität erfahren wir nichts. Er ist ja auch schon tot, als Fernando und Hantal ihn auffinden. Obwohl der historisch belegte Leibarzt des Kalifen im 10. Jahrhundert ein Jude war, ist im Roman der Leibarzt ein Muslim. Hier stellt sich die Frage, warum der Autor in diesem Fall nicht näher bei der historischen Wahrheit geblieben ist. Man kann annehmen, dass er vor allem die Toleranz zwischen Christen und Muslimen hervorheben wollte. Wahrscheinlich hätte ein jüdischer Arzt als Berater des Kalifen – obwohl das der historischen Wirklichkeit entsprochen hätte – die Romanhandlung zu sehr kompliziert. Es gab trotz aller Toleranz durchaus Konflikte zwischen den drei Religionen. Daher ist es auch wenig wahrscheinlich, dass eine muslimische Frau einen christlichen Verlobten hat: Für Frauen ist es im Islam nämlich verboten, nichtmuslimische Ehepartner zu haben. Auch dass ein Muslim ein Kind in einer anderen Religion aufzieht, ist selbst bei tolerantem Umgang mit den anderen Religionen wenig wahrscheinlich. Diese Details beschönigen die historische Realität, um das insgesamt positive Bild

oben: Das Kalifat Córdoba im 10. Jahrhundert (https://commons.wikimedia.org; Té y kriptonita, CC BY-SA 3.0)

rechts: Stadtplan Córdobas im 10. Jh. (http://4.bp.blogspot.com)

der religiösen Toleranz während der Kalifenherrschaft, das im Roman gezeichnet wird, zu unterstreichen.

Dass das Leben zwischen den Religionen nicht ganz so harmonisch verlief, wird – entsprechend der historischen Realität – im Roman aber auch angedeutet. Al-Katib kommt von einem Raubzug in christliches Gebiet mit rie-

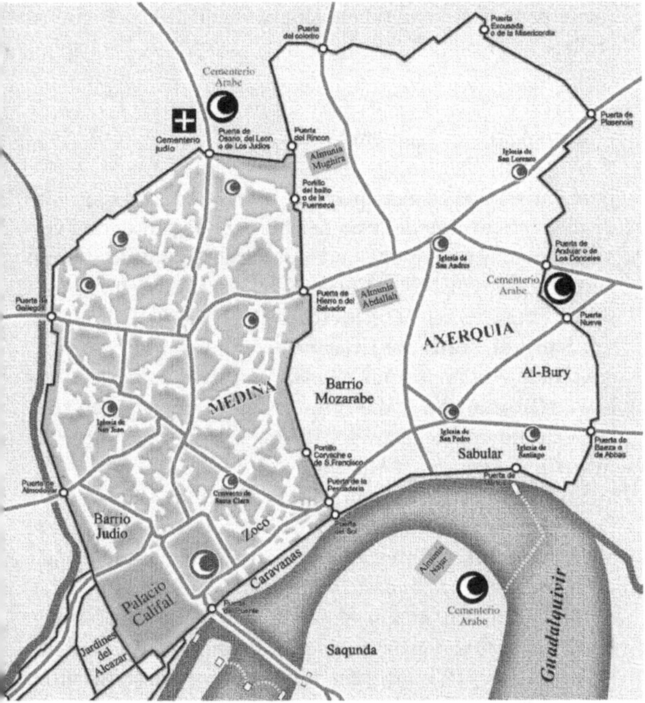

siger Beute zurück. Im Triumphzug werden versklavte, angekettete Christen mitgeführt.

Der Vergleich des im Roman Dargestellten mit der historischen Realität zeigt allerdings, dass es dem Autor trotz einer gewissen Tendenz zur Harmonisierung der Verhältnisse hervorragend gelungen ist, das Leben in Córdoba unter dem Kalifat wirklichkeitsnah und plastisch darzustellen.

Zum Autor und seinem Werk

José Luis Velasco Antonino (* 1937 Valencia, † 1999 Madrid) war Schriftsteller und Zeichner. Er hat unter drei verschiedenen Namen publiziert. Als Zeichner wurde er unter den Pseudonym **Nino Velasco** bekannt. Zusammen mit seiner Frau Carmen Morales schrieb er unter dem Pseudonym **Samuel Bolín** die Kriminalerzählungen *Los casos del comisario Antonino* und *Nuevos casos del comisario Antonino* (Bruño, 2009), die er unter dem Namen Nino Velasco auch illustrierte. Darüber hinaus zeichnete er auch Comics für *El País* und *El Mundo*.

Seine ersten Lebensjahre verbringt er in Ciudad Real. Dort beginnt er ein Studium zum Grundschullehrer, das er aber schon mit 17 Jahren aufgibt. Danach lebt er in Valencia und Barcelona, später dann in Madrid.

In Madrid hat er ein ziemlich bewegtes Berufsleben, vom Staubsaugervertreter bis zum Privatdetektiv. »Nebenher« studiert er Philosophie und Zeitungswissenschaften (*Periodismo*).

1971, noch während der Franco-Zeit, gründet er unter dem Namen Nino Velasco zusammen mit Dominique Forest und Francisco Álvarez den »Taller Esdrújulus«, der genau zwei Jahre besteht. Dieser »Taller« (Werkstatt) veröffentlichte Comics, darunter 1972 das Heft *Seis escenas de interés en la vida de un burgués*, das als einer der ersten Underground-Comics Spaniens gilt. In Ciudad Real ist er einer der Mitbegründer des »TEAV-Taller Experimental de Artes Visuales« (Experimentelle Werkstatt der visuellen Künste). Hierfür verfasst er zusammen mit Miguel Angel Mila 1977 ein Manifest, in dem ein erweitertes Kunstkonzept vertreten wird. Darin wird besonders der in Ciudad Real herrschende rückwärtsgewandte Kunstgeschmack kritisiert. 1979 schreibt er *Ciudad Real, mi amor*, ein kleines Werk von 53 Seiten, in dem er die kulturelle Verödung und Hässlichkeit der Stadt anprangert. José Luis Velasco ist auch Verfasser mehrerer Sachbücher über das Zeichnen.

Die Hauptzeit seines Schaffens als Zeichner und Schriftsteller fällt in die 80er und 90er Jahre des 20. Jahrhunderts. Er schreibt mehr als 40 Bücher und Erzählungen. Sein bekanntester Roman ist *El misterio del eunuco* (1994), der ins Französische, Deutsche, Türkische und Flämische übersetzt wurde. Für diesen Roman erhält er 1994 den »Premio Gran Angular de Literatura Juvenil«.

Seine Romane werden zur Jugendliteratur gezählt, sind aber durchaus auch für erwachsene Leser interessant. Sie behandeln ganz verschiedene Themenbereiche, die meistens historisch eingebettet sind. Die bekanntesten werden hier kurz charakterisiert:

Im Roman *Fernando el Temerario* (1990) ist der Held der junge Fernando, Sohn eines Leibeigenen. Der Roman spielt in der Zeit von Alfonso VIII. von Kastilien während der Reconquista. Fernando erlebt den Zeitraum von der Niederlage der Kastilier gegen die Mauren in Alarcos (1195) bis zu ihrem Sieg bei *Las Navas de Tolosa* (1212). Dreimal rettet Fernando dem König das Leben.

In der Zeit der Goten spielt der Roman *El manuscrito*

godo (1991). Bei Bauarbeiten wird in einem Keller in einem kleinen Dorf in der Mancha eine Handschrift aus dem 5./6. Jahrhundert gefunden. In dieser Handschrift erzählt Witiz, einer junger Gote, wie er gegen alle Widerstände den Bau eines gigantischen Würfels mit einer Seitenlänge von 2800 m zu Ende führt, den sein Großvater einst plante. Der Roman endet mit der Notiz des Herausgebers der Handschrift, dass er die Reste dieses Bauwerkes auf dem Weg, den die Goten bei der Völkerwanderung von der Weichsel bis nach Spanien zurücklegten, suchen werde.

El guardían del paraíso (1993) ist ein Liebesroman, der den Helden Mingo im Jahr 957 von Kastilien bis nach Ungarn führt, wohin seine große Liebe Elvira verschleppt wurde. Historisch ist der Roman angesiedelt um Stefan I. von Ungarn und seine künftige Frau Gisela.

In dem Roman *El océano galáctico* (1993) versucht sich José Luis Velasco im Science-fiction-Genre. Auf ihrer Rückkehr vom Saturn zur Erde geraten ein junges Paar und sein Sohn in eine Reihe von gefährlichen Abenteuern.

Einem interessanten Thema der Wissenschaftsgeschichte widmet sich der Roman *La conjura del meridiano* (1997). Darin erzählt der 90-jährige Pere Morales, wie er in seiner Jugend im Jahr 1793 den französischen Astronom Pierre-François Méchain begleitet, der den Meridian bestimmen will, der durch Barcelona hindurchgeht, um dadurch das Metermaß als Maßeinheit genau festzulegen. Der Roman verbindet Aspekte des Abenteuerromans mit der Geschichte Barcelonas und der Wissenschaftsgeschichte.

In dem Roman *Atrapado en la oscuridad* (1997), einer Art Psychothriller, gerät der 17-jährige Ich-Erzähler in eine ausweglos scheinende Lage, weil er in einem stockdunklen

Raum eingeschlossen ist, seine Entführer durch einen Autounfall aber ums Leben gekommen sind.

Zu José Luis Velasco / Nino Velasco / Samuel Bolín gibt es im Internet reichlich Fundstellen. Auch zu den hier aufgeführten Romanen gibt es Hinweise, Kommentare und auch teilweise Inhaltsangaben. Hier nur eine kleine Auswahl:

Literatur zu José Luis Velasco / Nino Velasco:

http://www.lanzadigital.com/provincia/ciudad-real/recuerdo-y-despedida-de-nino-velasco/

https://www.tebeosfera.com/entidades/taller_esdrujulus.html

https://www.quedelibros.com/autor/35953/Velasco-Jose-Luis.html (Kurzbiographie)

Zu Samuel Bolín:

https://www.quedelibros.com/autor/47480/Bolin-Samuel.html

Zu den aufgeführten Romanen:

https://www.quedelibros.com/

Zu Atrapado en la oscuridad:

http://departamentocastellanoiesoleana.blogspot.de/2012/05/recreo-literario-atrapado-en-la.html

Übersetzung ins Deutsche:

José Luis Velasco, *Das Geheimnis des Haremswächters*, übersetzt von Hiltgund Platzer, Aarau / Frankfurt am Main / Salzburg: Aare-Verlag, 1998.

Inhalt